부라방

신동규 소설집

신아출판사

작가의 말

'늦깎이네' 집에 아홉 번째 '늦둥이'가 태어났습니다. 요즘 사람들이 선호하는 딸내미입니다. 모두들 '늦氏' 집안의 경사라고 말합니다만, 잘 키우고 잘 가르쳐서 좋은 신랑감 만나게 해 줄 생각을 하면 걱정부터 앞섭니다. '한강' 작가의 쾌거를 보면 희망도 보이지만 요즘 문단 형편이 열악하므로 기대 난망이라는 예감도 듭니다. 그런 와중에서도 주머니를 털어 자꾸자꾸 생겨나는 자식들을 불러 모읍니다.

늦둥이의 이름을 '불나방'이라고 지었습니다. 불나방은 하루살이과에 속하는 곤충입니다. 하루가 생애이므로 하루를 다 살면 천수를 누린 것이라 합니다. 밤마다 불을 향해 달려들어 자신을 불태우는 미물에게서 배울 것이 많습니다.

이 소설은 6·25를 다룬 작품입니다. 호남정맥 중심부 심심산골에서 태어난 저는 철이 들 무렵, 가족이 관련된 여순사건을 겪으면서 제주 4.3을 알게 되었습니다. 일제 강점 35년 만에 해방되었지만 귀국한 애국지사들은 힘을 한데 모으지 못하고 좌·우 진영으로 나뉘어 이념 투쟁을 벌였습니다. 종내에는 한국전쟁으로 비약하여 동족상잔의 아수라장이 되었습니다. 그 과정을 체험했던 저는 다시는 이 같은 참사가 반복되지 않도록 해야겠다는 사명감으로 작가의 길을 택했습니다.

지금까지 제 작품 속의 주인공들은 대부분 사회에서 핍박받았던 민초 중심이었는데 『불나방』에서는 처음으로 권력의 상징이었던 경찰을 주인공으로 삼았습니다. 왜의 침공이 있기 전, 조정에서는 서인 황윤길과 동인 김성일을 왜에 보냅니다. 왜의 동향 파악이라는 중차대한 임무를 부여받은 김성일은 황윤길의 보고와는 상반된 "절대로 변란이 없을 것"이라고 말합니다. 조정에서는 율곡의 10만 병사 양성을 없던 일로 돌리고 무사안일로 일관합니다. 향리로 돌아와 후학을 양성하던 유생 김성일은, 정말로 왜가 침략해 오자 크게 놀라 의병을 모아 싸우다가 진주성 전투에서 전사합니다. 잘못을 뉘우치고 붓 대신 칼을 든 역사적 사실이 이 작품의 모티브가 되었습니다.

　늦깎이로 등단한 터라, 평생, 두서너 권의 단행본이나 펴낼 수 있으려나 했는데 초과 달성이니 감개무량합니다. 이 책자 『불나방』에는 단편 「불나방」을 비롯한 9편의 단편과 한강 작가의 「작별하지 않는다 쉽게 읽기」 등 4편의 평설이 실려 있습니다. 평설은 필자가 평론으로 입문한 이후 발표한 것입니다. 일독을 바랍니다.

2025년 가을
저자 신동규 절.

차례

작가의 말　4

불나방　9
고잉 홈　33
고전감상　50
차 한 잔 드시고 가세요(喫茶去)　72
노고단에서 요새미티까지　95
누구의 잘 못인가 是誰之愆　117
다시 강만리에서　137
사랑과 미움(愛憎)　164
어느 하루　188
난해한 작품 읽기, 캐릭터 선정의 중요성　206
老子의 思想　218
비유(比喩)와 경세(經世)의 달인 孟子(맹자)　236
한강의 소설『작별하지 않는다』쉽게 읽기　252

불나방

초여름 밤공기가 후텁지근하다. 에어컨을 돌리려다 말고 창문을 연다. 열린 문틈을 비집고 들어온 바깥바람이 무척 상쾌하다. 잠시 바깥바람을 쐴 요량을 하다 말고 재영 씨는 거실 정면 티비 쪽으로 눈길을 보낸다. 오랜만에 쉼의 기회를 얻은 티비는 휴식의 삼매경이다. 먹통이 된 대형 티비 앞에 형님 내외분의 제상(祭床)이 차려져 있다. 홍동백서(紅東白西), 조율이시(棗栗梨柿), 어동육서(魚東肉西). 까다로운 격식을 무시하고 망인이 좋아했던 식단 위주로 꾸민 제상은 매우 정갈스러워 보인다. 제상 중앙에 위패가 놓여 있다. 〈故 南平 文在哲 故 昌寧 曺蓮心 兩位〉 그가 직접 쓴 위패다. 한학에 조예가 남다른 그였지만 〈顯考學生府君神位 配孺人昌寧曺氏神位〉. 구태에서 벗어난 것이었다. 아파트 바로 옆 시청 소유 자투리땅에 조성된 간

이공원으로 향했다. 무성한 숲 아래 각종 운동시설이 갖춰져 있고 듬성듬성 휴게용 의자도 놓여 있으며 조명시설도 휘황하여 야간 이용도 가능하다. 운동 기구에서 몸을 풀다 만 재영 씨는 의자에 앉아 숨을 고른다. 시선이 가는 곳이 있다. 바로 앞에 우뚝 선 전신주에 대롱대롱 매달린 전구다. 백열등이 아닌데도 눈이 부시고 따갑다. 약시의 영향 때문인지도 모른다. 얼마 전까지만 해도 뽀얀 우유 빛 색깔을 자랑하던 전구였는데 오늘따라 온통 새까만 물체가 가득 껴 있다. 흡사 물 묻은 바가지에 참깨가 잔뜩 엉겨 붙은 것 같다. 자세히 보니 불나방, 하루살이 등 야행성 곤충들의 주검이었다. 풍차를 향해 달려가는 돈키호테처럼 죽음을 무릅쓴 미물들의 돌진을 목격하면서 재영 씨는 그 답을 찾고자 애를 쓴다.

'단 하루만 산다는 하루살이가 하루를 살다 죽으면 천수를 다한 것이고, 8백 년을 산다는 팽조(彭祖)가 4백 년을 살고 죽으면 요절(夭折)한 것이다.'

문득, 장자(莊子)의 한 구절이 떠올랐다.

1945년 8월 15일. 35년 동안 일제의 압제로부터 해방된 대한민국은 첫 출발부터 순탄치 못했다. 극심한 이데올로기 투쟁으로 인한 반목으로 광복의 기쁨도 제대로 만끽하지 못했다. 그동안 해외 각지에서 투쟁하다가 귀국한 애국지사들이 한목소리를 내지 못한 때문이었다. 농민 노동자들의 세상을 만들겠다는 좌파와, 자유민주주의를 신봉하는 우파 간의 격렬한 이념 투쟁은 도를 넘고 있었다. 사상과 이념이 다르다고 하여 서로가 서로를 죽이고 또 죽임 당하는 일이 다반사였다. 좌파들은, 부유한 집안이거나 공무원 출신을 모두 싸잡아 '부르주아' 혹은 '반동'이라 지목하며 숙청 대상으로 삼았으며, 우파들 역시 자신들을 백안시하는 좌파들을 싸잡아 '빨갱이'라고 부르며 원수 보듯 했다.

　38선 이남을 통치하던 미군정 당국은 자치 정부 수립 절차의 일환으로 남한만의 총선거를 강행하였다. 남북의 통일된 정부 수립을 주장하는 김구, 김규식 등의 반대를 묵살한 채 1948년 5월 10일 200석의 국회의원을 뽑고 그해 8월 15일 마침내 대한민국 정부를 탄생시켰다. 이승만 정부의 탄생이었다. 이를 부정하는 박헌영의 남로당을 중심으로 한 좌익 세력들은 지하로 숨어 들어 암약하고 있었다. 1948년 4월 3일 제주도 전역에서 대규모 소요 사태가 발발했다. 같은 해 10월 19일에는 제주 소요 진압을 위해 제주도로 출동하려던 여수 주둔 국군 제14연대가 반란을 일으켰다. 그러나 소위 '여순 사건'이라 불리는 반란은 실패하여 3일 천하로 막을 내렸다. 이태 후 1950년 6월 25일 한국전쟁이 발발했다. 개전 보름도 채 못 되어 낙동강을 경계로 한 대한민국 국토는 인민군의 차지가 되었다. 그동안 숨

죽이고 있던 좌파들은 적 치하의 모든 요직에 중용되었다. 그들은 물 만난 물고기처럼 세상모르고 날뛰었다. 그러나 인민군 세상은 채 3개월도 못 되어 붕괴되었다. 인천상륙작전이 성공하자 인민군은 38선 이북으로 물러나고 있었다. 대부분의 부대가 북상에 성공했지만 퇴로가 막혀 낙오된 부대들도 적지 않았다. 낙오된 인민군들은 부역한 좌파들과 함께 남한 각지의 산골 마을을 아지트 삼아 그들의 해방구를 삼았다. '낮에는 대한민국 밤이면 인민공화국'이라는 신조어도 생겨났다. 산골 마을 사람들은 밤의 지배자 격인 그들을 가리켜 '산사람' 혹은 '밤손님'이라 불렀다. 이들을 토벌키 위해 경찰이 투입됐으나 완강하게 저항하는 그들을 쉽게 제압하지 못했다. 나약한 경찰부대는 해가 중천에 뜬 뒤에야 산골 마을에 나타나, '지난밤 빨갱이 놈들에게 무슨 생필품을 제공하였느냐?' 생트집 잡기에 혈안이고, 밤이면 지배자인 밤손님들로부터 '경찰에 밀고하는 자는 반동분자로 취급하여 즉결 처분할 것이니 그리 알라!' 는 등 겁박에 시달리느라 편안한 삶을 누릴 수 없었다. 산골 마을 사람들은 양측의 틈바구니에서 전전긍긍하고 있었다.

산골 마을 재영의 집에 연례행사 다가왔다. 할아버지의 기일이었다. 선친의 기일이므로 자식 된 도리를 다하기 위해 경찰 간부로 재직 중인 숙부가 경찰의 엄호를 받으며 참례했다가 해가 지기 전에 돌아갔다. 행여 밤손님들에게 해침을 당할까 염려하여 통상, 한밤중 지내는 제사를 해가 중천에 떠 있을 때 끝낸 것이었다. 제사를 치르고 난 가족들은 지친 나머지 곤한 잠에 빠져 들어 있었다. 한밤중쯤 되었을까. 요의(尿意)를 느낀 재영은 잠이 깨었다. 제사 음식을 과식한 때문인지 복통에 설사 증세가 겹쳤다. 재영은 사랑채 곁에 있는 야외변소를 향해 달음질쳤다. 야외변소는 시골 어디서나 없어서는 안 될 중요 시설이었다. 농작물의 거름으로 쓰일 대소변을 모으는 장소인 때문이었다. 움푹하게 웅덩이를 파고 그 벽을 시멘트로 바르고 그 위에 촘촘하게 서까래를 고정하면 작업 끝이었다. 그 서까래 야외 변소에 올라 일을 볼라치면 낙하하는 배설물과 통 안의 물이 충돌하여 치솟았으므로 엉덩이와 바지는 엉망이 되곤 했다. 배설을 했어도 시원스럽지가 않아 시간을 끌고 있는데 쿵! 하는 음향에 이어 두런두런 인기척이 났다. 분명 담장 쪽이었다. 두 귀를 쫑긋, 신경을 곤두세우며 변소 거적문을 들춰 보니 검은 복면의 사내가 마당을 가로질러 대문 쪽으로 가는 게 희미한 달빛에 어렴풋이 보였다. 이윽고 삐그덕! 소리가 들리고 대문이 열리면서 서너 명의 장정이 마당으로 들어서는 것이었다. 괴한의 손에 들린 장검이 달빛에 반사되어 번쩍! 섬광을 내뿜고 있었다. '밤 손님이로구나!' 사태의 심각성을 눈치챈 재영은 변소의 서까래 한쪽을 걷어내 공간을 만든 다음 그 속에 몸을 감추고 죽은 듯 숨을 죽이고 있는데 안방 쪽에서 소란이 일었다. "당신들 누구여!"
　놀라 외치는 어머니의 카랑카랑한 목소리에 이어
　"죄 없는 사람을 왜 해치려 하느냐? 하늘이 두렵지도 않느냐!"
　아버지의 목 쉰 고함소리도 들렸다. 세간 부서지는 여러 소음에 이어.
　"아이고 나 죽는다아!"
　"베락 맞아 죽을 넘들 어디 두고 보자!"
　두 분의 절규와 비명이 밤의 정적을 깨뜨리고 있었다. 재영은 마음 같아서는 당장 놈들에게 달려들어 사생 결판을 내고 싶었지만 어떻게 해야 할지를 몰라 똥통에 발을 담근 채 발만 동동 구르고 있을 뿐이었다. 얼마 후 괴한들이 재영이 숨어 있는 변소를 향해 다가오는 것이었다. 간이 콩알만 해져 있는 재영은 숨을 멈추고 죽은 듯이 있는데, 괴한들은 거적을 올리다 말고,
　"이이구 똥 냄시야, 디럽다, 빨랑 가자."
　코를 움켜쥐면서 뒷걸음치는 성싶었다.
　"틀림없이 거멍이 놈이 왔을 것잉게. 샅샅이 뒤져 보드라고!"
　수색을 독려하는 우두머리의 말소리도 들렸다. 거멍이는 당시 공비들이 경찰을 얕잡아 부르는 호칭이었다. 집안이 조용해졌다. 한참 동안 집안을 뒤지며 부산을 떨던 괴한들이 물러간

듯싶었다. 부랴부랴 똥통에서 나온 재영은 한달음에 안방 쪽으로 달려갔다. 사위가 너무 컴컴하였으므로 물컹물컹한 물체에 발이 걸려 넘어지고 말았다. 그 물체는 툇마루 앞에 쓰러져 있는 아버지와 어머니였다. 주변에 낭자한 혈흔에서 피비린내가 코를 찔렀다. 혼자 힘으로는 수습이 어려움으로 마을 사람들을 불러야겠다는생각을 하던 재영은 평소 아버지가 하던 말을 떠올렸다.

"재영아! 혹시 한밤중에 무슨 일이라도 생기면 말다, 허둥대지 말고 이웃을 부르는디, 반드시 불이야! 불이야! 하고 소리쳐야 한다. 안 그러면 사람들은 꿈쩍도 하지 않는단다. 알겄자?"

아버지의 말대로 했더니 과연 삽시간에 마을 사람들이 마당 가득 모여들었다. 그러나 마을 사람들의 필사적인 구조에도 효험이 없이 아버지와 어머니는 숨을 거두고 말았다. 마을 사람들은 산사람들의 소행이라고 말했다. 재영네 집안 정보를 꿰고 있는 산사람들이 숙부를 잡으려고 급습한 거라 하였다. 날이 밝자 숙부가 이끄는 경찰이 출동하였지만 한번 벌어진 상황은 달라진 게 없었다. 5일장이 원칙이었지만 숙부는 시국이 시국인지라 당일치기 장례를 주문했다. 마을 사람들의 협조로 두 분의 시체는 근처 선영에 안장되었다. 이제 살아남은 가족은 읍내에 유학 중인 맏형 재철과 천행으로 화를 면한 재영 두 형제뿐이었다. 장례를 마친 재영은 숙부네 집으로 더부살이를 떠나지 않으면 안 되었다.
　졸지에 부모를 잃은 재철은 며칠 동안 식음을 전폐했다. 그러나 곧 이성을 되찾고 단식을 풀었다. 부차(夫差)와 구천(句踐)의 와신(臥薪)과 상담(嘗膽)을 되뇌이며 재철은 혀를 깨물었다. 그는 숙부와 한 마디 상의도 없이 용단을 내렸다. 학교에 휴학계를 내고 의용 경찰에 투신한 것이었다. 당시, 경찰 토벌부대에 '용호부대'라는 별단 조직이 있었다. 좌익들에게 가족을 잃은 학도병을 중심으로 결성된 별동부대였다. 재철은 5년제 중학교 졸업반이었으므로 전사로서의 자격은 충분했다. 단기 훈련을 마치고 용호부대원이 되었다. 가족의 원수를 갚는다는 일념으로 똘똘 뭉친 용호부대는 전투에 임해서는 죽음을 두려워하지 않았으므로 지방 빨치산들은 물론 낙오된 정규 인민군들도 그들 앞에서는 벌벌 떨었다.

　일기도 화창한 어느 일요일, 재영은 숙모와 함께 고향 마을을 찾았다. 주인 없이 방치 상태였던 집안을 둘러보고자 함이었다. 읍내 정류장으로 가 광주행 헌털뱅이 버스에 올랐다. 면 소재지 버스정류소에 내린 두 사람은 시오리 떨어져 있는 마을로 향했다. 집으로 가는 설렘 때문인지 재영은 숙모보다 저만치 앞서가고 있었다. 물레방앗간이 위치한 '선대모퉁이' 산모롱이를 돌아 나가자, 마을 어귀 동산에 우뚝 서 있는 두 그루의 당산나무가 빤히 바라다보였다. 수백 년 묵은 당산나무는 비가 오나 눈이 오나 하교할 때 등대 삼았던 마을의 상징물이었다. 마을 어귀에 이르렀다. 동산 높은 곳에서 마을에서 벌어진 모든 일들을 똑똑히 보았으련만 노거수는 묵묵히 아무런 말이 없었다. 그 동산 노거수 아래 사시사철 넘쳐흐르는 공동 우물과 빨래터가 있었다. 그곳은 마을 아낙들의 사랑방 구실을 했다. 이곳을 중심으로 마을의 모든 소식이 모아 지고 또 전파되었다. 입이 싼 호사가 아낙은 물동이를 인 채 이곳으로 마실 나와 정보 수집에 열을 올리고, 어젯밤 남편과 대판 싸움질하였거나 앙칼진 시어머니에게 한 방 얻어맞은 아낙은 젖 먹던 힘을 다해 한 줌도 안 되는 빨랫감을 닳을 대로 닳은 빨랫방망이로 주어 패곤 한다는 그 장소였다. 마침, 서너 명의 아낙들이 머리를 맞댄 채 조잘거리고 있었다. 그녀들은 재영이 가까이 온 줄도 모르고 목청껏 떠들고 있었다.

"여야 말시! 내말 잠 들어볼랑가?"

"듣고 말고, 무신 말인디 그랴?"

"거 머시냐, 읍내에서 학교 댕기다가 원수 갚음 한다고 용호대에 자원한 재철이가 말시 기언치 일을 낸 모양이여."

"일은 무슨 일? 조곤조곤 말 잠 해보소, 이 사람아."

"아깨 밤골 채전에 다녀옴시롱 밤골 사람들한테 들은 소식인디. 엊저녁에 맹호네 집에 누군가가 들이닥쳐 온 가족을 몰살

시컸다 안 항가."

"몰살? 그럼 맹호 놈도 죽었당가?"

"그런 모양이여. 엉골 트에 숨어 있다가 집에 내려와 저녁을 먹다가 그 사단이 벌어졌다누만."

"그랑게 그 일이 재철이 소행이라 그말이당가?"

"그건 나도 몰러. 추측일 뿐이제."

"워메! 워메! 이 일이 무신 일이 당가. 시국이 하수상하드니만 인심 좋던 마을에 별 일이 다 생기네 그랴."

"근디, 한 가지 껄쩍지근한 일이 있구만."

"뭣이 그렇게 껄적지근 한디?"

"젖먹이까지도 그래부럿다 안 항가."

"그려? 하루아침에 부모를 잃어버린 설움이 얼마나 컸으며 그런 독한 마음을 먹어쓰까!"

"쉬잇! 누가 들으면 큰일 날 소링게. 우리 모다 입에 재갈 물 리드라고. 잉"

발걸음을 멈춘 재영이 아낙들의 속닥거리는 소리를 다 듣고 있는데 뒤따라오던 숙모 역시 그 말을 들은 것 같았다. 평소 싸움닭으로 정평 난 숙모가 가만있을 리 없었다. 숙모는 옷소매를 걷어 올리며 샘터로 다가가 아낙들에게 달려들었다.

"아짐씨들! 그 말이 무신 말이당가! 생사람 죽일 말 함부로 씨부리고 있네 그랴! 우리 재철이가 그랬는지 어쨌는지 당신네들

두 눈으로 똑똑히 봤어? 봤냐고오! 함부로 주둥아리 놀리다가는 골로 가는 수가 있응 게, 말조심들 하드라고."

"아따, 성님 와 그러시오. 내가 모다 잘 타일러 입 봉하라 할 것잉게 참으시게라."

평소 숙모와 친히 지내는 한 아낙이 숙모를 달래는 동안 혼비백산한 아낙들은 빈 물동이와 빨다 만 빨래를 그대로 놔둔 채 삼십육계 줄행랑치고 말았으므로 빨래터의 해프닝은 종료되었다. 그러나 재영과 숙모의 속마음은 편치 않았다.

오랜만에 와 본 집안은 폐가나 다름없었다. 쑥대밭이 따로 없었다. 활짝 열린 대문으로 회오리바람이 몰아쳤는지 마당에 널린 폐기물들이 지붕 위는 물론 온 집안에 흩어져 있었고, 제철 만난 잡초들이 마당을 점령하여 주인 행세를 하고 있었다. 안방 문을 활짝 열어 젖히자 장롱에서 튕겨 나온 이부자리며 의복 나부랭이에서 곰팡이 냄새가 코를 찔렀다. 문짝이 반남아 뜯겨진 외양간으로 가 보았다. 바닥에 널브러져 있는 구유통에는 황소가 먹다 남은 여물들이 반쯤 남아 있을 뿐이었다. 마당가 남새밭 역시 잡초로 무성했다. 재영이 부모님이 변을 당했던 툇마루에서 명복을 비는 동안 숙모는 농 속을 헤집고 있었다. 빈손으로 방을 나온 숙모가,

"챙길 게 아무 것도 없더라."

한숨 쉬며 말했다. 재영 역시,

"작은어머니! 그냥 갑시다. 더 이상 여기 있기 싫어요."

"나도 그렇구나, 잠깐만 기다리렴."

숙모는 남새밭으로 가, 고추, 상추, 시금치 등 볼품없어진 반찬거리를 조금 건사하여 나왔다.

"텃밭에도 챙길 것도 말 것도 없더라. 그만 가자."

두 사람은 저녁 무렵에야 집이 도착했다. 마침, 숙부가 직장에서 퇴근해 있었다. 안방으로 간 숙모는 숙부에게 자초지종을 얘기하고 있는 성싶었다. 잠시 후 밖으로 나온 숙부는 안절부절못하는 것 같았다. 줄 담배를 꼬나문 입술에 경련이 일고 있는 것을 재영은 똑똑히 보았다. 담뱃불을 짓이긴 숙부는 자리를 털고 일어서서 문간으로 향했다.

"이 밤에 어딜 가시려구요?"

숙모의 물음에,

"자세한 경위를 알자면 당사자의 말을 들어봐야 할 것 아닌가?"

퉁명스럽게 한 마디 던지며 문밖으로 사라져 버렸다. 경찰서로 돌아온 숙부는 당직 사령의 허락을 얻은 후 경비 전화로 용호부대를 호출 재철과 통화했다. 재철로부터 '내일은 작전이 없는 날이니 찾아뵙겠다'는 대답을 들을 수 있었다.

다음 날 재영은 아침 일찍 동구 밖으로 나가 형을 마중했다.

전투복 차림에 구릿빛 얼굴이 된 형이 모습이 보이자 재영은 형아! 하고 달려가 부둥켜 안았다. 감격적인 해후가 끝나고 두 형제는 나란히 골목길로 접어들었다. 인적이 뜸한 곳에 이르자 재영이 형에게 말했다.

"성! 왜 그랬어? 인자 그만 하자."

그러나 재철은 그저 묵묵부답이었다. 재철이 집안에 들어서 자마자 숙부는 재철을 안방으로 들게 하고는 외인의 접근을 금했다. 도란도란 얘기하는 소리가 들리는가 싶더니 드디어 숙부의 큰 소리가 새어 나왔다.

"다 알겠는디, 내가 알고자 하는 것은 다른 말이 아니라, 어린 애 어쩌고 하는 그 소문의 사실 여부를 묻는 거여?"

"……."

숙부의 지엄한 다그침에도 재철은 꾹 입을 다물고만 있는지 대답이 들리지 않았다. 숙부는 큰일 났다는 생각 먼저 한 듯싶었다. 보지 않았어도 알만한 일이었다. 침묵은 금이라 했던가? 아니다. 긍정이라고 했다. 그렇다면 사실이란 말이 된다. 집안은 침울한 침묵의 분위기에 휩싸여 심연의 바다 그대로였다.

여러 경로를 통해 숙부가 취득한 사건의 전말은 이러했다. 그 날 밤, 형님 내외를 살해한 주모자는 적 치하 때 면인민위원장을 지낸 바 있는 염맹호라 했다. 일자무식인 그는 형님네 집에서 머슴살이를 한 바도 있었다. 해방 후 공산주의자들의 앞잡이 노릇을 하던 그는 이승만 정부가 들어서자 무리들과 함께 지리산으로 입산했다. 그로부터 2년 후 6.25 때 하산하여 면 인민위원장을 맡았다. 국군과 유엔군의 인천상륙작전 성공으로 3개월의 단명으로 그들의 세상이 끝나자 다시 산골 아지트로 들어와 암약하며 소위 반동으로 지목된 사람들을 처단하는 악행을 일삼고 있었다. 그는 경찰 간부인 숙부가 선친 기일에 반드시 참여할 것으로 예견하고 한밤중에 들이닥쳐 만행을 저지른 것이었다.

　백번을 응징하여도 시원치 않을 그의 만행이었지만 법치주의를 자처하는 대한민국의 체제하에서는 위법이었으므로 숙부의 고민은 당연한 것이었다. 좌·우의 이념 투쟁이 극에 달했던 미군정 초기 어수선한 과도기에는 개인적인 원수 갚음을 하고도 '공비 혹은 통비분자 즉결 처분' 나중에 상부에 보고하면 어물쩍 넘어가는 경우가 있었지만 지금은 그때와 사정이 달랐다.

　판문점에서 휴전협상이 진행되고 전방의 전투가 소강상태가 되자 정부는 발 빠르게 대응했다. 전방 배치 정예부대를 후방으로 빼돌려 지리산 등 전국의 산악지대에 은거 중인 공비 토벌에 치중키로 하였다. 그 결과 지리산을 제외한 모든 지역이 수복되어 시국이 안정 단계로 접어들었으므로 어수선해져 있는 민심을 다잡는 조치가 필요했다. 선무(宣撫)작전이었다. 회개하고 전향하면 선처하는 터여서 린치 행위는 크나큰 위법 행위가 아닐 수 없었다. 숙부는 그 점이 걸린 것이었다. 그러나 기왕지사 어쩔 수 없는 일이었다.

"이미 엎지러진 물 아니냐. 뒷일은 숙부가 처리할 테니 앞으로는 부디 자중하여 불법 행동을 말기 바란다."

숙부의 당부 말에 몸 둘 바를 모르던 재철은 숙모가 정성껏 차려준 밥상에 손도 대지 않은 채 귀대해 버렸다. 오랫동안 돌파구 마련에 안간힘을 쓰던 숙부는 정면 돌파를 시도했다. 먼저, 행정 당국으로부터 집회 허가를 얻어냈다. 행사 명칭은 시국에 알맞은 〈伸寃 그리고 和解의 한마당〉이라 정했다. 날을 잡고 집회 예고 유인물을 면내 곳곳에 내거는 한편 숙모에게 음식 준비를 서둘게 했다. 황소도 한 마리 잡고, 큰 독 가득 막걸리를 빚었다. 떡도 몇 말을 쪘으며 과일 채소 등을 비롯한 먹거리를 푸짐하게 장만 했다. D데이가 되었다. 군수, 서장을 비롯한 관내 기관장들과 유지 그리고 면민 모두가 참석한 행사는 성황리에 개최되었다. 공식 행사 후 연회가 진행되었다. 오랜만에 맛있고 기름진 음식을 맛본 근동 사람들은 음식을 제공해 준 숙부 내외에게 극진한 찬사를 보내며 희희낙락 돌아갔다.

숙부의 긴급 처방이 효과가 있어 재철에 관한 흉흉한 소문은 서서히 잦아들고 있었다. 행위 자체는 비록 도를 넘었지만 시국 탓으로 치부하는 양비론이 우세하여 다행이었다. 산악지대의 공비 토벌이 거의 완료되자 당국에서는 용호부대의 해체를 서둘렀다. 기간요원은 원대 복귀시키고 자원했던 학도병들은 재학 중이던 학교로 돌려보냈다. 그러나 재철은 이 조치에 따르지 않고 엉뚱하게도 남원에 있는 '서남지구전투사령부'에 자원 입대해 버렸다. 이 부대는 아직도 지리산에 은거 중인 빨치산의 잔당을 토벌하는 경찰부대인데 지리산 요충지 곳곳에 분산 배치 중이었다. 재철은 군번 없는 학도병 신분에서 당당한 경찰공무원으로 변신한 것이었다.

  그로부터 몇 달 후 비보가 날아들었다. 재철이 지리산 뱀사골 와운마을 전투에서 빨치산과 교전 중 전사했다는 내용이었다. 숙부는 조카의 죽음이 곧이들리지 않았다. 그동안 수많은 전투에서도 불사조처럼 살아남았던 유능한 전사(戰士)가 아니던가! 그렇지만 엄연한 현실이었다. 전사통지서를 가져온 재철의 전우가 전해준 얘기 속에 키를 찾을 수 있었다. 최후의 전투에서 재철이 취한 여러 행동들이 평소와 달랐다는 것이다. 주위에 은폐, 엄폐가 용이한 참호, 구릉, 수림지대가 많았고 인근 부대의 지원도 받았으므로 무리할 필요가 없었는데도 재철은 성급하게도 위험천만한 '입사자세'(서서 쏴)를 취하며 위험을 자초하더라 했다. 가슴에 치명상을 입고서도 후송을 거부한 채 전투를 계속하는 등 죽기를 작정한 사람 같더라는 것이었다.

숙부는 역지사지(易地思之) 재철의 입장이 되어 보았다. '모든 작전이 종료되면 위법을 저지른 자신이 전과(前過)가 노출될 것이다. 군사 법정에 서게 될 것이고 응분의 조치가 따를 게 불을 보듯 뻔하다. 그렇다면, 자신은 물론 집안의 명예는 어떻게 될 것인가? 슬기롭게 마무리하자. 어린 재영 혼자 두고 가는 게 맘에 걸리지만 후견인으로 듬직한 숙부 내외분이 계시지 않느냐.'

생각이 여기에 미치자 숙부는 마치 득도(得道)한 신도라도 되는 것처럼 두 무릎을 펴고 일어나 경건한 자세를 취했다.,

'장하다 재철아! 네가 바로 집안의 체면과 명예를 살린 대장부로다! 재영 걱정은 말고 부디 왕생 극락하거라!'

숙연해진 숙부는 망부석처럼 한동안 움직일 줄 몰랐다.

재철에게는 1계급 특진, 무공훈장이 수여되었고 국립현충원에 안장되었다. 그의 죽음은 개죽음 당한 가치 없는 주검과는 비교할 수 없는 장렬한 것이었다. (1956년 대한민국 정부는 건국 이후부터 조국을 위해 몸을 바친 영령들을 기리는 '현충일'을 제정했다. 처음에는 매년 4월 19일로 정하였으나 6.25 한국전쟁과 연관 짓기 위해 6월 6일로 바꾸어 오늘에 이르고 있다.)

1953년 7월 27일 휴전협정이 조인됨으로써 3년 동안 지속되던 동족상잔의 한국전쟁은 마침내 종지부를 찍었다. 1953년 9월 최후의 빨치산 두목 이현상이 지리산 빗점골에서 사살 당하자 대한민국 영토에서 빨치산은 자취를 감추고 만 것이었다.

정년퇴직한 숙부의 신변에도 변화가 있었다. 건강을 자신하던 숙부에게도 병마는 예외가 없었다. 정신 분열증 초기라는 병원 판정이었다. 경찰에 투신한 이래 치안 유지에 심혈을 기우렸고, 사적으로는 못난 자신 때문에 비명횡사한 형님 내외분의 죽음에 절통해 하였으며, 그 연장선상의 일환인 재철의 사건처리에 올인하느라 얻은 후유증인지도 몰랐다. 숙모는 숙부의 병원 치료에만 의존하지 않고 동분서주하고 있었다. 무속에도 접근한 것이었다. 전국 방방곡곡을 누비며 용하다는 무당, 판수, 도인의 집을 찾았다. 수십 년 간 지리산에서 도를 닦았다는 친정 마을 강신무(降神巫)를 찾아 점상 앞에 앉았더니 강신무는 대뜸 큰 소리를 내지르는 것이었다.

"집안에 중음신이 얼씬거리는구나! 젊은 나이에 총 맞아 허공을 떠도는 귀신이 집안에 해코지를 하는구나!"

직접 눈으로 본 것처럼 꼭 집어내는 무당의 점괘에 탄복한 숙모는 무당의 옷자락에 매달리며 매양 머리를 조아렸다.

"도사님 말씀이 맞구만이라. 참말로 영 하시요."

숙모는 집안의 내력을 형사 앞에서 초범 자백하듯 죄다 까발리다 말고,

"도사님, 이 일을 어쩨야쓰께라? 좋은 방법이 없으께라?"

애원하고 있었다.

"걱정 말그라! 중음신이 되어 허공을 떠도는 몽달귀신 장가보내면 된다. 짝을 맺어주고 진혼굿도 해야 한다!"

(중음신은, 불교에서 파생된 용어다. 불교에서는 윤회설을, 서양에서 전파된 종교 역시 영생설을 내세우며 내세(來世)가 있음을 주장한다. 그러나 유교는 그렇지 않다. '인간은 누구나 죽으면 그것으로 끝이다, 그러므로 장례는 형식적으로 잘 치르기보다는 지극히 슬퍼해야 한다'(喪 與其易也 寧戚) 앞에서 언급한 두 종교와는 상반된 견해를 보인다. 불교에서는 '죽은 사람이 다음 생을 받기 전까지의 잠정적인 신체의 존재를 중음신(中陰神)이라 칭한다'. 인간의 생애를 본유(本有), 중유(中有), 사유(死有) 이렇게 세 단계로 구분하는데, 본유는 태어남이고, 사유는 죽은 이후의 세상을 말한다. 중유는 그 중간 이승도 아니고 저승도 아닌 어정쩡한 상태를 말한다. 갈 곳을 찾지 못하고 허공을 방황하는 중음신의 넋을 수습하여 사유의 세계로 인도하는 진혼 행사를 가리켜 천도재(遷度齋)라 칭한다.)

점괘를 뽑아낸 무당은 마땅한 혼처도 주선해 주었다. 친정인 창녕 조씨 세거지에 작년 여름에 죽은 처녀 귀신이 있다고 했다. 개천에서 다슬기를 잡다가 실족하여 용소의 소용돌이를 헤쳐 나오지 못하고 생을 마감하였다는 것이다. 부랴부랴 양가 합의하여, 길일을 잡아 무당을 불러 굿을 하고, 남녀 두 혼백의 화합을 천지신명께 알렸더니 거짓말 같게도 숙부의 건강은 회복되었다.

　재영도 이제 고등학교 졸업반이 되었다. 대학 진학을 꿈꾸는 급우들이 많아 분위기는 어수선하였다. 대학 진학을 하자면 상당한 재력이 뒷받침되어야만 했다. 재영의 고민도 깊어만 갔다. 부모 살아생전 상당한 재력이었으나 정나미 떨어진 고향 마을을 등지느라 헐값에 처분, 형편이 쪼그라든 때문이었다. 숙부의 몫으로도 떼 주고 보니 남는 게 별로였다. 상속받은 유산을 팔아서라도 반드시 대학에 보내 주겠다는 숙부 내외의 언질을 귀에 못이 박히도록 들었으나 재영은 그대로 받아들일 마음이 없었다. 숙부모에게도 당신의 소생이 꽤 많았던 때문이었다. 나이 어렸으나 사려가 깊은 재영이었다. 그는 대학 진학을 하더라도 될 수 있으면 숙부에게 부담을 덜 주는 방향으로 진로를 모색하고 싶었다. 거액의 학비가 소요되는 사립대학 대신 국립사범대학이거나 3군사관학교 그리고 해양대학에 눈을 돌렸다. 그러나 주변 환경상 공부에 몰입하지 못하였으므로 국립사범대 합격은 자신 할 수 없었다. 2순위인 3군사관학교는 숙부 내외가 극구 반대했다. 최종으로 해양대학이 남아 있었다. 해양대학을 졸업하면 해군으로 군복무를 마칠 수 있고, 전역 후 거대한 선사(船社)에 취업하기도 쉽다는 귀동냥을 들은 때문이었다. 심사숙고 끝에 부산의 해양대학에 원서를 냈다. 필기 시험 합격, 면접만 통과하면 끝이었다. 면접관이 물었다.

"허구 많은 대학들이 즐비한데 왜 하필이면 해양대학을 지망했는가?"

"졸업 후 해군이 되어 국가에 충성하고 싶은 게 제 평소의 지론입니다."

열변을 토했더니 합격이었다.

화창한 날에는 한없이 잔잔하고 낭만적이지만 때로는 폭풍우 몰아치는 변화무쌍한 기상 상태로 돌변하는 바다를 보면서 재영은 한 단계 성숙하는 교훈을 체득하게 되었다. 무한한 우주와 거대한 대자연의 신비 속에서 생활하다 보니 하찮은 오해와 질시 같은 것으로 다툼하는 인간들의 일탈된 행위들이 한낱 깃털에 불과하다는 대범한 생각에 빠짐으로써 세상 보는 눈이 달라진 것이었다. 한 단계 업그레이드된 사고를 바탕으로 재탄생한 재영은 해양대학을 졸업하자마자 국민된 도리를 다하기 위해 군복무를 자청했다. 전공을 살려 해군을 택했고 호연지기에 걸맞는 환경을 선호, 갑판 업무에 보직 받았다. 전역 후 곧바로 국내 굴지의 선사에 취업이 되었는데 여객을 상대하는 업무 대신 국제화물을 운송하는 대형화물선의 갑판장이 되었다. 이같은 결단은 그가 작가 지망생인 때문이었다. 재영의 학창 시절 국어 성적은 언제나 상위였고 작문 또한 능하였으므로 국어 선생님으로부터 작가가 될 충분한 소질이 있다는 칭찬을 들었다. 장차 작가가 되면 유소년기에 겪었던 비참한 가족사와 동족상잔의 비극을 기록으로 남길 수도 있고, 이미 체험한 소재를 바탕으로 훌륭한 해양소설도 쓸 수 있겠다는 자신감이 들었다. 재영은 '헤밍웨이'의 '노인과 바다' '허먼멜빌'의 '모비딕' 그리고 천금성 작가의 해양소설들을 탐독했다. 광활한 5대 양 6대 주는 훌륭한 작품 소재의 현장이기도 했다. 난생처음 홍콩, 마카오, 싱가폴, 두바이 등 동양의 무역항에 발을 딛었고, 더 나아가 남북 미주와 유럽의 여러 나라의 이름난 항구들도 섭렵할 수 있었다. 하와이, LA, 파나마운하를 경유, 대서양으로 빠져나와 남미의 여러 항구와 남아메리카의 끝단 마젤란해협을 통과, 아프리카의 남단 희망봉을 거쳐 독일의 함부르크항까지의 운항은 재영이 경험한 최장 항해 코스였다. 귀로에 지름길 항로인 스웨즈운하를 통과하면서 대한민국의 근현대사에 중요한 한 획을 그었던 러·일전쟁을 떠올렸다. 당시 운하의 통제권은 영국이 쥐고 있었다. 일본과 동맹을 맺고 있던 영국은 일본과의 일전을 위해 대한해협으로 향하는 러시아 발틱함대의 진로를 차단해 버렸다. 통과를 거부당한 발틱 함대는 발길을 돌리지 않을 수 없었다. 지중해로 되돌아 나와 아프리카 최남단을 경유하고 필리핀의 슈빅만에서 보급과 장비를 재정비하느라 예정보다 두어 달 지체하여 천금 같은 시간을 허비하고 말았다. 그 여파는 촌각의 여지가 없는 전투에 차질을 빚어 세계 최강의 발틱함대가 전멸하는 엄청난 결과를 초래하고 말았다. 아관파천(俄館播遷)으로 일본의 대한제국 병합 야욕 저지에 크게 힘을 보탰던 러시아의 패전은 대한제국의 운명을 재촉했던 한 사건으로 우리의 역사에 기록되어 있다.

1년에 겨우 한두 번 밖에 얼굴을 볼 수 없는 재영을 만날 때마다 숙부 내외는 한사코 이직을 권했다. 집안의 종손을 장가보내려는데 직업이 걸림돌이 되어 혼인말이 서지 않는다는 것이었다.
"언제, 바다귀신이 될지 모르는 뱃사람한테 누가 선뜻 딸을 주겠느냐? 더군다나 너는 집안의 종손이 아니냐. 집안의 대라도 끊기면 무슨 면목으로 조상을 대할 것인가? 숙부 내외도 살날이 얼마 남지 않았으니라. 심사숙고 하거라!"
재영은 깊은 고민에 빠졌다. 숙부 내외의 말씀이 너무나도 지당하여 거역하기도 어려웠기 때문이었다. 지금은 2등항해사이지만 1등항해사가 되어 중요 보직을 맡게 되면 사규(社規)상, 퇴직이 어렵다 했다. 기회는 지금이라는 생각이 들었다.
그렇게 해서 바다와 결별한 지 어언 반세기. 훌륭한 후견인이시던 숙부 내외분도 그가 결혼한 것을 보시고 세상을 떠나셨다. 지금은 슬하에 두 아들과 두 딸, 여러 명의 손자를 두었다. 등단의 꿈도 이루어 지금은 엄연한 중견 작가의 반열에 올라 있다.

잠시 바깥바람을 쐬고 귀가한 재영 씨는 제상 앞에 무릎 꿇었다. 위패 뒤에서 화사한 얼굴의 형님 내외가 미소하고 있었다.

고잉 홈

　천고마비의 계절이다. 섬돌 밑에서 귀뚜라미 소리가 들리는 것 같다. 이 계절에 알맞은 외국 가요 '고잉 홈'(g0ing home)을 흥얼거려 본다. 미국의 소설가이자 컬럼리스트인 '피트 하밀'이 뉴욕 포스트 지에 게재한 글(뉴욕의 교도소에서 4년 동안의 징역살이를 마치고 집으로 돌아가는 여정에서 밝혀지는 주인공 '빙고'의 감동적인 스토리)을 〈토니 브렌드 & 돈〉(토니 올란드, 텔마 홉킨스, 조이스 빈센트 윌슨 등 미국의 3인 조 혼성 팝 밴드)이 -오래된 참나무에 노란리본을 달아 주세요- 라는 제목으로 1973년에 발표한 가요다.
　세월호 참사 이후 들불처럼 번진 〈노란리본〉의 유래가 거기에서 근거하는지도 모른다. 나 역시 곡보다도 가사가 맘에 들어 최애곡 삼았다. 가을을 주제로 한 최치원의 '추야우중'이나 당나라 시인 하지장의 '회향우서' 등 한시 몇 수쯤은 줄줄이 외고 있다. '고향 떠나면 천해진다'는 판소리 '수궁가' 사설 역시 나의 심금을 울린다. 팔순을 바라보는 나이에도 수구초심(首丘初心)의 감회에서 헤어나지 못하는 나는 잠시나마 치기 어린 소년이 된다.

나 형기를 마치고 집으로 돌아갑니다.
당신이 아직도 나를 원한다면.
그 오래된 참나무에 노란리본 한 개를 달아 주세요.

위 내용의 원작을 자우림의 김윤아가 아래의 가사로 개사했다.

집으로 돌아가는 길에 지는 햇살에 마음을 맡기고/ 나는 너의 일을 떠올리며 수많은 생각에 슬퍼진다/ 우리는 단지 내일의 일도 지금은 알 수 없으니까/ 그저 너의 등을 감싸안으며 다 잘될 거라고 말할 수밖에/ 더 해줄 수 있는 일이 있을 것만 같아. 초조해져/ 무거운 너의 어깨와 기나긴 하루하루가 안타까워/ 내일은 정말 좋은 일이 너에게 생기면 좋겠어/ 너에겐 자격이 있으니까/ 이제 짐 벗고 행복해지길 나는 간절하게 소원해 본다/ 이 세상은 너와 나에게도 잔인하고 두려운 곳이니까/ 언제라도 여기에 돌아와, 집이 있잖아, 내가 있잖아/ 내일은 정말 좋은 일이 우리를 기다려 주기를/ 새로운 태양이 떠오르기를/ 가장 간절하게 바라던 일이 이루어지기를/ 난 기도해본다/.

 광주광역시 북구 임동 316 번지에 광주시민공설운동장이 위치해 있었는데 '무등경기장'이라고 불렀다. 트랙이 설치된 경기장은 축구와 육상경기용인 종합경기장이었고, 그 뒤편의 시설물은 야구장이었다. 종합경기장에서는 운동 경기 외에도 정부에서 주최하는 각종 기념행사며 군중집회도 열렸다. 박정희 군사정권 당시 무명의 청년 정치가였던 김대중 씨가 사상 초유의 구름 관중을 모은 일화는 지금까지도 전해 온다.
 1965년 9월 30일 개장한 이 경기장은, 2011년까지 장장 56년 동안 광주 시민을 위한 체육시설로 사용되었으나 새로운 시설이 서구 염주동에 마련되자 2011년 철거공사에 들어갔다. 무등경기장 축구장은 3년여의 공사를 마치고 2014년 2월 28일 야구장으로 재탄생하여 이 지역 프로야구팀인 '기아타이거즈'팀의 전용구장이 되었다. 개장 3년 후인 2017년에 '기아타이거즈'가 창단 이후 첫 통합우승을 차지하였으므로 이를 자축하는 의미에서 구장 이름을 〈챔피언스 필드〉로 명명했다. 고교 시절 광주에서 선수 생활을 했던 나는 이 구장 뒤편, 현존하는 야구장에서 실력을 키웠다.

　내가 태어나고 자란 고향 마을은 80여 호의 규모였다. 마을 앞으로 23번 도로가 통과하므로 시골 마을치고는 교통 환경이 양호한 편이었다. 80여 호가 거주하는 마을 중간에 커다란 농경지가 위치하였다. 농경지를 중심으로 양분되어 윗마을 아랫마을로 불렀다. 한 철 벼농사만 짓는 농경지는 가을걷이가 끝나면 휴경이었다. 광대하고 평탄한 휴경지는 다음 해 농사가 시작되기 전까지 마을 젊은이들의 운동장이 되었다. 당시는 이농 바람이 일지 않았으므로 집집마다 젊은이들이 넘쳐 났다. 뭇사람들의 발에 밟혀 반들반들 해진 공터에서 마을 사람들은 각종 경기와 놀이를 즐기며 농한기를 났다. 처음에는 좁은 공간에서도 가능한 미니 축구, 배구 위주의 경기를 펼쳤으나 일본 유학 당시 야구부에 적을 두었다는 마을 선배가 있어 야구 경기가 보급되었다. 논바닥을 돋아 투수판을 만들고 홈플랫과 3개의 루를 설치한 후 긴 새끼줄로 좌우 라인을 치면 그런대로 구장이 되었다. 공과 배트는 선배가 일본에서 가져온 것을 사용했고 소모성이 큰 클럽은 견실한 비료 포대로 대용했다. 학생들이 하교하는 늦은 오후거나 휴일이면 한낮부터 경기가 시작되었다. 윗마을과 아랫마을은 인구가 비슷하였으므로 편을 짜기 수월했다. 편을 짜 경기를 벌이면 주민들이 응원에 참여

하여 분위기 조성에 일조했다. 마침 내가 재학 중인 중학교에 야구부가 창설되고 마을 선배가 그 후원자가 되었다. 그렇게 해서 나는 중학교 야구부원이 되었고, 졸업하자마자 광주의 야구 명문 k고등학교에 스카웃 되었다.

나의 황금시절은 고교시절이었다. 프로야구 창단 이전에는 고교야구가 대세였다. 연고대를 중심으로 한 대학야구연맹과 실업 금융계를 망라하는 실업야구연맹이 존재했지만 고교야구의 인기를 따를 수 없었다. 호남의 광주일고, 광주상고, 진흥고, 군산상고 영남의 경북고, 대구상고, 부산고 경남고 경기의 인천고, 동산고, 충청의 대전고, 천안 북일고 등등 전국대회에서 자웅을 겨루는 명문 팀이었다. 전국대회로는 조선일보의 청룡기, 동아일보의 황금사자기, 중앙일보의 대통령기 등 굵직굵직한 전국대회가 매년 열렸다. 내가 적을 둔 호남의 명문 k고는 전국대회에 출전하여 우승 아니면 4강에 들 정도로 빼어난 팀이었다. 강타자인 나는 팀에서 중추적인 역할을 했다. 고교 졸업 무렵 전통 있는 모 신문사 주최 전국대회에 출전하여 결승에 진출 고교야구의 명문인 대구의 D고와 우승을 겨뤘다. 우리 팀이 4:2로 지고 있는 9회 말 공격이었다. 안타와 포볼로 선행 주자가 2명이나 진루했다. 절호의 찬스에 내 타순이 되었다. 그날따라 아침부터 기분이 상쾌하고 몸은 깃털처럼 가벼워 최고의 컨디션을 유지 중인 내가 타석에 들어서자 상대 팀 감독은 투수를 교체했다. 강속구로 이름을 떨치는 유명한 선수였다. 그런데 그날따라 그의 강속구는 느렸고 간간이 섞어 던지는 커브 또한 그 각이 밋밋했다. 3-2 풀 카운트. 날아 오는 강속구를 나는 풀스윙으로 받아쳤다. 손 맛이 짜릿했다. 굿바이 3점 홈런이었다. 4;5 역전, 우승하는 감격의 순간이었다. 팀은 우승하고 나는 최고수훈선수상을 수상했다. 졸업 후 대학야구의 강호 서울 Y대에 특기생으로 입학할 수 있었다. 대학 졸업 후 잠시 실업팀에 몸담았다가 입대 군부대 소속 야구팀에서 선수 생활을 이어갔다.

전두환 군사 독재시절, 프로야구가 창설되었다. 미국과 일본의 프로야구를 벤치마킹하여 1982년 3월 27일 창설되었다. 이날 우리나라 최초로 프로야구 경기가 서울에서 열렸다. 프로야구는 지역 연고제를 채택했다. 서울의 OB, MBC, 인천의 삼미, 광주의 해태, 대구의 삼성, 부산의 롯데 이렇게 6개 팀으로 닻을 올린 것이었다. 제과업계의 라이벌인 광주의 해태팀과 부산의 롯데팀이 인기짱이었다. 창설 초 프로야구는 군부독재에 저항하는 젊은 층의 관심을 밖으로 돌리기 위해 착안한 3S 정책, 즉 우민정책의 일환이며 지방색을 조장하는 못된 스포츠라는 세간의 눈총을 받았으나 차츰 인기 스포츠로 자리 잡았다. 전역하기도 전에 지역 연고 팀에서 콜이 왔다. 그렇게 해서 프로야구 선수로 입문하게 되었다. 1.9m의 신장과 100m를 11초대에 주파하는 준족인 나는 수비 범위가 넓은 중견수를 맡았다. 펜스를 넘으려는 홈런성 타구를 점프하여 낚아채기도 하고, 좌우익수가 놓친 어려운 타구도 잘 잡아냈다. 도루에도 능하여 팬들의 사랑을 한몸에 받았다. 프로야구 입단 첫해부터 주전으로 활약했고 타율도 3할대를 유지하였으므로 팬들이 많았다. 특히 여성 팬들이 극성이어서 지금의 아내를 만나게 되었다.

  아내는 무등야구장 장내 아나운서였다. 지금은 IT 기술의 발달로 대형 스크린의 자막으로 행사를 하지만 당시에는 장내 아나운서가 모든 진행을 맡아 했다. 경기 시작을 알리는 의례 외에도 공수 교대 때마다 타석에 들어서는 선수를 소개하는 게 임무였다. 그녀의 낭랑한 목소리는 너무나도 뇌쇄적이었고 미모까지 겸비하였으니 더할 나위 없었다. 나는 그런 미스 김에게 관심을 두고 있었다. 뜻이 있는 곳에 길이 있다더니만 그 기회는 너무나도 빨리 왔다. 어느 날 게임을 마치고 장비를 정리 중인데 야구공을 한 아름 안은 그녀가 덕아웃으로 들어서는 것이었다. 그녀는 친구들의 부탁을 받았다면서 사인용 공을 한 아름 가져와 몽땅 내 앞에 쏟아내는 것이었다. 그러면서 겸연쩍었던지 단순호치를 들어내 보이며,

  "친구들이랑 동생들이랑 한 트럭 왔거든요."

라고 상냥스럽게 말하고 있었다.

"그래요. 조금만 기다리세요."

하던 일을 마친 나는 신들린 사람처럼 일필휘지하여 그녀에게 돌려주면서,

"트럭으로라도 가져오세요."

하면서 눈웃음을 지어 보였다.

그녀와의 사귐은 그렇게 해서 시작되었다. 교제는 급진전을 보였다. 몇 차례 미팅 중에 내가 부상을 당해 입원하게 되었다. 그녀는 입원한 나를 찾아와 병수발을 들어주었다. 2년여의 열애 끝에 결혼해 성공했다.

프로야구에 몸담은 지 얼마지 않아 내 신상에 변화가 있었다. 팀과 결별하게 된 것이었다. 6개 팀으로 출발한 KBO는 차츰 몸집을 키워 8개 팀으로 성장했다. KBO에서는 양대 리그를 꿈꾸고 있었다. 그러자면 리그 당 6개 팀, 즉 12개 팀은 있어야 하는데 우리 형편에는 무리라 했다. 그러나 2개 팀을 신설하여 10개 팀 정도는 가능하다는 중론이었다. 그 결과 2개 팀 증설이 확정되었다. 신생 팀에게는 각 팀에서 주축 선수 1명에 후보 약간 명을 내놓기로 양해했다. 신생팀에게는 3명 TO의 외국인 선수를 1명 더 늘려 주기로 양해했다. 나는 대승적인 차원에서 신생팀 이적에 동의하였는데 나중에 알고 보니 모종의 커넥션이

존재했다. 내가 몸담았던 팀은 많은 우수 선수를 보유하고 있으나 중소기업이라는 현실의 벽에 부딪쳐 고전 중이었다. 자금이 달려 옹색한 판국에 신생팀에서 나를 점찍으며 지원하겠다는 제의가 있었다는 것이다. 거액의 후원금이 거래되었고 나도 섭섭하지 않은 대접을 받았다. 누이 좋고 매부 좋은 격이었다.

 신생 S팀으로 이적한 나는 주장의 중책을 맡아 동분서주했다. 다음 시즌 출전을 목표로 준비에 여념이 없었다. S팀은 보완할 부문이 너무 많았다. 주전 몇 명을 제외한 선수 거의가 역량 미달이고 실업팀에서 내노라 했다는 신임 감독 역시 프로 세계에 적응하지 못하고 있었다. 한두 해 정도의 적응기를 거쳐야만 팀다운 팀이 될 성싶었다. 고교 선수 우선 지명권과 외국 선수 증원 건을 활용하여 팀을 꾸리고 동계훈련을 빡세게 시켰다. 나는 공격에서는 4번을 쳤고 수비는 역시 중견수를 맡았다. 팀 창설 2년이 경과하자 팀은 제법 구색을 갖추게 되었다. 구성원 모두가 피땀 흘린 결과 출범 3년 만에 리그의 중위권으로 도약할 수 있었다. 세월이 흘렀다. 잘 나가던 내게도 불운이 찾아 들었다. 리그 중반기인 한 여름 경기에서였다. 주자 1, 2루의 상황에서 타석에 들어섰다. 나의 장단점을 꿰고 있는 상대 투수는 집요하게도 그 점을 활용하고 있었다. 나는 상대 투수의 노림수에 걸리지 않으려고 집중하며 기회를 엿보고 있었다.

처음 두어 개 커브를 던졌으나 반응하지 않자 삼진을 잡을 요량으로 내가 좋아하는 타격 포인트로 공을 집어넣는 것이었다. 내 방망이는 거침없이 허공을 갈랐다. 중견수 머리 위로 넘어가는 2루타 성 안타였다. 그런데 펜스를 맞고 튀어 나오는 공을 중견수가 잡았다가 놓치는 것이었다. 준족인 나는 모험을 걸기로 작정하고 전력 질주, 슬라이딩으로 홈에 안착할 수 있었다. 세이프 판정. 그라운드 홈런의 짭짤한 소득이었지만 피해도 엄청났다. 햄스트링 근육이 파열된 것이었다. 진단 결과는 시즌 아웃이었다. 나는 남은 시즌을 재활치료로 허송해야만 했다.

다음 해 시즌이 되었다. 출전에 이상이 없다는 담당 의사와 팀 트레이너의 판정이었다. 감독은 공격에만 전념하는 지명타자로 출전시켰다. 잘 나가나 싶은 구단에 암운이 드리워지고 있었다. 구단의 사업 실패로 운영을 계속할 수 없다는 것이었다. 구단은 매각 절차에 돌입했다. 워낙 인기 있는 팀이었으므로 야구를 사랑하는 재벌 회장이 나타나 팀을 인수했다. 나는 바뀐 구단의 유니폼으로 갈아입고 선수 생활을 이어갔다. 세월이 흘렀다. '세월을 이기는 장사는 없다'는 옛말이 허언이 아니었다. 나이 들수록 타율은 떨어지고 기량도 예전만 같지 못했다. 대타 아니면 벤치를 지키는 신세가 되었다. 해마다 출중한 후배들이 치고 올라오니 운신의 폭도 좁아지고 눈치도 보였다. 오라는 데는 없고 앞길이 막막했다. 은퇴를 심각하게 고려 중인 내게 귀가 번쩍 뜨이는 한 정보가 입수되었다. 시골 어느 고교 팀에 감독 자리가 공석 예정이라는 거였다.

처음 6개 구단으로 출범한 한국야구는 인기 스포츠로 자리매김하며 날이 갈수록 번창했다. 전국의 여러 초중고에서도 앞다투어 야구부를 창설했다. 신생 야구팀은 도시뿐만 아니라 지방에도 골고루 분포했다. 공급과 수요의 원칙에 따라 야구지도자의 몸값도 덩달아 뛰었다. 현역에서 은퇴하고 하릴없이 빈둥거리던 야구인들에게는 좋은 기회였다. 시골 학교라고 해서 만만히 볼 일이 아니었다. 신체 건장하고 장래가 엿보이는 재목감이 수두룩하여 육성만 잘하면 희망이 있어 보였다. 해를 거듭하자 전국대회에서 두각을 나타내는 시골 팀도 생겨났다. 그 시골 팀에 자리가 생길 거라는 풍문이 돌았던 것이다. 그 학교의 전임 감독은 내가 존경하던 선배였다. 안부를 핑계 삼아 전화했더니 '그러잖아도 한 번 만나려는 참이었다고' 깜짝 반가워하는 것이었다. 선배는 단도직입적으로 후임이 되어 달라고 간청하였다. 지병이 도져 쉬게 되었다며 자신이 이루지 못한 중앙무대 우승의 꿈을 꼭 이루어 달라는 부탁도 했다. 나는 선배의 간곡한 부탁에 못 이겨 응낙하고 말았다. 부임해 보니 팀은 의외로 탄탄한 실력을 갖추고 있었다. 담금질만 잘하면 명검을 뽑아낼 수 있을 것 같았다. 학교에서 마련해 준 숙소에서 기거하며 밤낮없이 지도했다. 그 결과 중앙대회 우승의 꿈을 일궈 냈고 명장의 반열에도 들어서게 되었다.

나는 선수에서 지도자로 변신하면서 각오한 바가 있었다. 기술과 전법만 가르치는 평범한 지도자가 아닌 덕장(德將)이 되고 싶었다. '용장(勇將) 보다 지장(智將)이 낫고 지장보다 덕장(將德)이 더 났다'는 가르침을 실천에 옮기고자 함이었다. 그러자면 솔선수범의 자세와 행동이 필요했다. 조그만 일에서부터 배려하는 습관을 길렀다. 동료 감독의 주변에 좋은 일이 있으면 축하와 덕담을 나누고 어려운 일이 생기면 위로와 격려를 아끼지 않는 등 기초적인 예의부터 실행했다. 좋지 않은 성적 때문에 입지가 흔들리는 감독을 불러내 한 잔 술을 권하면서,
"으째야 쓰까? 같이 먹고 살아야 할 것인디."
위로하며 평소에 지적해주고 싶었던 점들을 꼼꼼하게 짚어주곤 했다.
제자들에게는 선수이기 전에 먼저 인간이 되라고 강조했다. 덧붙여 겸손과 아량을 좌우명 삼으라고 조왕경 읽듯 말했다.

오로지 야구계에 몸을 바쳤던 내게도 끝이 보였다. 이제 내려놓아야할 시기가 되었음을 느끼기 시작한 것이었다. 나는 시골 학교 감독을 하면서 근무지 부근 시골에 전답을 마련한 바 있

었다. 직장에서 물러나면 농막을 짓고 전원생활을 해보려는 심사로 매입한 것이었다. 그러나 막상 달려들고 보니 모든 게 여의치가 않았다. 평생 배트만 만지던 손으로 호미를 잡는 게 적성에 맞지 않았던 것이었다. 이웃 농사꾼이 봄이 왔음을 알려주면 씨앗을 뿌리고, 김매고 수확만 하면 될 줄 알았는데 그 일이 쉽지 않은 것은 마음이 콩밭에 있는 때문이었다. 더 늙기 전에 가족의 품으로 돌아가고 함께 운동했던 친구들과 어울려 한잔 술도 나누며 야구 관전도 실컷하고픈 생각 뿐이었다. 도연명陶淵明은 하던 벼슬도 버리고, 〈돌아가자 세속적인 교유를 끊으리라. 세상과 뜻이 맞지 않으니 다시 벼슬살이를 한다 해도 무엇을 구할 수 있으리오〉 귀거래사를 읊조리며 전원으로 돌아갔는데 나는 그와는 정반대의 길을 걸으려 한 것이었다. 서로 지향하는 목표가 도시와 시골이었지만 막상 귀향이라는 대명제 앞에서는 궤를 같이하므로 '동일한 맥락이 아니냐'며 나는 억지스런 주장을 내세우며 위안 삼기로 했다.

　아내는 일찍이 장내 아나운서를 그만두고 스피치 학원의 강사로 직종을 바꾸었으나 벌이가 신통치 않았다. 애들은 성장 중이고 현역에서 물러난 남편은 시골 학교의 지도자로서 두 살림이었으므로 걱정이 되었다. 고심 끝에 도심의 충장로에 의류 가게를 차렸다. 한동안 성업이었던 의류 가게는 전남 도청

이 무안으로 옮겨가자 상권이 시들하여 별 볼 일 없어져 버렸다. 그때마다 업종을 변경하여 버텨보았으나 그마저 어려웠다. 때려치울 수도 없는 노릇이어서 최근까지 가지고 있다가 얼마 전에 원매자가 나타나 헐값에 처분하고 당분간 쉬고 있었다.

"여보, 나 고향으로 돌아가고 싶소! 당신도 그런 나를 위해 오래된 참나무에 노란리본을 달아 주시겠소?"

"그러시구려.' 빙고'처럼 고잉 홈을 읊조리며 돌아오시구려."

흔쾌히 응답하는 것이었다.

나는 즉시 부동산에 시골 전답을 매물로 내놓았다. 마침 원매자가 있었다. 바이오산업단지 후보지라는 소문을 듣고 달려든 모양이었다. 좋은 가격에 팔아 시골 생활을 정리했다. 어느 날 외출에서 돌아온 아내가 특급 정보라며 내게 말했다.

"여보! 임동 옛 전남방직공장 부지에 광주 최대의 쇼핑몰이 들어선다하네요. 최근에 국내 굴지의 유통업체와 체결을 완료했다는 소문도 돌더라구요. 단지가 조성되면 목 좋은 곳을 분양받아 나는 의류상을 차리고 당신은 평생 꿈이라는 야구용품점이나 경영하면서 노후를 보냈으면 어떨까 해요."

나는 임동에 야구의 거리가 있으며 챔필구장도 가까우므로 좋은 아이디어라는 생각에 혹했다. 먼저 지금 살고 있는 헌집을 팔고 마땅한 주거를 찾던 중 챔필구장 부근아파트가 매물로 나왔으므로 마음에 들어 주거를 옮겼다. 25층 아파트의 최상층인 우리 집은 사방이 탁 트여 있어 전망 최고였다. 거실에 나가면 무등산 전체가 바라다보이고 뒤 창문으로는 챔필구장이 한 눈에 들어왔다. 망원경만 있으면 공짜 관전도 가능한 환경이었으나 나는 어깨 넘어 관전으로는 성이 차지 않아 항상 직관을 고집했다.

 당분간 할 일이 없어진 나는 프로야구나 실컷 관전하면서 세월을 보내기로 마음먹었다. 홈경기가 열리는 날은 직관을 하고, 그렇지 않는 날은 TV 앞에 죽치고 앉아 스포츠 전문 방송에 다이얼을 맞추었다. 2024년 여름은 유난히도 무더웠다. 35도를 웃도는 폭염이 40여 일 이상 계속되고 열대야 역시 신기록을 경신 중이었다.
 한 여름 내내가 시즌인 프로야구는 흥행에는 성공이었지만 그라운드에서 뛰는 선수들에게는 질곡의 계절이었다. 야간 경기로 진행하지만 해가 지면 더욱 무덥고 후텁지근하여 한낮보다 덜하지 않았다. 파김치가 된 선수들은 집중력이 떨어져 경기력 저하로 인한 실책 남발이 연출되었다. 평범한 타구를 놓쳐 경기를 망치는 경우가 허다했다. 핸드볼 경기에서나 볼 수 있는 천문학적인 스코어도 양산되었다. 한 경기 실점이 무려 30점이라는 대기록도 달성되었다.
 나 역시 기록적인 그 경기를 직관한 바 있었다. 처음에는 울화가 치밀어 감독을 성토 했지만 차츰 이해되던 거였다. 전임 감독의 입장에서 정리해 보았다.

　평소 자신의 팀 전력을 과신한 나머지 상대를 가볍게 보고 후보 선수를 선발로 내 세웠다가 초반부터 난타당했고 투수 교체 타임을 잃어 주도권을 상실하였을 것이다. 월등한 타격을 믿고 역전을 기대하였으나 너무나 격차가 벌어져 추격하기 어려웠다. 타자들은 내색은 않지만 자포자기의 심정으로 방망이를 마구 휘둘렀을 것이고, 상대팀 선수들은 상생의 배려를 망각한 채 기고만장하였을 터. 한 마디로 작전 실패라는 결론으로 정의하였다.

　문득, 작전 실패의 한 예로 '송양지인'(宋襄之仁)이라는 고사가 떠올랐다. 군웅이 할거하던 중국의 춘추시대에 송나라와 초나라가 있었다. 앙숙인 두 나라는 싸움이 잦았다. 어느 날, 두 나라 군사는 강을 사이에 두고 대치하고 있었다. 밤이 되자 초나라 군사들이 몰래 강을 헤엄쳐 오는 게 포착되었다. 송나라 장수가 급히 달려와 양공에게 보고했다.

　"폐하! 지금 초나라 군사가 강을 헤엄쳐 오고 있습니다. 지금 격퇴하지 않으면 위태롭습니다. 속히 군령을 내려 주십시오!"

　그러나 양공은 수하 장수의 말을 듣지 않았다. 그리고는,

　"서두를 것 없다. 저들이 어려운 환경에 처했을 때 공격하면

정도가 아니니라. 육지에 올라섰을 때 물리쳐도 늦지 않다. 짐은 정정당당하게 승부를 겨룰 것이다."

그러나 결과는 참담했다. 쉽게 도강에 성공한 초나라 군사는 송나라 군사를 크게 무찔렀다. 대승을 거둔 것이었다. 인(仁)의 정신으로 정정당당을 외치던 송나라 양공은 이 전쟁에서 큰 부상을 입었고 종내는 후유증으로 죽고 말았다. 후세의 사가들은 이 사건을 가리켜 '송양지인'이라 칭하며 송 양공의 너그러움을 찬양하기는커녕 조롱거리 삼았다.

그 무더웠던 폭염도 쇠잔해지며 서서히 끝자락을 보이고 있다. 자연의 순리는 그 무엇으로도 막을 수 없는지 조석으로 제법 서늘한 가을바람이 살랑거린다. 온 국민들을 열광의 도가니로 몰아넣었던 프로야구 페넌트레이스도 종반에 접어들었다. 이변이 없는 한, 현재 매직 넘버 3을 기록 중인 이 지역 연고 팀의 리그 우승이 점쳐진다. 장기 레이스가 막을 내리면 곧바로 상위 5개 팀이 겨루는 코리언시리즈가 열릴 것이다. 나는 챔필 구장에서 〈코시〉 경기가 열릴 그날을 손꼽아 기다리기로 했다.

고전감상

전전반측하다가 겨우 잠이 들었는데 꿈을 꾸었다. 내일이 한식寒食 날이어서인지 한식과 연관된 꿈을 꾼 듯싶었다. 꿈속에서 성삼문도 보았다. 문득, 그의 시 한 수가 떠올랐다. 이조 세종 때, 한글 창제를 위해 중국에 갔다가 수양산을 지나면서 지은 시라 한다.

수양산 바라보며 이제夷齊를 한恨하노라/
주려 죽을진들 채미採薇도 하는 것가/
비록애 푸새엣 것인들 그 뉘 땅에 났거니/

은나라 말엽, 고죽군의 아들에 백이와 숙제가 있었다. 당시, 천자인 주紂왕은 어린 시절에는 아홉 마리의 소를 혼자 끌고 맨

손으로 호랑이를 때려잡을 정도의 용맹과 지혜를 갖추었으나 '달기'라는 경국지색을 만난 후 주지육림의 향락에 빠져 정사를 돌보지 않았다. 바른말을 하는 신하와 백성을 통제키 위해 포락형炮烙刑을 만들었다. 펄펄 끓는 기름가마 위에 기름을 바른 구리기둥을 걸치고 죄수들에게 맨발로 그 위를 걷게 했다. 미끄러진 죄수가 기름가마에 떨어져 죽으면, 웬만해서는 기쁜 내색을 하지 않던 달기는 그때마다 박장대소하며 즐거워하는 것이었다. 이렇듯, 학정을 일삼는 폭군을 보고 참다 못한 삼정승 중의 한 사람인 '구후'가 자신의 딸을 주왕에게 시집보내 포악을 말리려고 했으나 주왕은 도리어 왕비를 죽이고도 모자라 장인인 구후까지 죽여 그의 시체로 젓갈을 담았다. 그 꼴을 본 또 한 사람의 정승 '악후'가 불만을 토로하자 그 역시 죽여 시체를 포를 만들었다. 삼정승 중 마지막 남은 서백西伯 '희창'姬昌 역시 '유리' 땅의 옥에 가뒀는데 희창이 '태전' '산의생' 등 현신을 등용하여 자신의 기반을 키우자 불안을 느낀 때문이었다. '강태공'의 계략에 따라 서백은 유신 씨의 딸과 견융의 명마를 주왕에게 바쳐 겨우 풀려날 수 있었다. 위기를 모면한 희창은 서쪽 지방으로 도망가 새 왕조의 기틀을 다졌다. 은나라를 탈출하여 온 신하들과 백성들은 희창에게 이구동성으로 당장 은나라를 멸망시켜 달라고 애원했지만 희창은 때를 기다렸다. 새 왕조의 기반을 닦은 희창이 죽자. 그의 아들 '희발'姬發이 대를 이었다.

희발이 주왕을 치려고 출정하려는데 백이와 숙제 두 형제가 희발이 탄 말고삐를 붙잡고 '신하로서 임금을 치는 것은 옳지 못하다'고 극력 간하는 것이었다. 그러나 희발은 듣지 않고 혁명을 성사 시켜 은나라를 멸하고 주나라 무왕이 되었다. 이에 실망한 백이와 숙제는 '주나라 곡식을 절대 먹지 않으리라' 각심하고 수양산으로 들어가 나오지 않았다. 두 형제의 충절을 가상히 여긴 무왕은 신하들을 보내 하산을 권유하였으나 듣지 않았다. 무왕은 산에 불을 지르면 그들 형제가 나오려나, 싶어 산에 불을 놓았지만 끝내 나오지 않고 불타 죽고 말았다. 무왕은 백이와 숙제를 추모하는 뜻으로 그들이 죽은 날은 온 나라 백성들에게 불을 사용하지 못하도록 엄명을 내렸다. 그래서 그날만은 찬밥을 먹게 되었다. 한식寒食일로 정하게 된 유래이다. 성삼문은 백이와 숙제가 수양산의 고사리를 뜯어 먹고 살다가 죽었다고 여겼지만, 나중에 거처에 가보니 수양산에서 캔 고사리는 한 뿌리도 먹지 않고 그대로 차곡차곡 쌓여 있었다 한다.

이어진 장면, 단종 복위 운동이 탄로나 줄줄이 붙잡혀 온 사육신들의 죄를 묻는 친국 형장이었다. 온몸이 피투성이인 채로 형틀에 메여 있는 그들 앞에 수양대군이 나타났다. 좌정한 수양대군이 입을 열었다.

"그동안 정리로 봐서 한번 기회를 주겠다. 용서를 빌고 충성한다면 사면도 해주고 중용하겠다. 의향이 어떤가?"

은근한 말투로 성삼문에게 하는 말이었다.

"나으리! 천부당만부당한 말씀입니다. 부디, 주공을 본받으시옵소서!"

"저런, 저런 역적 놈을 봤나! 당장 참수형에 처하라!"

얼굴색이 붉그락푸르락 해진 수양대군의 일갈이었다.

성삼문은 나직한 목소리로 시 한 수를 읊은 다음 형장의 이슬로 사라져 갔다.

격고최인명擊鼓催人命－－북을 울려 인명을 재촉하는 도다/
회수일욕사回首日欲斜－－머리를 돌려보니 석양에 해가 지려하는구나/
황천무일점黃泉無一店－－저승에는 묵을 가게도 없으니/
금야숙수가今夜宿誰家－－오늘 밤은 뉘 집에서 묵으리!/

성삼문이 당당하게도 수양대군을 나으리라 부르며 주공을 본받으라고 절규했던 그 인물, 주공周公은 과연 누구인가? 이름이 단旦인 주공은 문왕(희창)의 넷째 아들이다. 문왕에게는 잘 생기고 영특한 큰아들 백읍고伯邑考가 있었다. 그는 음악과 예술에 능했다. 주왕의 애첩 달기는 백읍고에게 고금을 가르쳐 달라며 유혹의 눈길을 보냈으나 백읍고는 유혹에 넘어가지 않고 도리어 멸시하였다. 이에 분노한 달기는 백읍고가 주왕에게 헌상한 '백면원후'(원숭이)가 자신을 덮친 것을 핑계 삼아 주왕에게 '백읍고가 자신을 해치려 했다'고 참소, 능지의 죽임을 당하게 만들었다. 백읍고의 시체는 육병으로 만들어졌고 주왕은 아들의 육병을 먹지 않으면 안 되었다. 살아남기 위해서는 어쩔 수 없는 일이었다. 문왕은 병으로 죽으면서 둘째 아들 희발에게 부디 은나라를 멸해 달라는 유언을 했다. 희발의 주나라 군사는 1/3의 열세를 극복하고 '목야대전'에서 은나라 군에게 대승을 거두었다. 대패한 주왕은 궁궐에 불을 질러 분신자살로 최후를 마쳤다. 마침내 대업을 완성한 무왕도 그로부터 2년 후 지병으로 세상을 떴다. 무왕에게는 12살의 어린 아들이 있었는데 너무 어려 정사를 볼 수 없었다. 무왕은 주공에게 아들을 부탁한다는 고명을 내렸다. 주공은 형인 무왕이 와병 중일 때 '차라리 형님 대신 제가 죽었으면 좋겠습니다'라는 글을 남기기도 한 충성심 가득한 동생이었다. 주공은 조카 성왕을 섭정하여 성왕이 친정할 때까지 지극 정성으로 보필했다.

　이와 같은 아름다운 결말은, 세종과 문종의 고명을 받았음에도 어린 단종을 쫓아내고 왕위를 찬탈한 수양대군의 행동과는 대조가 되었다. 주공은 마음만 먹으면 왕위 찬탈이 가능하였으나 끝까지 초심을 유지하며 어린 성왕을 보필하였으므로 공자를 위시한 후세들로부터 성군으로 추앙되어 그 이름을 역사에 남길 수 있었다. 동양에서는 요堯, 순舜, 우禹, 탕湯, 문왕, 무왕, 주공 이렇게 여섯 사람을 기려 성군이라 칭송하는데 왕의 위치에 오르지 못한 주공도 그 대열에 낄 수 있었던 것은 그러한 충절 때문이었다.

 공자는 그런 주공을 자나깨나 추앙하여 평생 롤모델 삼았으며 그의 저서인 논어論語 '술이편'에 '아무래도 내가 기력이 약해진 모양이로구나. 꿈속에서 주공을 만나 본지가 너무 오래되었구나!'는 소회를 남긴 바 있었다. 또한 경주공驚周公—즉 꿈에 주공을 만나 놀라 깨었다.—는 명구를 남기기도 하였다

 동양 고전을 공부하는 나는 '코로나19' 창궐 전, 베트남의 하노이를 방문한 바 있었다. 일찍이 회교 국가인 캄보디아를 다녀온 터라 그 이웃인 베트남 역시 그럴거라 생각했는데 예측은 빗나가고 말았다. 중국의 범주에서 크게 벗어나지 못하고 있었던 것이다. 시내에 위치한 문묘文廟를 방문했다. 이 건물은 11세기에 세워졌는데 베트남 최고의 대학으로 우리나라의 성균관이나 향교의 역할이라 했다. 근처에 위치한 규문각奎文閣은 19세기 원나라 시대 때 만들어진 것으로 각각 다른 얼굴을 한 82개 거북의 등에 비석들이 세워져 있었다. 비석에 새겨진 문자는 15-18세기까지 300년 동안 2년에 한 번씩 시행한 과거시험의 합격자 명단이라 한다. 1970년 공자孔子의 위패를 모시기 위

해 지어진 건물 안으로 들어가자 정면에 '만세사표'萬世師表 가로로 된 편액이 걸려 있고 편액 아래에 공자의 좌상이 있었다. 정면에서 본 공자 좌상을 중심으로 오른편에 맹자孟子와 증참曾參, 왼편에 안회顔回와 자사子思의 상이 마주 보고 있었다. 경내 곳곳에 한자로 적힌 편액들이 즐비하였는데 그중에서 시선을 끈 건 '하시은로주면악소'夏時殷輅周冕樂韶 여덟 글자였다. 논어 '위령공' 편에 실린 글인데. '책력은 하나라 것을 시행하고, 은나라의 수레를 타며, 주나라의 면류관으로 갓을 하며, 음악은 순임금의 음악으로 삼는다'는 내용이었다. 출전은, '안연이 공자에게 나라 다스리는 법을 물은데'(安淵爲問邦) 이다.

중국의 첫 왕조 하나라는 책력(천문)을 중시하였고, 은나라는 수레의 규격으로 지위 고하를 나타냈으며, 주나라는 벼슬아치들의 품계를 관으로 표시하였으며 순임금의 음악을 정통 삼았던 모양이다.

이렇듯, 베트남에 중국의 유적과 유물이 많은 까닭은 베트남이 과거 중국의 권역인 때문이라 한다. 당나라가 평양에 안동도호부를 설치할 당시, 서강 지역에 안서도호부, 교지交趾라고도 불렀던 베트남에는 안남도호부를 설치했다는 역사적인 기록이 존재하는 터이다. 당나라 때의 문장가이며 '등왕각서문'의 주인공인 '왕발'(649-676)도 교지와는 인연이 있었다. 왕발은 당나라 고종 때 조정에서 조산랑朝散郎 벼슬을 하고 있었다. 당시

왕실에서는 왕자들 간에 암투가 치열했다. 왕발은 이를 비꼬는 '투계격문'이라는 글을 지어 왕족 간의 갈등을 풍자하다가 왕의 노여움을 사 벼슬이 강등되고 조정에 있던 아버지 왕복치마저 교지의 수령으로 좌천되었다. 벼슬을 내동댕이친 왕발은 아버지가 수령으로 있는 교지로 향하는데 '내일 아침 강서성 남창에 위치한 등왕각에서 중수를 축하하는 시회를 연다.'는 소식을 듣게 되었다. 등왕각은 당고조 이연의 아들인 등왕 '이원영'이 홍주자사로 있을 때 지은 누각인데 세월이 흘러 누추해지자 새로 홍주자사로 부임한 '염백서'가 중수를 하고 그 기념으로 시회까지 열게 되었다. 염백서의 속마음은 이 기회에 사위 '오자장'의 문필을 세상에 자랑하기 위함이었다. 왕발은 시회에 참석하고 싶은 마음이 굴뚝 같았지만 그가 있는 '무창'과 '강서'에 위치한 등왕각과는 7백여 리 상거였다. 다음 날 아침까지 도착은 불가능하므로 포기를 하려 했는데, 지난 밤 꿈속에 나타난 신선이 '시회에 꼭 참석하라! 좋은 일이 있을 것이다.' 하므로 일단 배를 탔다. 헌데, 운 좋게도 거센 바람이 뒤에서 불어주어 시회 시간 안에 당도할 수 있었다. 불청객으로 나타난 문장가 왕발 때문에 사위를 위한 계획에 차질을 빚게 되자 염백서는 울화가 치밀어 자리를 박찼으나, 자신만만하게 일필휘지로 실력을 뽐내는 왕발의 글솜씨가 몹시 궁금하였다. 하인을 통해 입수한 왕발의 글을 읽은 염백서는 차츰 왕발의 글

에 끌리다가 마침내 탄복하고 말았다. 수백 자에 이르는 문장 중에 염백서가 반한 한 대목은,

 낙하여고목제비落霞與孤鶩齊飛--저녁 노을은 짝 잃은 따오기와 나란히 떠 있고/
 추수공장천일색秋水共長天一色--가을 강물은 넓은 하늘과 같은 색이로다!/

이 대목이었다. 자신의 옹졸함을 뉘우친 염백서는 왕발을 불러 크게 잔치를 베풀고 그의 문장을 극구 칭찬하였다. 이 '등왕각서문'은 무명의 왕발을 일약 중원의 대문장 반열에 올리는 계기가 되었다. 왕발은 아버지가 있는 교지로 가 물놀이를 즐기다 익사, 27세로 생을 마감하였다 한다.

 시래풍송등왕각時來風送滕王閣-- 운이 따르면 바람이 등왕각으로 불어 주고
 운퇴뇌갱천복비運退雷轟薦福碑-- 운이 다하면 천복비에 벼락이 떨어진다.

명심보감 '순명편'에 실린 글이다.
내친 걸음에 '시래풍송'과 대구를 이루는 '운퇴뇌갱'의 유래도

알아보자. 이 문장의 핵심은 '천복비'이다. 이 비는 중국 요주지방에 있는데 대문장가 '이북'이 짓고 '구양수'가 썼다. 송나라 때 '송희범'이 요주 태수로 재직하는데 한 선비가 찾아왔다. '저는 평생에 한 번도 배불러 본 적이 없는 사람입니다. 세상에 저처럼 추고 배고픈 자가 어디 있겠습니까?' 울며 하소하는 것이었다. 이를 측은하게 여긴 태수는 그 당시 천복비문의 탁본 값이 천금이었으므로 천복비 일천 장을 탁본하여 장안으로 가 팔면 이 선비가 가난을 면하겠다 싶어 종이와 먹을 갈아 만반의 준비를 해놓았다. 그런데 그날 밤 하필이면 벼락이 천복비에 떨어져 비석은 형체를 알아볼 수 없이 못쓰게 되었다. 이 이야기는 '운이 따라주지 않는 사람에게는 아무리 도와주려고 해도 길이 없다'는 교훈으로 오늘날까지 전해 온다.

　　시선詩仙이라 불리는 이백李白과 시성詩聖으로 통하는 두보杜甫를 소환한다. 이백에게는 적선인謫仙人 또는 술고래라는 수식어가 항상 뒤따른다. 죽어서 고래의 등을 타고 달나라로 돌아갔다고 해서 기경시인騎鯨詩人이라고도 부른다. 당나라 현종 때 한림원에 근무한 경력이 있어 이한림으로도 불린다. 이백을 현종에게 추천한 사람은 당대의 명 시인으로 조정에 출사하는 하지장賀知章이었다. 그의 작품으로 '회향우서'回鄕偶書가 유명하다.

회향우서回鄕偶書
　　　　　　　하지장

　소소리향노대회 少小離鄕老大回--어려서 고향 떠나 늙어서 돌아오니/

　향음불개빈모쇠 鄕音不改鬢毛衰--고향 말은 고쳐지지 않았는데 귀밑머리 희어졌네/

　아동상견불상식 兒童相見不相識--아이들을 만났으나 알아보지 못하네/

　소문객종하처래 笑問客從何處來--손님은 어느 곳에서 왔느냐고 웃으면서 묻네/

　　산중문답山中問答
　　　　　　　이 백

　문여하사서벽산 問余何事棲碧山--나더러 무슨 일로 푸른 산에 사냐길래/

　소이부답심자한 笑而不答心自閑--웃으며 답하지 않았지만 마음만은 한가롭다네/

　도화유수묘연거 桃花流水杳然去--복사꽃이 흐르는 물에 아득히 떠내려가니/

　별유천지비인간 別有天地非人間.--인간 세상이 아니라 별천지라네/

조정에 출사 중인 하지장은 우연한 기회에 이백의 시 '산중문답'을 읽는다. 하지장은 무릎을 치며, 이 시는 아무나 지을 수 없는 명시이다. 필시, 하늘나라에서 귀양 온 신선일 거라고 말하며 현종에게 이백을 추천하였다. 이백의 재능과 시재를 인정한 현종은 그에게 한림학사 관직을 내리고 항상 곁에 있게 하면서 양귀비와 어울려 시를 읊조리고 음주 가무를 즐겼다. 한번은 뱃놀이에서 대취하여 몸을 가누지 못하자 현종은 환관 '고력사'로 하여금 이백의 신발을 벗기도록 조처하였다. 만취한 이백은 신발을 벗기는 고력사에게 '고자놈!'이라고 하대한 일이 있었다. 그 일로 고력사와는 끝내 불편한 관계가 되었고 결국, 고력사의 참소로 관직에서 쫓겨나고 왕자의 란에 연루되어 귀양살이를 하였다. 방랑시인의 삶을 살다가 만취한 채 '채석기'에서 물에 빠져 죽었다. 그의 대표작은 '춘야연도리원서', '장진주' '봉황대에 올라' '촉도난'...., 등이며 고문진보에 실린 시만 해도 수백 편에 달한다. 옛 유적지를 돌아보며 어지러운 국가의 장래를 근심하면서 읊은 이백의 다른 시 한 편을 감상해 본다.

登金陵鳳凰臺 (봉황대에 올라)
이 백
봉황대상봉황유　鳳凰臺上鳳凰遊—봉황대위에서　봉황이

노닐더니/

　봉거대공강자류 鳳去臺空江自流-봉황 떠나니 누대는 텅 비고 강물만 저절로 흐르네/

　오궁화초매유경 吳宮花草埋幽徑-오나라 궁궐의 화초는 깊은 길 속에 묻혔고/

　진대의관성고구 晉代衣冠成古邱-진나라 관리들은 옛 무덤이 되었구나/

　삼산반락청천외 三山半落靑天外-삼산은 푸른 창공의 바깥으로 반쯤 걸렸고/

　이수중분백로주 二水中分白鷺洲-두 물이 가운데로 나뉘니 백로주로다/

　총위부운능폐일 總爲浮雲能蔽日-모두가 뜬구름이 되어 해를 가리니/

　장안불견사인수 長安不見使人愁-장안은 보이지않고 사람으로 하여금 시름케 하네/

즉위 초에는 치세에 힘써 '계원의 치'를 이루고 문화 황제라 칭송받았던 현종은 손수 '예상우의무와 '예상우의곡'을 만들기도 했다. 그러나 절세가인 양귀비를 만나고부터 정무를 등한시하자 양귀비의 오빠 '양국충'이 좌지우지하는 양씨 천국이 되고 말았다. 이 틈을 타 범양절도사 '안녹산'과 '사사명'이 '간신 양국충을 토벌한다!'는 대의명분으로 반란을 일으켰다. 반군이 낙양으로 진격해 오자 현종은 서촉으로 피난길을 떠났다. 장안에서 100여 리 떨어진 '마외파'에서 하룻밤을 묵고 다음날 출발하려는데 호위하던 금위군이 움직이지 않았다. 이 사건을 고전에서는 '육군불발'六軍不發이라고 적고 있다. 반란을 일으킨 금위군과 백성들은 간신 양국충과 양귀비의 언니 한국부인 괵국부인을 때려죽이고 현종에게 양귀비를 내놓으라 겁박하였다. 현종은 사랑하는 양귀비를 차마 내놓지 못하고 명주 수건을 내어주며 스스로 자결할 것을 명하자 양귀비는 자진하고 말았다. (군중이 달려들어 때려죽였다는 문헌도 있다.) 양귀비의 나이 37세였다. 그런데도 금위군이 움직이지 않자 현종은 하는 수 없어 태자(숙종)에게 선위하자 비로소 금위군들은 움직이기 시작, 현종을 서촉으로 인도했다.

시선 이백과 쌍벽인 시성 두보를 소환한다. 두보의 시는 전쟁을 소재 삼은 게 많은데 안녹산의 난을 겪은 때문이다. 이백보다 11년 연상이지만 서로 뜻이 통할 뿐만 아니라 이백과 더불어 하남, 산동 일대를 유람한 일이 있어 친구 사이로 발전하였다 한다. 두보의 많고 많은 시들 중에 전란 속에서 고향을 그리워하는 애달픈 심정을 노래한 전쟁 시 한 수를 소개한다.

춘 망(春望)

　　　　　두 보

國破山河在-나라가 망하니 산하만 남아 있고/
城春草木深-봄 깃든 성곽엔 초목만 무성하다/
感時花濺淚-시절이 슬퍼 꽃엔 눈물을 뿌리고/
恨別鳥驚心-이별이 아파 새 소리에 마음 놀라네/
烽火連三月-봉화가 석 달 동안 이어지니/
家書抵萬金-집 소식은 만금에 해당하네/
白頭搔更短-센 머리 긁어 더욱 짧아지니/
渾欲不勝簪-온통 비녀조차 이기지 못하겠네/

긴 여름 강촌의 삶(安分知足)을 노래한 시 한 수도 감상해 본다.

강 촌(江村)

　　　　　두 보

淸江一曲抱村流-맑은 강 한 구비 마을을 끼고 흐르니/
長夏江村事事幽-긴 여름 일마다 한가하다/
自去自來梁上燕-절로 가며 오는 것은 집 위의 제비요/
相親相近水中鷗-서로 친하며 가까운 것은 물 가운데 갈매기로다/

  老妻畫紙爲棋局-늙은 아내는 종이 그려 장기판을 만들고/
  稚子敲針作釣鉤-어린 아들은 바늘 두드려 낚싯바늘 만드네/
  多病所須唯藥物-숱한 병에 필요한 것은 오직 약물뿐이니/
  微軀此外更何求-보잘 것 없는 몸 이 밖에 다시 무엇을 구하리오/

 오늘도 모든 메스컴에서는 '토사구팽'兎死狗烹을 화두를 삼는다. '토끼를 다 잡으니 사냥개를 삶아먹는다' 뜻의 고사성어는, 누가 누구를 내쳤다거나 누가 누구에게 버림받았다는 등 조소어로 둔갑하여 정치판을 줴 흔들고 있다. 이 글의 출전이다. 모두들 bc 202년 경, 한漢나라 개국공신인 한신韓信이 비참한 최후를 맞으면서 내뱉는 탄식으로 알고 있지만 사실은 그게 아니다. 그가 태어나기 훨씬 전인 춘추시대 때 생겨난 말이다.

 춘추시대 초기, 중국 전역에 100여 개가 넘는 작은 나라들이 존재했는데 그 가운데서 제齊, 진秦, 초楚, 오吳, 월越 5개국이 가장 강력했으므로 춘추 오패五覇라 칭했다. '오월동주'吳越同舟로 대변되는 양자강 남쪽의 오와 월은 호적수였다. 두 나라 간의 관계는 앞에서 말한 오월동주 말고도 '와신臥薪과 상담嘗

膽'이라는 고사가 존재할 정도로 험악했다. 토사구팽의 주인공은 범려范蠡였다. 범려는 월나라 구천의 책사이자 중국 최초의 실업가로 알려져 있다.

  오吳 월越 두 나라의 분쟁은 수없이 많았으나 불구대천의 원수로 변한 시기는 오왕 합려闔閭가 사망한(bc496년)때로 부터 비롯된다. 합려는 손무, 오자서 등의 도움을 받아 오나라를 춘추오패의 강국으로 발전시킨다. 국력이 넘치자 합려는 10년 전의 월나라에 패한 원한을 갚기 위해 월나라로 쳐들어갔으나 월의 책사 범려의 책략에 말려 패배한다. 합려는 화살 맞은 다리의 상처가 덧나 사경을 헤매다가 아들 부차夫差에게 월나라에 복수할 것을 유언으로 남긴 채 세상을 뜬다. 부차는 '장작 위에 누워 자며' 복수의 칼을 갈아 나라의 힘을 기른 후 대병을 동원 월나라를 공격, 승리하고 만다. 당하고만 있을 구천이 아니었다. 절치부심하던 구천은 범려의 만류에도 불구하고 오나라를 공격했으나 도리어 대패, 월나라 수도가 포위되었다. '부초' 전투에서 크게 패해 회계산에 농성한 구천은 범려의 진언에 따라 범려와 함께 하산하여 부차에게 항복, 종이 된다. 세월이 흘러 부차가 병에 걸린다. 범려는 구천을 설득해 부차의 대변을 핥도록 한다. 절대 충성을 맹세하는 위장술이었다. 부차는 마침내 쾌차한다. 부차는 자신의 대변까지 핥는 구천의 충성심에 감복하여 그동안의 의심을 풀고 책사 오자서의 만류를 뿌리친채 구천과 범려를 월나라로 석방한다. 조국으로 돌아온 구천은 '쓸개를 곁에 두고 수시로 맛보며' '회계산의 치욕'을 되갚고자 벼르고 벼른다. 범려는 국력을 기르는 한편, 여색을 즐기는 부차에게 '서시'라는 미인을 보내 주색에 빠지게 만든다. 부차가 제나라를 공격하려고 대군을 이끌고 북진하는 틈을 노린 구천은 오나라를 기습하여 태자를 죽이고 오나라의 대부분을 장악해 버린다. 범려의 책략에 놀아난 부차는 구천에게 항복하며 목숨을 구걸한다. 구천은 '쓸개를 핥으며 복수를 다짐했던 일을 잊으셨습니까?' 절규하는 수하들의 진언이 빗발친대도 전에 자신을 살려준 부차를 차마 죽이지 못한다. 대신, 부차를 100호의 장(구장 반장 정도의 벼슬)으로 삼으려 한다. 이 말을 들은 부차는 자존심이 상해 자결하고 만다. 대를 이은 전투에서 마침내 구천이 승리한 것이었다. 전쟁이 끝나고 논공행상이 행해질 때 범려는 지금까지 함께 구천을 도왔던 대부 문종에게,

"월왕 구천은 어려운 일은 함께 할 수 있어도 그 공은 나누지 못하는 성격이니 저와 함께 그의 곁을 떠나는 것이 좋겠습니다. 새 사냥이 끝나면 활도 감추어지고 교활한 토끼를 다 잡고 나면 사냥개를 삶아 먹는다 하였습니다."

한 마디 충언을 남기고 월나라를 떠나 버린다. 그러나 문종은 우유부단한 성격 때문에 구천의 곁을 떠나지 못하고 있다가

범려의 예언대로 구천으로부터 자결을 강요받아 비참한 최후를 마쳤다는 것이다.

  이후 범려의 행적은 자세하지 않은데 '서시'와 더불어 오호五湖에서 배를 띄우고 놀았다고도 하고, 제나라로 가 이름을 '치이자피'鴟夷子皮(말가죽으로 만든 술부대)로 바꾸고 재물을 모아 모두 백성들에게 나누어 준 다음 도陶 땅으로 가 '도주공'이라고 일컫고 수만 근 금을 모아 대부호가 되었다고 한다.

  고문진보(古文眞寶)에 실린 백거이(白居易)의 장시 〈비파행〉을 끝으로 이 글을 끝내려 한다. 백거이는 772-846년까지 74년을 살았다. 자는 낙천(樂天)이고 호는 취음선생 또는 향산거사라 하였다. 비파곡으로도 불리는 이 시는 총 616자로 구성된 7언 장시로서 전문을 다 실을 수는 없어, 전반부 후반부 몇 구를 인용하고 마지막으로 백거이 자신이 지은 '비파행서문'을 음미하는 것으로 갈음하려고 한다.

    비 파 행
            백거이
  (첫문장)
  潯陽江頭夜送客 심양강두야송객--심양강 가에서 밤에 손님을 전송하는데/

楓葉荻花秋瑟瑟 추엽적화추슬슬--단풍잎 갈대꽃 위에 가을바람 쓸쓸하였네/

主人下馬客在船 주인하마객재선--주인은 말에서 내리고 손님은 배에 탔는데/

擧酒欲飮無管絃 거주욕음무관현--술잔 들어 마시려도 악기 반주도 없어/

醉不成歡慘將別 취불성환참장별--취하여도 기뻐지지 않아 서글프게 작별하는데 /

別時茫茫江浸月 별시망망강침월--작별할 때 아득한 강물에는 달빛만 젖어 있네/

忽聞水上琵琶聲 홀문수상비파성--그때 문득 물 위에 퍼지는 비파 소리 듣고/

主人忘歸客不發 주인망구객불발--주인은 돌아갈 것 잊고 손님은 떠나갈 것 잊었네/

(중간생략)

(끝문장)

感我此言良久立 감아차언양구립--내 말에 감동된 듯 한참 서 있다가/

却坐促絃絃轉急 각좌촉현현전급--물러앉아 잽싸게 줄 튕기니 줄가락 다급해져/

凄凄不似向前聲 처처불사향전립--슬프기 먼저 곡과 같지 않아/

滿坐聞之皆掩泣 만좌문지개엄읍--그 자리 사람들 모두 눈물 닦으며 울었는데/

就中泣下誰最多 취중읍하수최다--그중에서도 눈물을 누가 가장 많이 흘렸던가?/

江州司馬靑衫濕 강주사마청삼습--강주사마인 내 푸른 저고리 눈물 흠뻑 젖었네?

비파행서(琵琶行序)

원화 10년(815) 나는 구강군(九江郡) 사마(司馬)로 좌천되었다. 그 다음해 가을 분강(分江)의 포구에서 손님을 전송하다가 어느 배 안에서 밤에 비파를 타는 소리를 들었다. 그 곡조를 들으니 맑게 울리는 장안(長安)의 가락이었다. 그 사람에게 물으니, 본시는 장안의 창녀였는데 일찍이 목조이(穆曹二)란 명수에게 비파를 배웠고 나이 들고 몸 늙어가자 장사꾼의 부인으로 맡긴 처지라 하였다. 마침내 술을 시키고 그로 하여금 유쾌히 몇 곡을 타게 하였는데 곡이 끝나자 슬픈 모습으로 스스로 젊었을 적의 즐거웠던 일을 얘기하며 지금은 몰락하고 초췌해져 강호 사이를 옮겨 다니고 있다고 하였다. 나는 2년 동안 지방에 나와 벼슬하며 고요히 편안하게 지냈는데 이 사람의 말에 감동되고 나서 그날 밤에야 비로소 귀양 온 것 같은 뜻을 깨닫게 되었다. 그래서 긴 노래를 지어 그에게 바친다. 도합 616자로 제명을 〈비파행〉이라 한다.

차 한 잔 드시고 가세요(喫茶去)

 화순고인돌축제 개장 날을 손꼽아 기다렸다. 하구 많은 지자체 축제 중에서 이 행사를 기다린 것은 평소 고고학에 관심을 가진 터이기도 하지만, 순한 고장이라는 고을 명칭에 무한한 매력을 느낀 때문이었다. 화순은 남도 사람들에게는 관문 성격의 고을이었다. 축제 현장인 도곡면 효산 마을과 춘양면 지동 마을 사이의 〈보성재〉 산길은 옛적에 남도 사람들이 광주를 왕래하는 주도로라 한다. 그렇다면 고흥, 보성, 장흥 등 청운의 꿈을 지닌 남도 젊은이들의 과거 길도 되었으며, 고부 민란 때 장흥부사 '이용태'가 이끄는 8백 벽사 역졸들의 진군로였고, 우금치 전투에서 참패한 동학농민군의 퇴각로도 되었을 것이라는 생각도 들었다. 화순 고을은 호남정맥의 중심에 위치한 산악지대인지라 한국전쟁 때 내 고향 유치면과 더불어 전쟁으로 인한 상처가 가장 심했던 공통점도 있었다.

 이 유적지는 2000년 유네스코 세계문화유산 등재되었으며 이를 기념하는 차원에서 화순군에서 연례행사로 진행 중이라 한다. 코로나19 때문에 몇 년 쉬었으므로 재개된 올해 행사에는 인파가 몰릴 것이라는 예측도 있었다. 주 행사는 표고 188m인 보성재를 중심으로 효산 마을과 지동 부락까지 장장 6-7km 구간에서 열린다 했다. 연도 계곡의 산기슭에 널린 500여 기의 고인돌은 땅 속에 몸을 반쯤 파묻고 있는 형태여서 고고학계에서는 '지석묘'로 분류된다는 것이다.

 축제 현장, 지동 마을 출신인 k선생은 나와 30년 지기다. k선생은 교직에 투신하여 초등학교 교장까지 역임했다. 교대 동기인 그는 만학도인 나보다 몇 년 연하이므로 나를 깍듯이 형님으로 부른다. 그는 정년 후 회화와 서예에 입문하여 국전에도 입상하는 등 그 방면의 중견 대접을 받는다. 황혼 인생들의 인기를 독차지하는 파크볼이 요즘 대세다. 어느 날 나는 k선생을 정년 퇴임 후 처음으로 첨단교통공원에 위치한 파크볼 코트에서 조우하게 되었다. 아내와 함께였는데 그날따라 만원이었다. 4인 1조로 출발하는데도 인파는 줄지 않았다. 입장객들 거의가 65세 이상 노년층인데도 팔팔하여 외양만으로는 연령 파악이 안 되고 더군다나 온 얼굴을 마스크로 감싸고 있어 '저 아무개입니다' 하며 마스크를 벗기 전까지는 알아보기 어려웠다. 이 스포츠는 노년층의 건강 증진과 여가선용에 안성맞춤이라는 평이 자자하여 정부 차원에서 보급에 힘을 쏟고 있다. 각 지방자치단체에서는 앞다투어 전용 구장을 만드는 등 활발한 움직임을 보이고 있는데 구장은 9홀이 많지만 게 중에는 18홀 혹은 27홀 짜리도 있다. 정식 골프처럼 계속 전진하는 구조가 아니고 왕복으로 겹치는 구조이므로 같은 조가 아니더라도 오다가다 만나게 되어 있었다. 장타 코스인 4번 홀이 가장 정체가 심했다. 그날 k선생은 우리 조보다 앞서서 라운딩하고 있었던가 보았다.

"아니! 형님 아니십니까?"

차례를 기다리고 있는데 뒤쪽에서 누군가가 말을 걸고 있었다. 고개를 돌려 상대를 보았지만 마스크를 쓰고 있어서 도저히 식별할 수 없었다.

"저 보고 하시는 말씀입니까?"

나는 건장한 체구의 상대를 위아래로 훑어보며 말했다.

"네."

그는 대답과 동시에 마스크를 벗어 자신의 민낯을 보여 주었다.

"아니, 이 사람 k선생 아니신가? 이게 얼마만이야!"

나는 너무나도 반가운 나머지 그를 얼싸 안고 말았다. 라운

딩이 끝나고 근처 식당에서 회포를 푸는 중에 k선생의 입에서 화순고인돌 축제 얘기가 나왔고 행사에 관한 모든 정보를 입수하게 된 것이었다.

우리나라에서는 이제야 시행되는 노년층을 위한 건강 위주 정책을 나는 이미 목격한 바 있었다. 호주. 뉴질랜드 패키지여행 중의 일이었다. 여행사 일정에 따라 먼저 호주 관광부터 하게 되었다. 시드니 공항에 착륙하여 숙소를 잡았다. 이틀 동안 하버브릿지, 오페라하우스 등 근교 관광을 마치고 마지막 코스에 들어갔다. '포트스테판' 항으로 가 돌고래 무리를 보는 '돌핀크루즈'였다. 이 항구는 시드니로부터 4백여 km 상거에 위치한다 했다. 당일치기를 하려면 꼭두식전부터 서두르지 않으면 안 되었다. 아침 일찍 호주의 고속도로로 들어섰다. 말이 고속도로이지 우리나라의 국도만도 못했다. 호주는 1770년 영국의 탐험가 '제임스 쿡'이 발견하였다. 거대한 보고를 거저 얻은 영국은 온 국력을 쏟아 부어 개발에 착수했다. 그런데 토착민들의 저항이 거셌다. 영국은 토착민들을 무자비하게 학살하여 인종 청소를 실시한 다음 본국으로부터 3천 명의 죄수들을 보내 강제 노동으로 개발에 임했다. 작업 1순위는 도로 개설 작업이었다. 시드니 주변의 지질은 거의가 암반층이어서 작업이 쉽지 않았다. 장비가 별로인 당시라서 정과 망치 같은 소도구를 사용하는 수작업이었다. 그렇게 해서 만들어진 고속도로인지라 조악하기 그지없었다. 특이한 장면도 목격되었다. 도로 변에 세워진 전봇대들이었다. 전봇대들은 콘크리트 구조물이 아니고 나무로 만들어진 것이었다. 목재전봇대는 볼품도 없고 내구성에도 문제가 있지만 철거 시 자연 친화적인 장점이 있다 하였다. 반나절을 달려 포트스테판 항에 도착했다. 항구는 참으로 아름다웠다. 코발트 색깔의 하늘과 검푸른 바다가 혼연일체가 되어 장관을 연출하고 있었다. 하늘에 떠 있는 조각구름들조차도 볼거리였다.

－저녁노을은 짝 잃은 기러기와 나란히 날고 (落霞與孤鶩齊飛) '가을의 푸른 물과 높은 하늘은 같은 색이로다. (秋水共長天一色)－

문득, '왕발'의 '등왕각서'의 서문이 떠올랐다.

온통 호화로운 요트들로 가득 차 있는 항구는 돌고래 서식지로 잘 알려져 있지만 요트 정박지로도 유명한 성싶었다. 우리를 태운 고래탐사선은 고속으로 힘차게 파도를 갈랐다. 얼마를 내달렸을까? 멀리 바다 한가운데에서 요란한 움직임이 일고 있었다. 돌고래 떼가 출현한 것이었다. 그러나 고래 가족은 하얀 포말을 허공에 뿌리며 고래탐사선을 피해 서서히 원양으로 사라져 버렸다. 바로 곁에서 보지 못한 게 아쉬웠지만 항상 바로 곁에서 고래 떼를 만날 수는 없다고 가이드가 말했다. 항구로 돌아오자 점심시간이 되었다. 가이드는 항 외곽에 자리한 정결한 식당으로 인도했다. 식당 주변으로 널려 있는 초원에는 풀을 뜯는 초식동물로 그득하여 이 나라가 목축의 나라임을 보여주고 있었다. 그 초원 한 쪽에 천연잔디로 조성된 운동시설이 들어서 있었다. '론볼링장'이라 했다. 잔디에서 하는 볼링인데 실내 볼링처럼 10개의 핀을 쓰러뜨리는 경기라 한다. 필드에는 경기 중인 노인들로 넘쳐 났고 스트라이크를 때릴 때마다 내지르는 환호성으로 생동감 넘치고 있었다.

  호주 정부는 노년층들의 건강 증진과 여가선용을 위해 운동을 적극 지원하는 정책을 편 지 오래라 한다. 운동 이행 여부에 따라 노령 수당이 지급된다고 하니 건강도 챙기고 급여도 받는 일석이조의 혜택을 누리고 있다는 것이다. 식당 역시 점심 식사중인 노년층으로 발 디딜 틈 없었다.

  개장 날, 행사장으로 향했다. 예정대로라면 k선생 가족과 함께 하기로 했는데 k선생에게 급한 사정이 있어 우리 내외만 가게 되었다. 행사장은 관광객들로 만원이었다. 행사 구간은 무공해 친환경 전기자동차가 셔틀 형식으로 운행 중이었다. 왕복에 단돈 1천원이었다. 산길로 접어들자 연도 골짜기마다 검은 곰이 엎드려 있는 형국의 바윗돌이 군락을 이루고 있었다. 그게 고인돌이라 한다. 우람스런 돌기둥에 들보를 올린 위풍당당한 것만이 고인돌인 줄 알았는데, 실망스러웠다. 이런 고인돌을 가리켜 〈기반식고인돌〉로 불린다는 사실도 처음 알게 되었다. 이런 기반식고인돌은 무덤으로서의 가치보다도 이를 채석, 가공하여 생활 도구로서 활용된 점에 의미를 부여한다 했다.

   구절양장 산길을 숨 가쁘게 달려온 셔틀은 마침내 행사 구간의 종점인 지동 마을에서 걸음을 멈추었다. 광장 한가운데 위치한 실내전시관으로 발걸음을 옮겼다. 이곳 전시물 역시 여느 박물관에서나 볼 수 있는 평범한 것들이어서 오래 머무를 게 못되었다. 주변을 산책 해볼 요량으로 안내도를 펼쳤다. 유적지 바로 뒤편에 소류지가 위치하고 '능주'로 가는 샛길이 있었다. 우리 내외는 호젓한 그 샛길을 조금만 가보기로 했다. 겨우 자동차 한 대가 겨우 다닐 수 있는 소로로 접어들었다. 연잎으로 뒤덮인 소류지 바로 옆에 아담한 한옥 한 채가 있었다. 산길에서 조금 비켜난 곳에 위치한 한옥 주변에 공사가 진행 중인지 각종 건설 장비들이 주변에 널브러져 있었다. 황새 몇 마리가 연못에 고개를 처박은 채 먹이 사냥에 골몰하고 있었다. 열려진 한옥 대문이 우리 내외를 부르는 것만 같아 발걸음 했다. 대문에 서투른 매직글씨로 〈喫茶去〉 그리고 한글로 〈차 한 잔 드시고 가세요〉 함께 적혀 있었다. 차를 즐기는 아내의 즉각적인 반응이 있었다.

   "여보! 차 한 잔 마시고 가라는 군요. 우리 그냥 갈 수 없잖아요?"

아내는 내 팔을 억지로 끌어당겼다.

"참새가 방앗간 앞을 그저 못 지나친다더니만 젠장, 잠깐만요!"

나는 헝클어진 옷매무새를 가다듬어 방문자로서의 예를 갖추었다.

"아무도 안 계세요?!"

아내가 비음 섞인 소프라노 소리를 냈다. 인기척을 느꼈는지 드르륵, 창문 열리는 소리가 들리고 곧이어 감색 빛깔의 개량 한복을 입은 남자 노인네가 토방으로 내려서는 게 바라다 보였다. 우리를 발견한 노인은 황급하게 신발을 끌며 다가왔다. 노인은 합장으로 우리 내외를 맞았다.

"어서 오십시오. 누추합니다만 안으로 드시지요."

"이렇게 불쑥 찾아와 죄송합니다. 실례를 범한 것 같아 죄송했는데 이렇게 반갑게 맞아주시니 감사할 따름입니다."

우리 내외 역시 합장으로 답례했다. 주인장의 권유에 따라 거실로 안내되었다. 거실의 분위기가 예사롭지 않았다. 묵향 냄새가 그윽하고 사방 벽면은 휘호된 액자로 빼곡했다. 〈청화대종사〉의 말씀을 휘호한 액자들이었다. 나는 일찍이 청화대사에 관해서 얘기를 들은 바 있었으므로 주인장과 흔연스럽게 대화할 수 있었다.

"주인장께서는 독실한 불제자이신가 봅니다?"

"그렇습니다. 청화대사님의 가르침을 받은 애제자 올시다."

주인장은 청화대사의 이력을 얘기해 주었다. 청화대법사는 1923년 전남 무안에서 태어났다. 일본 메이지 대학을 중퇴한 특출한 인재였는데 불가에 입문하여 득도한 후 1947년 백양사 운문암에서 '금타대화상'에게 사사했다. 그 후 여러 산문을 전전하다가 1985년부터 곡성 태안사에서 주지 노릇을 했다. 1985년 전남 곡성군 태안사 3년 결사를 시작으로 대중교화의 인연을 이었다. 1995년 태안사를 중창 복원하였고 미주교포를 위해 '카멜 삼보사' 등을 건립했다. 2002년 서울 도봉산 광륜사를 개원하고 2003년 음력 10월 19일 법랍 56세, 세수 81세로 곡성 성륜산 조선당에서 열반했다.

"대법사께서는 태안사와 인연이 많으셨구만요. 저 역시 태안사를 몇 번 가보았습니다. 절 뒤에 곡성의 성황신이 된 고려 개국공신 신숭겸 장군을 기리는 장군단도 있고 승가대학 등 교육시설을 두루 갖춘 유서 깊은 고찰이더군요."

"그렇습니다."

70대 후반의 주인장은 이 지동마을이 고향이라고 했다. 그는 일찍이 동국대학교 철학과를 졸업한 후 지방의 j대학에 출강하여 불교 철학을 강의했는데 정년 후 도연명처럼 '귀거래사'를 읊조리며 이곳에서 여생을 보내고 있다는 것이다. 전원생활

이후 종합병원급 병증의 아내의 지병이 말끔하게 치유되었다면서 자연의 신비를 입이 닳도록 칭송해 마지않았다. 사모님이 집에서 조제하였다는 귀한 차를 내왔는데 안색이 매우 좋아 보였다. 나는 몽개몽개 김이 피어오르는 찻잔을 가져다 코 가까이 대고 몇 번을 음미하다가 한 모금 한 모금 목을 축였다. 인사치레 성 대화는 계속되었다. 나는 정작 대문에 적힌 끽다거에 관심이 있었지만 주인장은 그에 대해서는 일언반구 설명이 없었다. 단도직입적으로 묻지 않을 수 없었다.

"선생님! 대문에 적힌 끽다거 문자의 의미가 궁금합니다."

"그래요? 진즉 말씀드릴 걸 그랬습니다. 보시다시피 이곳은 인적이 뜸합니다. 인근에 고인돌공원이며 그에 따른 유물 유적들이 널려 있긴 합니다만 워낙 오지인지라 찾는 사람이 별로입니다. 귀향해 보니 너무나 적적하고 사람이 그립더군요. 혹시 누군가가 찾아올지도 몰라 시도 때도 없이 짖어대며 공포감만 불러일으키는 개 한 마리도 키우지 않았습니다. 간혹 젊은 데이트족들이 대문 밖에서 기웃거리기는 한데 안으로 들어올 생각을 않습니다. 들어오라 하여도 백발이 성성한 내 몰골을 보고는 질겁하며 뒷걸음 치곤 합니다. 궁리 끝에 '아무 부담 없이 들러서 차 한 잔 드시고 가시라'는 뜻으로 이렇게 적어 놨더니 이번에는 차를 파는 가게로 착각하고는 차 한 잔에 얼마냐고 가격부터 묻습니다. 장사가 아니라고 몇 번을 말해도 도망치듯 발길을 돌리곤 합니다. 지금까지 우리 집을 찾는 나이 지긋하신 분들을 보지 못했는데 오늘 선생님 내외분을 만나게 되어 기쁘기 한량없습니다."

노년의 외로움을 달래기도 하고 누군가와 의사소통을 원하는 주인의 심정이 이해되자 나는 갑자기 숙연해졌다. 이웃에 산다면 자주 찾아와 차도 얻어 마시고 얘기도 나누면서 공통된 삶을 살고 싶었다.

"좋은 일 하시는데 언젠가는 그 충정을 알아주겠지요. 저희도 물꼬를 텄으니 자주 들르겠습니다."

나는 인사치레가 아닌 진심을 말하고 있었다. 꽤 오랜 시간이 흘렀으므로 자리를 뜨려는데 주인장이 '잠깐 계세요!' 제지하며 방을 나갔다. 한참 후에 돌아온 주인장의 손에는 백과사전 두께의 책자 두 권이 들려져 있었다. 한 손으로는 들 수 없는 무게의 책자였다. 청화대사가 저술한 〈보리방편문〉과 대사의 제자들이 발간한 〈청화큰스님 법어집〉이었다. 보리방편문의 표지에는 '진리를 깨닫는 실상의 지혜' 그리고 청화큰스님 법어집 표지에도 '아미타불이 여러분의 참 이름입니다' 라는 부제가 적혀있었다.

나는 종교로 따지면 초보자가 아니었다. 초등학교 고학년 무렵이었을 것이다. 요의(尿意)를 느껴 새벽녘에 잠을 깨어 보면 곁에 있어야할 어머니가 보이지 않았다. 부엌에서 두런두런한 말소리가 들리는데 속말로 귀신 씨나락 까먹는 소리 같았다. 가녀린 목소리는 어머니가 분명했고 반복으로 외는 주문은 나무아미타불! 관세음보살! 이었다. 나는 부엌으로 통하는 창문을 살며시 열었다. 어머니는 촛불 그림자 속에서 두 손을 한데 모은 채 부뚜막을 향해 허리를 굽히며 기도를 올리고 있는 것이었다. 기도 삼매경에 빠진 어머니에게 방해될까봐 방문을 살며시 닫고 말았다. 어머니의 그런 행동은 계속되었다. 장소는 부뚜막과 장독대로 수시로 바뀌었다. 어느 날 내가 물었다.

"엄마! 잠도 안 자고 새벽마다 뭐 하는 거야?"

"우리 집안이 평안하고 너도 잘 되라고 조왕신한테 정성으로 비는 거란다."

"그렇게 기도하면 정말로 소원이 이루어지는 거야?"

"그렇단다. 지성이면 감천이라는 속담도 있지 않더냐? 너도 무슨 소원이 있으면 엄마처럼 빌어 볼 테니?"

"엄마처럼 그렇게 빌면 예쁜 색시도 얻을 수 있는 거야?"

"암, 그렇고말고. 색시뿐이겠니? 학교에서 급장도 할 수 있고 좋은 상급학교에도 갈 수 있단다."

나는 흐뭇한 미소를 지으며 내일부터 실행에 옮겨야겠다는 생각을 했다. 오매불망 짝사랑하는 갑분이 때문이었다. 나는 일찍부터 이성에 눈을 떴던 것 같다. 같은 반인 한 마을 갑분을 은근히 좋아하고 있었던가 보았다. 갑분은 희고 갸름한 얼굴에 입술이 붉고 치아는 가지런하고 보조개가 유난히도 푹 파인 예쁜 소녀였다. 그녀가 내게 미소할 때면 하늘에라도 오른 기분이었다. 시오리 상거의 학교에 오갈 때면 어깨를 나란히 하여 걷고 당집이나 성황당 같은 호젓한 곳에 이르러서는 두 손을 마주잡고 호기를 부리며 공포증을 극복하곤 했다. 그런 일과는 시골학교를 졸업할 때까지 계속되었다. 그런데 갑분의 집안과 우리 집안은 너무나도 격차가 컸다. 우리 집은 다랑이 논 대여섯 마지기뿐인데 비해 갑분의 집은 근동 제일의 부자였다. 기우는 운동장이었지만 갑분에 대한 나의 애정은 식을 줄 몰랐다. 어머니의 말씀대로 지극정성으로 조왕님께 치성을 드리면 가능할 것이라는 생각으로 실행에 옮기곤 했다. 어머니는 샤머니즘적 토속신앙에 빠져 있으면서도 한편으로 불교에도 투철한 투 트랙의 종교관을 가진 성싶었다. 새벽마다 조왕경을 읽고 초파일이나 백중절에는 근처에 있는 큰절의 행사에 빠지지 않는 정성을 보였다. 한 가지 의문점이 있었다. 외갓집은 동학(천도교)을 믿는데 어머니는 동학과는 거리를 두었다. 외갓집 어른들은 '인내천'(人乃天)을 신조 삼고 '시천주조화정 영세불망만사지'(侍天主造化定 永世不忘萬事知)를 외었으나 어머니만은 오직 나무아미타불 관세음보살이었으니 알다가도 모를 일이었다. 어머니 어릴 적 집안 형편이 어려워 외할아버지가 근처 절에 맡긴 일이 있는 때문이라 하였다.

　나는 염불을 외는 어머니 곁에 꼭 붙어 서서는 '꼭 갑분이와 결혼하여 행복하게 살 수 있도록 도와주십시오'. 빌고 또 빌었다. 세월이 흘렀다. 나와 갑분도 시골 고등학교를 졸업했다. 나는 가정 형편이 어려워 농사꾼이 되었지만 갑분은 서울 명문대에 진학했다. 생활권이 다르다 보니 두 사람의 관계는 차츰 소원해졌다. 방학 때면 잠시 고향을 찾은 갑분을 먼발치에서 겨우 볼 수 있을 뿐이었다. 내게도 징집영장은 하달되었다. 내가 입영할 당시는 육군의 복무기간은 30개월이었다. 그 30개 월이 갑분과 단절되는 기간이라 생각하니 아득하게만 느껴졌다. 문득, 장자(莊子)의 제물론(齊物論) 제팽상(齊彭殤) 한 구절이 떠올랐다. '무한한 본체의 세계에서 보면 '팽조'(은나라 때의 기인)의 8백 년 삶도 지극히 짧은 것이고, 어려서 죽은 아이도 하루살이의 삶에 비하면 오래 산 것이다.' 이를 음미해 보면 '세월의 느낌은 각기 입장에 따라 다른 것이다. 길다고 생각하면 유구한 것이고, 짧다고 생각하면 찰나와 같은 것이다.' 나의 입장에서는 일각이여삼추(一刻如三秋)일 뿐이었다.

　내가 군 복무를 마칠 무렵, 재벌가로 시집 간 갑분은 남편과 함께 미국으로 유학을 떠났다는 소식을 들었다. 오르지 못할 나무라는 생각으로 포기했었고 불심의 요행도 접은 바 있었지만 막상 소식을 듣고 보니 그게 아니었다. 나는 잠시 방황하였으나 곧 수습할 수 있었다. 시골에서는 길이 없다는 확신이 서자 행동으로 옮기는 일만 남아 있었다. 도시로 나아가 구두를 닦거나 중국집 배달 노릇을 하면서라도 길을 찾아야만 했다. 어느 날 새벽, 어머니에게 작별 인사도 못한 채 비상금 몇 푼 챙겨 가지고 무작정 광주행 버스에 몸을 실었다. 시내를 방황하다가 구인 광고를 보고 중국집 배달 자리를 꿰찰 수 있었다. 매사에 성실하자 중국집 사장은 나를 신뢰하며 앞길을 열어주려 애를 썼다. 보수도 두둑하게 주고 공부할 공간도 마련해 주었다. 진학을 위한 주경야독의 생활이 시작된 것이었다. 사장님은 국비로 지원되는 3군사관학교나 교육대학 중에서 선택하는 게 좋겠다는 조언을 해주었다. 나는 후학을 육성하는 선생님이 꿈이었으므로 교육대학을 택했다. '내 꿈은 실현되었다. 합격 소식을 들은 사장님은 환호작약하며 안채에 공부방을 마련해 주고 학비도 지원해주었다. 가정교사 노릇으로 학비를 충당하며 학업을 마쳤다. 40여 년 동안 교직에 종사하였고 초교 교장직을 마지막으로 정년퇴임했다.

나는 틈만 나면 지동 마을 도사님으로부터 선물 받은 두 권의 책을 열심히 읽고 또 읽었다. 〈아미타불이 여러분의 참 이름입니다〉라고 부제된 청화대사의 법어집의 첫 장의 내용이 무척이나 인상적이었다.

 ─사실 참선은 제일 쉬운 것입니다. 몸도 가부좌가 가장 편한 것입니다. 호흡도 가부좌를 해야 상하 호흡 순환이 제일 좋습니다. 그래서 드디어는 항상 머리도 시원하고 가슴도 시원하고 눈도 시원합니다. 아랫도리는 따습고 단전에는 힘이 꽉 차 있습니다. 참선을 많이 해서 가부좌를 많이 한 사람들은 틀림없이 아랫배에 힘이 꽈 차 있습니다. 그러면 나쁜 병이 들어 올 수도 없습니다. 잔병도 다 떨어지고 마는 것입니다. 그러나 억지로 잘못한 사람들은 도리어 없던 병이 생깁니다. (이하 생략)

 청화대사님의 법문은 마치 건강 전문가의 강의를 듣는 것 같이 시원시원하고 머리에 속속 스며드는 효과가 있었다. 글로 읽어서 그렇지 직접 설법을 듣는다면 더욱 실감이 날 것 같았다. 다음으로 청화스님이 1989년 4월 30일 태안사에서 행한 설법 '수행론과 인간성'이라는 내용의 글도 읽었다.

 ─불교를 마음 심(心)자, 마루 종(宗)자 심종이라고 합니다. 심종, 이것은 일체유심조(一切唯心造)라, 모두들 마음으로 보는 것입니다. ……사람이 아닌 일반 동물도 안이비설신(眼耳鼻舌身), 즉 눈으로 보고, 귀로 듣고, 코로 냄새를 맡고, 혀로 맛을 알고, 몸으로 촉각을 느끼고 하는 5각을 사용합니다. 그러나 인간은 일반 동물에 비하여 진일보해서 의식(意識)까지를 사용합니다.

……그리스의 철인 '피타고라스' 같은 분도 인간은 만물의 척도라 하였습니다. 결국, 만물이라는 물(物)자체가 그대로 있어서 보이는 것이 아니라 인간의 주관(主觀)에 의존해서 이것이요 저것이요, 푸른 것이다 누렇다, 하는 것이지 누렇고 푸른 것이 실존적 물 자체에 있지 않다는 것입니다. (중략)

—부처님께서 권하시는 염불법은 실상염불'입니다 관세음보살이나 나무아미타불을 외우면서 덮어 놓고 '부처님은 저 밖에 계시다가도 우리가 염불을 하면 우리한테 와서 도와주시겠지' 하는 것은 타력염불(他力念佛)입니다. 보통 그렇게 많이 하고 있지 않습니까? 우리가 애써서 나무아미타불 관세음보살을 외면, 부처님께서 오셔서 우리에게 가호를 주시고 복을 주시겠지 라고 생각합니다. 이것은 하나의 소박한 방편염불입니다. 방편염불은 염불이긴 하지만 참다운 염불이 아닙니다. 부처님께서 우리에게 꼭 권하고 싶은 염불법은 바로 실상염불입니다. 우주의 진리에 따르는 염불이 실상염불입니다. 소승법은 부처님께서 편의에 따라, 중생의 그릇에 따라, 중생의 근기에 맞게 하신 말씀이지요. 그러나 진리는 절대 둘이 아닙니다. 편의상 소승이나 대승으로 나눈 것이고 하나의 방편인 것이지 하나의 진리가 있을 뿐입니다……—

나는 그런 스님의 설법이 천번만번 지당한 말씀이라는 생각을 했다. 내 과거를 회상해 보면 그랬다. 감나무 아래에 누워 익은 감 떨어지기만 기다리는 격인 '수주대토(守株待兎)'의 안일한 대처로 어찌 갑분이를 얻을 수 있었겠는가? 오늘따라 이역만리 미국 땅에서 교통사고로 생을 마감했다는 증오해야 마땅할 갑분이 새삼 그리워지는 심사는 왜일까?

 아내는 유난히도 커피를 즐겼다. 길을 가다가도 스타벅스의 로고를 보면 애들처럼 한달음에 달려가기도 했다. 나는 자판기 커피나 막대커피를 차를 즐기는데 아내는 스타벅스 차를 즐겼다. 그러면서 아내는 항상, '내 평생 유명차 브랜드의 점주라도 해봤으면 원도 한도 없겠다!' 는 말을 입에 달고 지냈다. 죽은 사람 원도 들어 준다는 데! 큰 맘 먹고 소요 자금을 산출해 보았는데 가게 임대료, 보증금, 인테리어 비용 등 만만치가 않았다. 그래서 접고 만 일도 있었다.
 나는 농기가 발동하면 곧잘 아내를 골려 먹었다. 이승우의 장편 '캉탕'을 완독하고 난 직후의 어느 날의 일이었다. 나는 아내에게 이렇게 말했다.
 "당신! 나보다 더 좋아하는 스타벅스 차를 마시면서 혹시 세이렌을 생각해 본 일이 있어요?"
 문학도인 나도 이제야 알게 된 '세이렌'의 존재를 그 방면에는 문외한인 아내에게 답을 구한다는 자체가 무리임을 알면서도 우문(愚問)을 뱉어내고 말았다. 반응은 역시였다.

"사이렌이 뭔데요? 아, 스타벅은 알겠는데 세이렌은 글쎄요."

 "내 그럴 줄 알았습니다. 스타벅은 아는데 세이렌은 모른다는 말은, 유비는 아는데 관우, 장비는 모른다는 말과 같습니다."

 "맹자님도 울고 갈 참으로 기막힌 비유로군요. 어록으로 남겨도 좋겠는 대요? 선상님! 한 가르침 부탁합니다."

 아내 역시 농으로 응대하고 있었다.

 "새겨들으세요. 싸모님! 서양 고전에 '모비딕'이 있습니다. 1851년에 '허먼멜빌'이 쓴 소설인데 우리나라에는 백경(白鯨)으로 번역 출판된 바 있습니다. 1820년 11월 20일 태평양에서 포경선 '에식스호'가 커다란 향유고래에 받혀 침몰한 사건이 있었습니다. 거기에서 영감을 얻은 '허먼멜빌'은 침몰한 포경선의 유일한 생존자인 '이슈멜'의 고래와의 목숨 건 싸움을 술회한 내용을 회상 형식으로 승화시켰는데 베스트셀러가 됐습니다. 이슈멜 역시 소설 모비딕의 주인공으로 환생하였구요."

 포경선 '피쿼드'호의 선장 '에이허브'는 고래 사냥 중 길이가 27m 정도의 대형 유향고래를 만난다. 그러나 고래를 잡기는커녕 도리어 고래에 물려 한 쪽 다리를 잃고 만다. 복수의 일념에 불타 있는 에이허브 선장은 태평양, 인도양, 대서양 등 원양을 누비며 고래를 만나는 족족 포획하지만 고래는 씨가 마르지 않는다. 선원 모두는 선장의 무모한 처사에 불만을 품고 반기를 들려하지만 1등항해사 〈스타벅〉은 이들을 설득하여 선장의 복수 작전에 협력하게 만든다. 마침내 피쿼드호는 적도 부근에서 초대형 고래를 만나 사투를 벌인다. 그러나 그 결과는 참담했다. 선장은 고래잡이 작살에 자신의 목이 찔리고 거대한 고래 등에 받친 피쿼드호 역시 침몰하고 만다. 배에 타고 있던 선원 거의가 목숨을 잃는 비극으로 끝이 난다. 왜 그런 결과가 나왔을까? 혹시, 그들 모두가 세이렌의 마법에 걸려든 희생양은 아니었는지?

그리스 신화에 등장하는 세이렌은 요염한 자세로 바다 위로 솟은 바위에 걸터앉아 아름다운 노랫소리로 뱃사람을 유혹하여 결국은 죽게 만든다는 전설의 여인이다. 상반신은 여자이고 하반신은 새 모양이라 한다. 그 전설 속의 세이렌은 지금 세계적인 커피 브랜드 스타벅스의 로고가 되어 양쪽 볼에 꼬리를 말아 올린 아리따운 여인으로 변신, 인간 세상에 소환돼 있다.

소설 '모비딕'이 전하는 메시지는 뭘까? 발표 당시에는 단순한 포경선의 생태를 그린 해양소설로만 인식되었으나 지금은 '인간들이 저지르는 무분별한 살생에 대한 신의 응징과 끊임없이 돋아나는 악을 상징하는 사회 고발 형식'의 수작으로 재평가 되고 있다. 스타벅스 기업은 1971년 영어교사 '제트볼트윈'과 작가 '고든보커' 역사 교사 '제프시글' 3인이 1만 달러 씩 투자하여 '시애틀'에서 오픈한 게 그 효시라 한다. 그들은 의리의 사나이로 숭앙받는 〈끽다맨〉 스타벅의 정신을 기리고자 그의 이름 이니셜 s자를 붙여 기업의 브랜드 삼았다,

"여보! 여보! 우리 집에 경사가 났어요!"
오전에 초등학교 동창 모임에 나갔던 아내가 입이 함박만 하게 벌어져 가지고 호떡집에 불이라도 난 것처럼 호들갑을 떨며 귀가했다.
"경사라니요? 무슨 일인데 그러우?"
내 물음에 아내는 자초지종을 설명했다. 오늘 동창 모임에서 짝꿍이었던 남자 동창을 만났는데 그는 국내외에서 인정받은 대기업의 대표가 되어 있었다는 것이다. 동창은 사세 확장의 일환으로 새로운 사업을 착수 중인데 세계적인 브랜드 스타벅스에 대적할 만한 중국 고유의 전통차 사업이라 했다. 동창은 행사가 끝난 후에 따로 만나 기밀 유지를 신신당부 했다 한다.
"그 결정이란 게 뭔데요?"
나는 아내가 혹시 뭘 잘못 알고 그러는지, 진위 파악에 고심하고 있는데 분위기 파악은 뒷전인 아내는 대답 대신 혼자서 신나게 떠들어대고 있었다.

"지금 전국에 대리점을 모집 중이라며 내게 참여 의향을 물었단 말이예요. 당신 아시다시피 우리 형편에 가당키나 하냐구요. 그래서 자금을 조달할 여력이 없다고 손사래를 쳤더니 그 동창 말이, 가게만 마련하면 보증금도 필요 없고 인테리어까지도 본사에서 처리해 주겠다고 했다니까요."

나는 아내의 그 말을 곧이곧대로 받아들일 준비가 되어 있지 않았다. 설사 그 말이 사실이라고 할지라도 점포를 열자면 임대료며 사업자금 등 거액이 소요될 것이며, 그 성공 여부 역시 확신할 수 없는 때문이었다. 바람이 잔뜩 든 아내는 계속 말하고 있었다.

"내친 김에 브랜드 명까지 정했는걸요."

문득, 화순 고인돌 축제 때 지동 마을의 〈끽다거〉 집에 들렀던 일이 회상되었다. 엉뚱하기만 한 아내가 정했다는 상호라는 게 혹시 그걸 말하는지 모른다는 생각을 하다말고 나는 화제를 돌렸다.

"당신! 손수 할려구요?"

"아뇨. 이 나이에 무슨? 상희를 앞 장 세울 거예요. 상희는 장사 수완도 뛰어나고 얼마 전에 바리스터 자격증도 취득했잖아요."

아내는 의류 장사를 접고 잠시 쉬고 있는 며느리를 앞세울 궁리까지 한 모양이었다. 인생의 쓴맛 단맛을 이미 경험한 바 있는 있는 나는, 아내의 꿈이 유지경성(有志竟成)의 결과로 귀결되기를 기원하는 한편, 요즘 추세로 보아 전통찻집 경영이 결코 나쁘지는 않겠다는 생각을 하고만 있었다.

노고단에서 요새미티까지

 4륜구동형 전기자동차는 노고단 가파른 길을 거침없이 주파하고 있었다. 전동차는 경사진 길을 만나면 맥을 추지 못할 것이라는 내 짐작은 기우에 불과했다. 이른 아침에 대구를 떠났는데 반나절도 못되어 성삼재 주차장에 당도한 것이었다. 주차장에 차를 세우고 산길로 들어섰다. 산행 도구가 담기지 않았는데도 배낭은 꽤 무게가 나갔다. 아내의 유골함 무게 때문인가 보았다. 노고단에 올라 전망 좋고 적당한 바람이 부는 장소를 골라 산골을 하자면 해지기 전 빨리 서둘러야만 했다.
 지리산 중턱에 자리잡은 성삼재휴게소는 내가 고국을 떠나 있었던 몇 년 사이에 상전벽해의 변화를 보이고 있었다. 카페, 산악용품점, 식당, 숙박업소를 비롯한 각종 생활 편의시설들이 도시의 한 복판처럼 빼곡했다. 국내 굴지의 유통업체인 E마트가 성업 중이었으니 알만한 일이었다. 구례읍에서 들어오는 대중 교통편도 마련되어 있었다. '지리산 등반을 원하는 서울 지역의 등산객을 위해 서울-성삼재 간 직통 고속버스 노선이 개설될 거라는 소문이 진즉부터 나돌았으나 성사되지 못했는지 그 흔적을 찾아 볼 수 없었다. 나중에 들은 얘기지만, 노선 개통으로 지역 사회가 얻게 될 이득이 별로라는 여론 때문에 무기한 보류되었다는 것이다. 노고단으로 가는 길은 예전의 조악한 등산로가 아니었다. 발목 부상이 염려되었던 울퉁불퉁한 산길은 말끔히 사라지고 잘 다듬어진 흙길이 연속되었다. 배수시설이 정비되고 곳곳에 휴식을 취할 의자들도 충분하여 도심의 후미진 길보다 더 나았다.

　내가 처음 이곳 성삼재를 찾은 것은 광주와 대구를 잇는 88고속도로가 개통된 무렵의 일인 것 같다. 당시, 남원군 아영면 노천극장에서 창극 '흥보가' 공연이 있었는데 국악 동호인 겸 사진작가를 자처하던 나도 행사에 참여한 바 있었다. 순녀와의 사귐 시점이었으므로 동행을 해야 마땅하였으나 그날따라 병원 예약이 있어 나 혼자가 가게 되었다. 행사를 마치기 바쁘게 점심도 사양한 채 자리를 뜬 것은, '지리산국립공원남부사업소'가 있는 반선 마을이 근처였으므로 내친걸음에 사옥 2층에 마련된 〈육이오 기념전시관〉도 들르고 겸사로 성삼재에도 올라

볼 심산이었다. 행정 명칭이 부운리浮雲里인 반선 마을은 전북 남원에서 들어오는 군내버스의 종점이기도 해서 인파로 북적거렸다. 나는 지리산의 빨치산, 특히 이현상에 대해서 관심이 많았으므로 기념관에 들러 당시 빨치산들의 생활상을 취재한 후 성삼재를 목표로 길을 재촉했다. 심원계곡을 거슬러 오르자 당시 빨치산들의 본부였다는 '달궁' 마을에 이르렀다. 자료 사진을 카메라에 담고 곧장 내달려 정령치 3거리에서 망설임 없이 성삼재 이정표를 따라 핸들을 꺾었다. 고갯길은 구절양장이었다. 그 구빗길을 돌고 돌아 성삼재휴게소에 올랐다. 아직 정리가 덜 끝난 휴게소는 을씨년스럽기까지 하였다. 휴게소 북단 끝자락에 빠끔하게 열린 산길이 보였다. '다가가 보니 노고단 입구' 표지판이 세워져 있었다. 나는 그 길을 5백여m 정도 걷다 말고 발길을 돌리고 말았다. 나중에 순녀의 건강 상태가 좋아지면 함께 오를 요량을 한 것이었다.

어느 해 가을, 개천절을 전후하여 징검다리 연휴가 겹쳤었다. 장기 해외여행이나 숙박 산행에 더할 나위 없는 계절이었다. 누군가가 사내 게시판에 〈1박 2일 노고단 경유 피아골 산행〉 계획을 고지했다. 처음에는 너도나도 희망자였으나 나중에는 거의가 파토 나고 정작 출발에 임해서는 나를 비롯한 네 사람뿐이었다. 남녀 각각 두 사람이었으므로 자연스럽게도 두

커플이 되었다. 내 짝은 비서실 근무의 직원이었는데 자태가 곱고 몸매가 호리호리한 미인형 여인이었다. 평소, 얼굴만 아는 사이였는데 짝이 되고 보니 금방 십년지기처럼 친해졌다. 당시에는 성삼재 개통 전이었으므로 구례에서 노고단에 오르자면 화엄사골짜기로 코스를 잡아야만 하였다. 화엄사 각황전 돌담을 휘돌아 지리산 초입에 들어섰다. 말로만 듣던 지리산의 도원경이 눈앞에 펼쳐지고 있었다. 붉은 옷을 입은 나무들이 울긋불긋한 요염한 자태를 자랑하고 있었고, 며칠 전 내린 비로 수량이 많아진 계곡으로 유리알처럼 투명한 계곡물이 졸졸졸 힘차게 흘러내리고 있었다. 등산객들의 발길에 닳아질 대로 닳아진 가파른 산길은 경사가 심하여 금방 숨이 턱에 차올랐다. 순녀의 얼굴이 차츰 일그러지고 있었다. 내가 보호해 주지 않으면 산행을 포기할지도 몰랐다. 나는 험한 자갈길을 만나면 손을 이끌기도 하고 경사로에서 힘겨워하면 뒤를 받쳐 주는 등 지극정성으로 대했다. 난생 처음 잡아 본 여인의 손길은 비단 같았고 그녀에게서 발산되는 향긋한 체취는 나를 황홀경으로 인도했다. 나는 구름을 탄 기분이 되어 꿈인가 생시인가 햇갈렸다. 산행 내내 내게 스스럼없이 손을 맡기는 순녀 역시 내가 싫지 않은 모양이었다. 진땀을 흘리며 기진맥진 노고단 대피소에 도착한 시각은 석양이 뉘엿뉘엿한 늦은 오후였다. 이곳에서 오늘 밤 야영키로 하고 텐트를 칠 반반한 장소를 두리번두리번

찾았다. 좋은 장소는 먼저 온 사람들이 차지해버리고 잔돌맹이가 깔린 겨우 두어 개의 텐트를 칠 공간이 남아 있어 그나마 다행이었다. 남녀용 두 개의 텐트가 금방 세워졌다. 저녁 준비는 한식요리사자격증을 소지한 A가 칼자루를 잡았다. 묵은김치와 돼지고기로 김치찌개를 만들고 밀가루를 반죽하여 전도 부쳤다. 새우튀김도 만들었다. 맛있는 음식에 맥주 한 잔씩을 곁들이며 저녁을 마치자 이내 스멀스멀 어둠이 발아래로 기어들었다. 얼마지 않아 쪽빛보다 더 푸른 하늘 여기저기에서 하나 둘 별들이 돋기 시작했다. 우리 일행은 누가 먼저랄 것 없이 별빛 쏟아져 내리는 하늘을 쳐다보며 노래를 부르기 시작했다. 이런 분위기에서는 트롯보다도 세계 명곡이나 우리 가요가 제격이었다. '보리밭' '과수원길' '베싸메무쵸' 등등 대중들에게 널리 알려진 노래를 메드리로 떼창 했다. 성악에 일가견이 있는 순녀는 소프라노 음색으로 모든 노래를 선창했다. 밤이 이슥해지자 맑은 하늘에서 내린 찬이슬로 겉옷이 축축해졌다. 기온이 하강하자 서둘러 〈산상가요제〉를 끝낸 후 남녀 각각 텐트에 들었다. 장거리 산행에 지쳤는지 룸메이트인 A는 베개에 머리를 대기 바쁘게 지축을 흔드는 괴성을 내지르며 깊은 잠에 취해 있었다. 그러나 나는 왠지 잠이 오지 않았다. 수박 냄새 풍기는 순녀의 체취와 삼삼한 얼굴이 떠올라 도통 잠을 이룰 수가 없었다. 전전반측하던 나는 가슴을 짓누르는 강박 관념에서 헤어나기 위해 그만 자리를 박차고 밖으로 나왔다. 담배 한 대를 꼬나문 후 찬이슬 내리는 하늘을 보며 심호흡하고 있는 그때였다. 내 바로 곁에 순녀가 다가와 있는 것이었다. 이심전심, 서로의 의사가 통했는가 보았다. 그녀를 발견한 나는 너무나 기쁜 나머지 그녀를 꼬옥 껴안고 말았다. 한 동안을 그러고 있던 나는 팔을 푼 다음 그녀의 손을 잡고 불빛이 새어 나오는 대피소 매장으로 갔다. 매장에는 야간 영업이 한창이었다. 매장 안에는 단체 산행객이며 쌍을 이룬 청춘들로 그득했다. 우리 두 사람은 커피를 픽업하여 마침 비어 있는 벤치로 가 나란히 앉았다. 밤이 깊었는지 매점을 찾는 인적이 뜸했다. 나는 순녀의 두 손을 무릎 위에 올려 만지작거리다 말고 가만히 말했다.

"사랑해!"

"저두요.!"

두 사람은 누가 먼저랄 것 없이 와락 서로를 끌어안았다. 격렬한 입맞춤이 있었다. 그녀의 입술은 딸기보다 더 달았다. 밤새 그러고 싶었다. 뒤늦게 하산하여 대피소를 찾는 눈부신 렌턴 불빛과 요란한 인기척 때문에 우리 두 사람은 팔을 풀었다.

2일째 여정, 일찍 일어나 피아골 행을 서둘렀다. 텐트촌을 벗어나 노고단 정상을 경유하여야만 세석평전 가는 길로 들어설 수 있었다. 노고단 정상에 이르자 노고단이라고 새겨진 커다란 돌탑이 위용을 자랑하고 있었다. 돌탑 옆의 표지판에는 해발 1,507km 숫자가 새겨져 있고 표지판 바로 곁에 데크로 만들어진 전망대가 있었다. 전망대에 올랐다. 전망대에서 내려다 본 하계는 아무것도 보이지 않았다. 온 천지를 뒤덮은 운무 때문에 어디가 어디지 도통 분간할 수 없었다. 상계로 시야를 돌렸다. 운무의 경지에서 벗어나 있는 상계의 산들은 또렷하고 선명하게 늠름한 자태를 뽐내고 있었다. 가까운 산봉우리가 반야봉이고 멀리 보이는 곳이 천왕봉이라고 눈군가가 일러주었다. 갈 길이 멀므로 이곳에서 너무 지체할 필요가 없었다. 천왕봉 24.5km 피아골 분기점 1.8km라 적힌 이정표를 뒤로 하고 갈대 우거진 평원으로 들어섰다. 세석평전이라 했다. 가는 길은 오름이 별로 없어서 별로 힘들지 않았다. 평원은 만발한 갈대가 읊어대는 으악새울음으로 가득했다. 평원의 한가운데에 '돼지령'이 위치했다. 휴식하기 알맞은 곳이어서 잠시 휴식을 취했다. 순녀가 준비해 온 빵, 과자, 과일 등 간식거리로 새참을 먹었다. 준비성이 철저한 걸 보면 살림도 잘 할 것 같다는 느낌이 들었다. 어젯밤 그런 일이 있은 후부터 순녀는 내 곁에 바짝 붙어 연인처럼 굴었다. 이를 눈치 챈 A커플이 이구동성으로 농을 걸었다.

"두 사람, 밤새 무슨 일 있었든겨?"

나는 환하게 미소를 지으며,

"댁들도 한 번 해보시던가?"
두 사람에게 넌지시 시그널을 보내며 분위기 전환을 꾀했다.

우리는 임걸령을 지나 반야봉과 피아골 갈림길에서 피아골 방면으로 방향을 잡았다. 내려가는 길이었다. 하산은 힘들지 않을 것으로 예상했는데 그게 아니었다. 길바닥에 널린 자갈들이 도르레 역할을 함으로 더욱 조심해야만 했다. 까딱 잘 못 밟았다가는 휘청거리다가 넘어질 위험이 있었다. 얇은 얼음을 밟듯 조심조심 하산하는 길목에 외롭게 서 있는 비목이 있었다. 산행 중 조난당한 산악인의 넋을 기리기 위해 세워진 비목 앞을 그냥 지나칠 수 없었다. 경건하게 묵념으로 예를 표했다. 하산 길에 접어들면서부터 A커플이 보이지 않았다. 여태 함께 행동했었는데 보이지 않으니 걱정이 되었다. 핸드폰으로 통화가 되었다. '앞서 가고 있으니 신경 쓰지 말라, 내일 회사에서 보자.'는 A의 말이었다. 그들 커플 역시 역사가 이루어진 듯싶었다. 잘 됐다는 생각이 들었다. 가까운 사람들끼리 함께 행동하다 보면 애정 표현도 제대로 할 수 없어 걸림돌이라 생각하고 있었는데 '불감청고소원'不敢請固所願 이었다. 조심조심 하산 중에 사고가 발생하고 말았다. 피아골대피소 훨씬 못 미친 험로에서 앞서가던 순녀가 기어코 일을 저지르고 만 것이었다. 골절인지 보행이 자유스럽지 못했다. 청상 내가 업고 가는 수 밖에 방법이 없었다. 그녀를 업고 대피소에 도착 응급처치 후 산행을 계속했다. 석양이 자취를 감춘 한 참 후에야 '삼홍소'와 '연곡사'를 거쳐 '직전 마을' 시외버스 정류장에 당도할 수 있었다. A커플은 이미 떠났는지 아무 곳에서도 보이지 않았다. 광주행 마지막 버스가 있어 표를 구해 자리에 앉았다. 한밤중에 광주에 도착한 우리 두 사람은 기진하여 시내의 모텔에 여장을 풀었다.

순녀와의 관계는 사내에 널리 퍼져 있어서 직장 내에서도 모르는 사람이 없을 정도였다. 기왕지사 공식적인 사이가 되었으므로 홀가분한 기분이 되었다. 국악동호인으로서 사진작가를 꿈꾸던 나는 산을 좋아하는 순녀를 알게 된 후부터 산악 동호인으로 변신했다. 우리 두 사람은 틈만 나면 산에 올랐다. 근교 무등산은 기본이고 두 사람이 인연이 시작된 지리산 골짜기에서 거의 살다시피 했다. 하동 '청학동'에도 오르고 뱀사골 계곡 끝 와운마을에 올라 '천년송'도 구경 했다. 중산리에서 등정하는 당일치기 '천왕봉' 정복 쾌거도 달성했다. 해발 1,915m 표지석을 마주한 순간 그 기쁨은 말로 형언할 수 없었다. 종일을 머물고 싶었지만 스케줄 때문에 미련을 버려야만 하였다. 하산 코스는 오를 때와는 다른 방향 장터목대피소 방면이었다. 갑자기 하늘에서 요란한 굉음이 들렸다. 헬리콥터 한 대가 정지된 상태에서 돌멩이가 가득 든 커다란 망을 투하하고 있었다. 파인 등산길 보수용 자재라 한다. 얼마나 많은 인파들이 다녀갔기에 등산로가 무릎께까지 움푹 파였을까? 한 방울 물방울이 바위를 뚫는다더니만 정말 실감나는 장면이 아닐 수 없었다.

순녀가 임신을 하였다. 지리산 등반을 마치고 함께 밤을 새운 게 임신이 됐듯 싶었다. 배가 불러오자 임신 6개월만에 사표를 내고 말았다. 나 역시 덩달아 사표를 냈다. 부창부수婦唱夫隨?의 철칙을 몸소 실천한 용감한 사나이라며 모두들 놀려 댔다. 생활 대책도 마련치 않고 결혼식은 올렸으나 앞길이 막막했다. 우리 두 사람은 부모 복을 타지 못해 금전적인 지원이나 유산 상속 같은 특혜를 누리지 못했다. 나의 경우 시골에 계시는 부모님의 생활비 보내드리기 바빴고 조실부모한 순녀 역시 기댈 곳 없는 형편이었다. 우리 부부는 순산에만 신경 쓰기로 했다. 출산한 아이는 사내였다. 건강하게 태어난 아이는 무럭무럭 성장했다. 아이는 체격이 남달랐다. 아이를 본 모든 사람들은 장차 장군감이라고 말하며 볼을 쓰다듬어 주곤 했다. 그럴 때마다 우리 부부는 아이가 지리산의 정기를 품고 태어난 산신령의 선물인지도 모른다는 생각을 했다. 구차한 형편이지만 잘 키우자고 다짐했다. 살아갈 방도를 찾아야만 하였으나 마땅한 방법이 없었다. 아내는 육아에 전념해야만 하므로 내가 나서야만 하였다. 사업은 밑천이 없어 엄두도 내지 못했다. 몸으로 때우는 길 밖에 달리 방법이 없었다. 근로자대기소에서 순번을 기다리기도 했다. 쥐구멍에도 볕들 날 있다고 했던가. 대구에 거주하는 순녀의 단한 점 혈육인 고모로부터 연락이 온 것이었다.

타향에서 실업고등학교를 마친 순녀의 고모는 대구의 모기업체에 취직되었고 직장에서 건실한 토박이 청년을 만나 가정을 꾸렸다. 고모의 시부모는 맛집으로 소문난 식당을 경영 중이었는데 몇 해 전에 시아버지가 지병으로 세상을 떴다. 노쇠한 고모는 사업에 손을 뗄 요량으로 자식들에게 가업 승계 의향을 타진하자 두 자식 모두 손사래를 치는 터여서 탈출구를 찾는 중에 조카의 근황을 알게 되었다는 것이다. 고모는 급히 조카를 대구로 불러, '사정이 이러하니 너희가 한번 맡아 해보지 않을 테냐고 운을 띄우므로. 고모의 말을 경청하고만 있던 순녀가 내게 시선을 보내며,

"자기가 도와준다면 못 할 것도 없을 것 같아."

의향을 물었다. 나는 찬밥 더운 밥 가릴 처지가 아닌 터라 오케! 하고 말았다. 그렇게 해서 수익의 절반을 배분하기로 약정까지 하고 졸지에 객지 타향에서 팔자에도 없는 식당 영업을 하게 되었다. 십여 년을 노력한 결과 어느 정도의 재산을 축적할 수 있었다. 적금을 깨고 대출을 보태, 고모의 가게를 인수하여 마침내 대구 유명 음식점의 경영자가 된 것이었다.

성장한 아들은 예상한대로 체격이 장대했다. 초등학교 4학년인데도 웬만한 중학생보다 더 컸다. 나는 그런 아들을 보면서 운동선수로 양성하였으면 하는 생각을 갖게 되었다. 아이가 초교 4학년이 되던 해에 담임선생을 만나 아이를 야구에 입문시켜 장차 국가대표도 시키고 프로팀에도 진출시키고 싶다는 의사를 전했더니 어느 날 담임선생님으로부터 한번 만나자는 연락이 왔다. 식사도 대접 겸 가게로 초청하였다. 선생님은 건장한 체구의 한 젊은이와 함께 나타났다. 아이가 다니는 학교의 야구 감독이라 하였다. 나는 아이가 다니는 p초등학교가 야구의 명문으로 해마다 전국대회 몇 개 정도는 휩쓰는 전통의 팀이라는 사실을 이미 알고 있었으므로 절호의 기회라는 생각부터 했다. 식사 후 이런저런 얘기를 하다 말고 감독은 찾아온 용건을 말하고 있었다.

"아버님, 어머님! 야를 제게 맡겨 주시면 훌륭한 선수로 한 번 키워 보겠습니다."

야구 감독은 실업야구 초창기에 N금융팀의 주전 포수를 했고 프로야구가 출범하자 대구 경북을 거점으로 탄생한 SL 팀에서 활약하였으며 은퇴 후 지금까지 모교인 p초등학교에서 감독 생활을 하고 있다며 자기소개도 곁들이고 있었다.

나는 아내와 상의한 후 흔쾌히 응낙했다. 나의 바람대로 아들은 야구 선수가 되었고 우리 부부는 아들을 뒷바라지하는 학

부모가 된 것이었다. 야구부원이 된 아들의 얼굴 보기가 어려웠다. 학교에서 숙식을 하며 기량을 연마하느라, 수시로 대회에 출전하느라 도통 짬을 낼 수 없다 하였다. 어쩌다 짬을 내어 집에 들를 때면 그때마다 덩치가 보통 아닌 팀 동료들을 몰고 와 엄청난 양의 고기와 음식을 축내고 갔다. 그러나 조금도 아깝지가 않았고 더 못 먹여서 안달이 날 지경이었다. 감독의 장담대로 아들은 포수마스크를 쓰게 되었고 5학년 때부터 주전이 되었다. 감독의 말에 의하면, 체구가 크고 힘이 장사인 아들은 몸을 사리지 않고 투수의 폭투를 몸으로 막으며 어깨가 좋아 주자의 2루 도루 저지율 또한 최상이라 하였다. P초교는 여러 차례 전국대회에서 우승하였고 아들 역시 타격왕의 타이틀을 거머쥐었다. 아들은 이 같은 실력을 인정받아 대구의 야구 명문 D중학교에 스카우트 되었다. 중학교에서도 일취월장 명성을 떨쳤고 대구의 야구 명문 G고등학교에 입학할 수 있었다. 아들의 G고교는 전국대회에서 연거푸 3관왕을 먹었고 4번 타자 겸 포수였던 아들 역시 명성을 날려 졸업하기 전부터 프로야구계에서 주목 받는 선수가 되었다. KBO에서는 해마다 한 차례 고졸 졸업 예정 선수들의 팀 배정 행사가 열렸는데 지난 해 페넌트레이스 꼴찌 팀에게 우선권을 주는 특혜가 있었다. 1순위인 아들은 꼴찌인 L팀으로 본의와는 다르게 스카우트 되었다. 대신, 계약금은 사상 최고의 금액이었다. 아들은 시범 경기에서 주전 포수로 활약하며 준수한 성적을 올렸다. 정규 시즌에도 1군에 적을 두며 주전 포수와 번갈아 마스크를 썼다.

 아들이 프로야구계로 진출하고 나서 얼마 후 우리 부부는 잘나가는 사업을 접었다. 명분은 아들의 뒷바라지를 위해서였다. '돈 잘 버는 아들을 두었는데 사업은 무슨 놈의 사업이냐, 좋은 차 뽑아 타고 주유천하하면서 아들 뒷바라지나 열심히 하면서 살 것이지!' 주변 지인들의 성화도 있었고 아들을 응원하는 재미도 곁들여져 우리 부부는 아쉬움 남는 결단을 내린 것이었다. 아들의 경기가 있는 날이면 우리 부부는 홈 원정 가릴 것 없이 불원천리, 응원하는 일정을 일과 삼았다. 아들의 팀이 서울로 가면 잠실구장으로 부산으로 가면 사직구장으로 광주로 가면 임동구장으로 유랑극단처럼 전국을 순회하는 것이었다. 우리 부부가 응원하는 날이면 아들의 성적은 거짓말처럼 좋아졌다. 홈런을 때리는 경우가 많아지고 멀티 안타를 생산하는 일은 다반사였다. 어쩌다 일이라도 생겨 응원을 못가는 날이면 아들의 성적은 형편없었다. 시즌 내내 도루 한 번 못해본 뚱뚱보 선수에게 연거푸 2루를 내주는가 하면 강속구를 던지는 투수의 공을 제대로 잡지 못해 실점하는 등 에러의 연속이었다. 우리 부부는 제백사(除百事)하고 응원에 임하기로 마음먹었다. 그런 일이 있고부터 아들은 3할 대 초반의 타율을 유지하며 팀에 크게 공헌하였다. 소속 팀 역시 언제 꼴찌를 하였느냐? 싶게 팀 승률 5할로 TOP 5의 언저리를 맴돌았다. L팀의 약점인 선발 투수만 보강하면 가을 야구도 무난할 듯싶다고 야구 전문가들은 이구동성으로 말했다. 코리안 시리즈 마지막 날. 그날은 기적의 날이기도 했다. 3점 차로 끌려가던 9회 말, 만루 상황에서 아들은 우측 담장을 넘기는 장쾌한 홈런을 때려 간발의 1점 차로 팀을 승리로 이끈 주역이 되었다. 아들의 L팀은 일약 시즌 3위의 준수한 성적으로 페넌트레이스의 대장정을 마무리 할 수 있었다.

    수년의 세월이 흘렀다. 아들의 활약상은 메이저 리그에 까지 알려져 아들의 경기가 있는 날이면 메이저 팀 스카우터들로부터 주목을 받는 처지가 되었다. 마침내 아들은 LA를 근거지로 삼은 미국 서부리그의 D팀에 스카우트 되었다. 아들의 뒷바라지를 위해 우리 부부 역시 LA로 거처를 옮겨야만 했다. 구단에서는 통역을 붙여주고 시 외곽에 아파트 한 채를 마련해 주었다. 시즌이 끝나면 귀국해야만 하므로 대구의 집은 그대로 두고 미국 살림을 시작했다. 웬만한 선수 아니고는 처음부터 메이저 리그에서 뛸 수 없었다. 아들 역시 마이너리그에서 선수 생활을 시작하지 않으면 안 되었다. 페넌트레이스가 시작된 지 얼마지 않아 D팀의 주전 포수가 부상당하는 불상사가 발생했다. 주전 포수는 쉴드 마스크 덕으로 큰 화는 입지 않았지만 보름 정도 휴식기를 가져야 한다는 의무 담당의 진단이 있었다. '남의 불행이 나의 행복' 이라 했던가, 인간 사회의 철칙대로 아들은 당장 1군에 픽업되었다. 아마추어 해설자가 다 된 나는 1군 무대에 처음 등장한 아들에게 수비에 중점을 두라고 조언했다. 사인은 노련한 투수가 내기로 정한 것 같았다. 배터리는 척척 손발이 맞아 첫 회를 삼진 3개로 마무리했다. 아들의 타순은 9번이었는데 1회부터 기회가 왔다. 2-3회 정도가 되어야만 타석에 들어설 것으로 예상했는데 의외의 경우였다. 지난해 리그에서 홈런왕을 차지한 바 있는 4번 타자가 싹쓸이 홈런을 때리는 바람에 4점을 선취했고 곧바로 5-6번 타자도 출루, 7-8번은 아웃, 2아웃 후에 아들의 차례가 된 것이었다. 대기 타석에서 몇 차례 힘차게 몸을 푼 다음 타석에 들어선 아들은 빠른 직구로 들어오는 초구를 받아쳐 중견수 머리를 넘어 가는 2루타를 작렬시켰다. 그라운드는 온통 함성으로 그득하여 돔의 지붕이 날아갈 것 같은 분위기였다. 11;4로 D팀 승리였다. 아들은 그날 경기에서 새로운 스타로 발돋움, 1군 잔류의 원동력을 확보할 수 있었다.

    우리 부부의 LA 생활은 외롭고 단조롭기만 했다. 이역만리 타국에서 아는 사람도 없고 놀러 갈 곳도 마땅치 않았다. 고국에서 가정교사를 들여 회화 위주의 공부도 하였으나 모두 까먹고 기본적인 몇 마디 외에는 활용 불능이었다. 나는 허리웃 인근에 코리안타운이 조성되어 있어 영어 한 마디 못하는 교포들도 거주에 아무런 지장이 없다는 말을 자주 들었으므로 한 번 가 보고 싶었다. 코리안타운으로 가 교포들을 만나고 나면 모든 외로움이 사라지고 기분마저 엎 되던 거였다. 우리 부부는 LA에서 경기가 열리는 날이면 무조건 응원을 나갔고, LA에서 가까운 '샌프란시스코' '시애틀' '콜로라도' 등 서부리그의 경기가 열리는 날도 빠짐없이 응원을 나갔다. 그러나 시즌 중간 무렵 개최되는 양대 리그의 교차 경기 장소인 '뉴욕' '워싱톤' '마이애미' '몬트리올' 등 머나 먼 동부 지역까지의 원정 응원은 무리였다.

  소일하는 방법을 찾아야만 하였다. 우리 부부는 모두가 인정하는 산악동호인이므로 미주 곳곳의 유명 산들과 관광 명소를 섭렵하면 되는 일이었다. LA가 속한 캘리포니아주는 캐나다에서부터 멕시코까지 흘러내리는 '시에라네바다'의 권역이므로 이름난 관광 명소가 많을 것 같았다. 알아보았더니 예전 인디안들이 살았다는 '요세미티'국립공원을 비롯하여 '모하비사막' '그랜드캐니언'을 비롯한 3대 캐니언. 콜로라도강을 막아 조성한 '후버댐'이며 세계 최고의 환락도시'라스베거스' 등이 있었다.

  우리 부부는 캠핑카를 렌트하여 '시에라네바다 산맥'을 넘기로 했다. 산맥을 넘자마자 거대한 사막지대가 펼쳐졌다. '모하비사막'이었다. 이 사막은 캘리포니아 남동부와 '네바다' '유타' '애리조나'에 걸쳐 있는 65,000 km^2의 면적인데 시에라네바다에서 콜로라도 평원까지 뻗어있다 한다. 이 사막은 특이한 점이 많았다. 아프리카의 사하라사막이나 중동의 사막들과는 달리 모래 바닥의 대지에 여러 종류의 식물들이 듬성듬성 뿌리를 내리고 있어 사막 같지가 않은 것이었다. 그 식물들 가운데 '여호수아 나무'라 불리는 가시주먹손 같은 키 작은 나무가 자라고 있었다. 여호수아 나무의 유래가 있었다. 19세기 중엽 인디안의 저항에 곤욕을 치르면서도 서부 개척에 나선 '몰먼' 교도들이 이 지방에 발을 들여 놓았을 때 이 나무가 마치 자신들을 환영하는 것처럼 손을 내젓고 있어 그렇게 이름 지어졌다는 것이다. 들쥐를 비롯한 사막 여우, 당나귀 같은 야생 동물들도 서식 중인 사막은 개척이 가능한 미래의 땅이 분명했다. 초저녁 무렵 야경이 휘황찬란한 '라스베거스'에 당도했다. 숙소에 여장을 풀고 지구상에서 가장 거대하다는 대관람차에 올라 시내 조망을 마지막으로 첫날 일정을 소화했다.

  다음 날 일정은 유타주에 위치한 3대 캐니언 관광이었다. 3대 캐니언이란 '브라이스캐니언' '그랜드캐니언' '자이언캐니언' 이렇게 세 군데 골짜기를 말한다. 맨 먼저 구경한 '브라이스캐니언'은 골짜기 전체가 진한 황토 색깔이었는데 움푹 꺼진 지

반으로 형성된 점이 중국의 원가계를 닮아있었다. 다음은 세계 7대 불가사의 한 곳인 '그랜드캐니언' 관광이었다. 콜로라도강의 급류가 만들어낸 대협곡은 그 규모가 자못 장엄하여 면적이 446km² 높이가 해발 2,133m에 이른다는 것이다. 깊숙한 골짜기 곳곳 바위 벽 구덩이에 지금도 인디안들이 살고 있어 〈인디안 보호구역〉으로 지정되었다 한다. 상공에서 계곡을 내려다 보기 위해 간이 비행장으로 이동 19인승 경비행기에 올랐다. 첩첩한 골짜기는 광대하였고 그 많은 골짜기 사이로 흐르는 물은 콜로라도강의 수원이라 하였다. 높은 산으로 가로막힌 양 지역을 대공황 때 대 역사를 단행 터널로 연결시켰다는 '자이언캐니언' 관광을 마친 후, 당나귀 마을로 잘 알려진 '오트맨'마을로 갔다. 이 일대에 거주했던 '야파파이' 인디언에게 납치되었다가 그들의 양녀로 길러진 백인 소녀의 이름에서 유래되었다는 이 마을은 폐탄광지대로서 서부영화의 촬영지로 알려져 있다. 듣던 대로 여기를 가도 저기를 가도 길을 막고 비켜 주지 않는 당나귀들을 수없이 볼 수 있었다.

아들이 메이저 리그에 진출, 확고한 주전 포수의 자리를 꿰찬 지 6-7년의 세월이 흘렀다. 우리 가족은 해마다 시즌이 끝나는 늦가을이 되면 귀국하여 한국 생활에 들어갔다. 고향을 찾아 조상의 성묘도 하고 집안과 친척들에게 인사도 하고 친구들과 어울리며 지냈다. 그 동안 우리 부부는 한 해의 절반을 미국과 한국을 오가는 2중 생활을 유지하고 있었던 것이다. 아들의 연봉도 상향되어 천문학적 까지는 아니었지만 놀랄만한 부를 축적하였다. 운동선수는 비교적 단명이므로 은퇴 후를 위해 재테크에도 신경을 썼다. LA 노른자위에 상가를 구입하고 고국에도 투자를 하였다.

　우리 부부는 아들이 미국에 있는 동안 실컷 관광이나 하자며 미주 전역을 샅샅이 훑고 다녔다. 미주의 동부, 뉴욕, 워싱톤, 보스톤을 비롯하여 캐나다 국경에 위치한 '나이아가라' 폭포며 '5대호' '천섬'도 관광하였다. 그런데 단 한 곳 아직도 가보지 않은 관광지가 있었다. 바로 '요세미티국립공원'이었다. 요세미티국립공원은 지금으로부터 1만 년 전에 〈아와나치〉라 불리는 인디안들이 살았던 지역인데 세계자연유산에도 등재되었다 한다.

　새로운 시즌을 맞아 구단으로 가는 아들을 따라 우리 부부도 LA로 갔다. 팀 정비를 끝낸 구단에서는 포지션 별로 손발을 맞추는 훈련에 돌입했다. 말하자면 시범 경기를 준비한 것이었다. 우리 부부에게는 1개월 남짓의 여유가 있었다. 학수고대하던 '요새미티국립공원' 관광길에 올랐다. 이 공원은 시에라네바다 산맥의 중심부에 위치하는 계곡인데 샌프란시스코에서 5시간 소요된다 하였다. '그랜드캐니언' '옐로스톤' 함께 미국 3대

관광지라 한다. 이곳에서 꼭 가보아야만 하는 코스는 '하프돔' 이라 하였다. 하늘에서 내려다보면 커다란 구멍이 뚫어져 있는데 돔의 깊이는 1,000m 폭은 1,600m 길이는 1,100m에 이르고 주변을 빙 둘러 싼 화강암 암벽에서 흘러내리는 폭포는 세계 최대의 낙차를 자랑한다는 것이다.

'샌프란시스코'로 내려가 금문교 등을 관광 한 후, 새벽 일찍 장도에 올랐다. 오전 새참 무렵 목적지에 당도할 수 있었다. 주차장에 차를 세우고 주변을 잠깐 둘러본 다음 하프돔의 웅자부터 보기로 하였다. '호사다마' 아아! 어찌 알았으랴. 그날이 아내와의 마지막이었음을! 화강암 암벽을 더듬으며 안간힘으로 하프돔 전체가 내려다보이는 '그레이셔포인트'에 올랐다. 이곳에 오르면 하프돔 전체가 가장 잘 보인다는 말을 들었기 때문이었다.

"이곳에다 집을 짓고 천년만년 살았으면 얼마나 좋을까!"

그레이셔포인트에 오른 아내는 산천 경계를 두루 살피다 말고 연신 감탄사를 토해 내며 혼자소리로 말하고 있었다.

"그게 원이라면 내 기꺼이 이곳에 집 한 채를 지어드리리다."

나는 대수롭잖는 농으로 여기며 가볍게 응수했다. 불의의 사고는 천 길 낭떠러지에서 하얀 포말을 일으키며 낙하하는 폭포 구경을 마치고 하산하던 길에 발생했다. 튼튼하지 못한 난간 구조물에 몸을 기대며 셀프 촬영을 하려는 찰나 실족한 아내의 몸은 천길 벼랑으로 사라지고 만 것이었다. 그러고 보면 방금 전의 그 말이 유언이나 다름없었던가 보았다. 사고 주변으로 세계 각지에서 모여든 등산객들이 모여들었다. 국적은 다르지만 재난 앞에서는 모두가 한 마음이었다. 현지인인 듯싶은 사람들이 911(나인 원 원-한국의 119)에 신고를 해주었고 교포인 성싶은 낯모르는 등산객이 la 주재 한국영사관에 도움을 요청하는 전화도 해주었다. 911요원들이 출동하여 시신을 수습 가까운 병원 영안실로 운구해 주었고 영사관 직원들이 출장 나와 제반 수속을 대행해주었다. 아내의 유언이 그러했으므로 나는 아내를 화장하여 조난 지점에 산골하고 일부를 남겨 유골함에 보관했다가 조만간 귀국할 때 추억의 장소인 노고단에 뿌릴 생각으로 있었던 것이다.

격세지감이 느껴지는 성삼재――노고단 산길을 허위허위 오르고 또 오르자 깨끗이 단장한 노고단 대피소가 저만치서 모습을 나타내고 있었다. 날개옷을 입고 하늘을 날며 나를 향해 손짓하는 아내의 환영을 머릿속에 그리며 나는 바삐 발걸음을 재촉했다.

누구의 잘 못인가 是誰之愆

1

 침대 모서리에 꽂힌 링거걸이에 수액이 반쯤 담긴 약병이 대롱거리는 하얀 병실에 그는 누워 있었다. 앙증맞게 생긴 약병에서 늘어뜨려진 링거 줄이 왼팔에, 오른쪽 팔에는 깁스가 감겨 있어 몸을 마음대로 움직이기 어려웠다. 얼핏 보아 재작년, 코로나19에 감염되어 입원했던 종합병원의 음압병실은 아니었다. 그 병실은 인공호흡기를 비롯한 수많은 계기가 잔뜩 늘어져 있었는데 지금의 병실은 달랑 보조 침대 하나뿐이어서 너무나 대조적이었다.
 '여기가 어디야? 내가 왜 여기에 누워 있는 거지?' 주위를 두리번두리번 혼잣소리로 중얼거리고만 있던 그는 도어 쪽에 시선을 보내며,

"거기 누구 없소?"

큰소리를 내질렀다. 한 식경 후 드르륵 문이 열리고 이내 아내가 들어오는 것이었다.

"당신 깨어나셨군요. 이제 정신이 드오?"

한 손에 물병을 든 아내가 곁으로 다가오며 미간을 펴고 있었다.

"네, 그렇소만. 헌데, 왜 내가 여기 있는 거요?"

그는 아내가 따라준 물을 들이켤 생각도 잊은 채 집요하게 캐물었다.

"당신, 어제 용두산 정상에 쓰러져 있었잖아요? 119구급대 아저씨들 아니었으면 큰일 날 뻔 했다니까요. 자세한 얘기는 나중에 듣도록 하시고 어서 목이나 추기세요."

물 한 컵을 단숨에 들이마신 김수목 씨는 기억이 정지되었던 그동안의 일들을 퍼즐 맞추듯 복기하기 시작했다. 승용차를 용두산 발치에 세운 후 우거진 수풀을 헤치며 죽을힘을 다해 정상에 올랐겄다. 겨우 정상에 올랐으나 용을 쓰느라 체력이 탕진되었는지 더 이상 운신할 수 없었다. 배낭에서 물을 꺼내 양껏 들이켜 체력을 보충한 다음 비틀걸음으로 일어나 온 산을 헤맸지만 묘소는 수풀 속으로 몸을 감춰버려 찾기 어려웠다. 비석이나 상석 같은 돌출된 석물을 세우지 않았으므로 그 애로가 더했다. 풍수지리학자의 말을 전적으로 믿은 게 후회막급이었다.

"명당에 묘를 쓸 때는 극히 조심해야 합니다. 암장暗葬을 하려는 사람들이 많기 때문입니다. 봉분을 크게 하거나 거창한 석물을 세우는 행위는 금물입니다. 있는 듯 없는 듯 보통 사람들의 묘처럼 수수하게 보여야 합니다. 주변에 암장이 들어오면 복을 나눠 가지는 결과가 된다고 합니다.

묘를 쓸 당시가 새록새록 생각난 것이었다. '이러다가 묘를 잃어버린 거 아냐?' 그의 사유는 마침내 예측하기도 싫은 끔찍한 노파심으로 비약하고 있었다. 기진맥진 어떻게 할 도리가 없었다. 그저 하늘을 향해 큰대자를 그리며 몸을 뉘고 싶은 생각뿐이었다. 묘소 참배 때, 올라 도시락을 까먹으며 휴식을 취하던 바닥이 평평하고 널찍한 벼랑바위가 보였으므로 그는 거북이걸음으로 기어 올랐다. 시원한 바위 바닥에 몸을 눕히자 비로소 정신이 수습되던 거였다. 수백 년 묵은 소나무 사이로 비치는 석양을 바라다보며 탄식조로 명심보감의 한 문장 '일월서이 세불아연 오호노이 시수지건'日月逝而 歲不我延 嗚呼老而 是誰之愆 (해와 달은 가고 있고, 세월은 나를 기다리지 않는다. 오호 늦었구나. 이는 누구의 잘못인가)을 암송하고 있는데 휴대폰의 벨이 요란스럽게 울렸다. 아내의 전화였다. 아내는

"지금 거기가 어디예요?"

다급한 목소리로 물었고 그는 '용두산 선친 묘소에 올랐는데 산이 우거져 있어 아직도 묘를 찾지 못했다'라고 말했던 것 같

불나방 119

다.

"지금이 몇 시인데 지금까지 거기 있는 거예요. 다음에 날 잡아 젊은애들 데리고 가서 찾기로 하고 빨리 하산하세요."

아내의 채근에 못 이겨 통화를 끝내자마자 몸을 일으켜 자세를 바로잡으려는 찰나 지병인 어즈림증세가 발병하는지 갑자기 손이 떨리고 등허리께서 식은땀이 흘러내렸다. 이럴 경우에는 바닥에 주저앉는 게 상책인 것 같아 다시 주저 앉으려는데 혼미해진 정신 때문인지 그만 핸드폰을 놓쳤고 그걸 수습하느라고 몸을 움직이는 과정에서 벼랑으로부터 추락하고 만 것이었다. 복원된 기억은 거기까지였다.

2

2022년 4월 25. '코로나19'의 지겨운 족쇄로부터 풀려난 뜻 깊은 날이었다. 장장 2년여 동안 전염병 1급을 유지하던 질병이 소강상태를 유지하자 정부에서는 전염병 2급으로 하향 조치한 것이었다. 모든 업종의 영업시간 제약과 거리두기가 해제되고 남은 몇몇 규제 역시 형식에 불과했다. 이 같은 현상은 세계적인 추세여서 해외여행의 잠금쇠도 차츰 풀리고 있었다. 비로소 지구촌 사람들은 지긋지긋한 질곡의 굴레에서 벗어날 수 있었다.

이러한 조치는 김수목 씨에게도 칠 년 가뭄에 단비 같은 희

소식이었다. 그는 화창한 어느 날 고향으로 발걸음했다. 질병의 후유증 때문에 그동안 돌보지 못했던 용두산 꼭대기의 선친 묘를 돌아보기 위해서였다. 이장 당시, 산발치 양지바른 곳에 위치한 엄연한 선산을 두고 하필이면 산꼭대기에 묘소를 마련한다는 것은 정상적인 처사가 아니라는 중론도 비등했지만 개의치 않고 소이부답笑而不答으로 일관했다. 이곳에 조상의 묘를 쓰면 후손이 크게 발복할 것이라는 풍수지리학자의 말을 함부로 발설할 수 없는 때문이었다. 아니나 다를까? 그 일이 있고부터 첫째 아들이 사법시험에 합격 승승장구, 젊은 나이에 유명 로펌의 대표가 되었고, 둘째 아들 역시 의대를 나와 대학병원의 과장으로 재직하게 되었으니 경사가 아닐 수 없었다. 이농 현상이 봇물처럼 온 나라를 휩쓸 때, 자식들의 권유로 고향을 등지면서 선산까지 해체, 지금의 거주지 지근 납골당으로 모셨지만 선친의 묘소만은 그대로 두고 떠난 것이었다. 그렇다고 해서 외롭게 남겨진 선친의 묘소를 등한시하거나 소홀히 취급하지는 않았다. 해마다 벌초도 하고 명절이면 자식들을 데리고 성묘를 하는 등 지극정성이었다.

코로나19 창궐 초기, 김수목 씨는 이 병에 감염된 바 있었다. 친목 모임에 다녀온 바로 다음날부터 콧물이 나오고 목이 따가운 감기 비슷한 증상이 나타나더니 이내 심한 발열 상태로 진전되었다. 감기약이 효력이 없자 관내 보건소를 찾았다. 검사 결과 양성반응을 보인다면서 불문곡직 음압병실에 강제 입원 조치되었다. 치료는 장기적일 수밖에 없었다. 몇 차례 고비를 넘기며 투병한 결과 완치되어 귀가 하였으나 그 후유증이 지대하여 정상적인 생활이 어려웠다.

3

그날따라 30도가 넘을 거라는 일기예보가 있었지만 가시방석에 앉은 것처럼 마음이 다급한 수목 씨는 혼자서 고향 마을을 향했다. 목적지까지는 승용차로 한 시간 남짓 소요되는 거리였으므로 느긋하게 시간을 잡았다. 최근에 화순 도암면 중장터에서 장흥군 유치면 운월 마을로 터널이 뚫렸는데 이 길이 광주- 장흥 간의 지름길이라는 정보를 들은 터여서 망설임 없이 운주사雲住寺 방향으로 길을 잡았다. 도곡, 도암 면 소재지를 경유, 운주사 입구를 지나자 곧 중장터 마을이 나타났다. 이 마을은 근동에서 제법 규모가 커다란 마을이어서 광주, 화순, 나주에서 들어오는 군내버스의 종점지가 되어 있었다. 옛날 옛적에 이 마을에 장이 섰었는데 산골 곳곳에 거주하는 스님들이 주 고객이어서 중장터라 명명되었다는 전설도 전해 온다. 엊그제까지만 해도 농기계가 겨우 지나다녔던 농로가 확 포장되어, 2차선 도로로 깔려 있었다. 장흥 유치 방면, 나주 다도 방면, 화순 도암 방면으로 갈리는 삼거리에서 장흥 유치 방면 표지판을 따라 좌측으로 핸들을 꺾었다. 이윽고 하마처럼 입을 헤벌리고 있는 '가마태재터널'이 나타났다. 여느 터널이나 다를 바 없는 시멘트 구조물을 빠져나가자 유치면 관내인 운월 마을이었다. 이 터널이 뚫리기 전에는 중장터에서 유치면을 가자면 오지 중의 오지인 우치마을을 지나고 한국전쟁 당시 격전지였던 각수바위를 경유 구절양장한 '가마태재'를 넘어야만 했다. 가마태재 산길은 험준하여 지프나 소형 트럭만이 통행 가능한 터였다. 옛 산길은 유치면의 첫 취락인 취실마을을 경유 소양마을에서 암챙이 골짜기로 연결되었다.

  새로난 길은 강만 마을에서 대로와 합류했다. 대천마을 경우 암챙이 골짜기를 따라 달리기 십 분도 채 안 되어 구산선종九山禪宗 1번 사찰인 보림사寶林寺에 당도했다. 연고가 있는 사찰을 그냥 지나칠 수 없어 주차장에 파킹한 후 일주문을 통해 경내에 들어섰다. 일주문을 지나자 사천왕각이었다. 사천왕각은 한국전쟁 때 참화를 면한 이 절 유일한 건물이었다. 대웅전을 비롯한 부속 건물들은 모두 한국전쟁 이후 중건한 것이다. 벽면에 심우도尋牛圖가 그려져 있는 대웅전과 대적광전에 안치된 비로자나불은 신라 천년의 역사를 간직한 문화재였다. 보림사는 대로변에 위치하므로 동선이 매우 짧아 장애인이나 노약자들이 이용하기 편리한 명승지가 되었다.

  김수목 씨가 보림사를 그대로 지나치지 못하는 까닭이 또 있었다. 칠팔 년 전에 장흥문화원 주최 '출향예술인대회 겸 산사음악회'가 대웅전 앞뜰에서 열린 적이 있었다. 1박 2일의 다음 날 일정이 예정되었으므로 타 지역에서 참여한 사람들은 그 밤을 사찰에서 묵게 되었다. 숙소가 바로 주지스님의 옆방이어서 밤새, 주지스님인 '일선스님'과 불심에 관한 토론과 담소로 시간 가는 줄 몰랐고 다음 날 헤어지면서 스님의 저서인 '행복한 간화선'이라는 책자까지 증정받은 친분이 있었다. 마침, 스님이 계셨으므로 인사를 나눈 후 보림사 뒷산 가지산 산록에서 채취해 가공했다는 청태전 차를 대접받으며 회포를 푸느라 지체가 많이되었다. 목적지 용두산 발치에 도착해보니 이른 오후였다.

4

김수목 씨의 마을은 고도가 높은 산간지대여서 겨울이면 매우 춥고 눈이 자주 내렸다. 허리께까지 내린 경우도 허다하여 주민들은 물론 산짐승들의 겨울나기에도 어려움이 많았다. 남쪽 하늘을 가로막은 높은 산들이 햇볕을 차단하여 응달을 만들기 때문에 우푹진 응달에 켜켜이 쌓인 눈들은 다음 해 봄에까지도 녹지 않았다. 겨울을 나는 산짐승들은 먹이를 구하러 곧잘 마을로 내려왔다. 농가 곳곳 집 앞에는 가축의 겨우살이 몫으로 쌓아둔 볏짚가리들이 많았다. 볏짚가리 속은 안방처럼 아늑함으로 짐승들이 밤을 새우고 가는 일이 잦았다. 짐승들의 그런 습성을 간파한 산촌 사람들은 길목에 함정을 파거나 덫을 놓거나 싸이나 같은 독극물을 뿌려 짐승들을 포획, 영양 보충을 하며 한겨울을 났다.

아침나절부터 한 치 앞도 바라보기 어렵게 세찬 눈보라가 몰아치던 어느 겨울날이었다. 종일 눈이 내려 바깥나들이는 엄두도 낼 수 없었다. 다음 날 아침에 일어나 보니 눈은 무릎까지 쌓여 있고 아침 공기는 살을 에는 듯했다. 김수목 씨는 대문 밖으로 나가볼 요량을 했다. 마을 앞 질펀한 들녘의 상황도 살피고 대문 밖 텃논의 볏짚가리를 둘러보기 위해서였다. 무릎까지 눈이 쌓였으므로 우선 통로부터 만들어야 했다. 그는 큰방 마루에서 대문까지 겨우 사람 하나 통행할 정도의 길을 만들기 위해 쉼 없이 가래로 눈을 퍼냈다. 이윽고 대문 밖으로 나온 그는 볏짚가리를 유심히 살폈다. 눈 위에 국화꽃 모형의 짐승 발자국이 희미하게 보이는 때문이었다. 고깔처럼 눈을 뒤집어쓴 볏짚가리 속에서 무언가가 움직이는 미세한 동작이 감지되었으므로 까치걸음을 했다. 볏단 아랫부분 눈이 성글고 조금 파인 곳에서 하얀 김이 솟아오르고 있는 게 아닌가? 가까이 다가가 그 안으로 손을 디밀어 보았다. 온기가 느껴졌다. 헤집어 보았더니 보드라운 보료 같은 게 손에 잡혔다. 손에 잡힌 갈색 터럭으로 보아 노루 아니면 고라니가 분명했다. 예상대로 새끼 노루였다. 그는 조심조심 새끼 노루를 꺼내 품에 안고 집 안으로 들어왔다. 태어난 지 얼마 되지 않는 새끼 노루는 연신 고개와 혀를 내두르며 어미의 젖을 찾고 있었다. 마침, 먹다 남은 우유가 있었으므로 그걸 접시에 따라 디밀었더니 바닥까지 싹싹 핥으며 게 눈 감추듯 먹어 치우던 거였다. '이걸 어떡한다?' 경황 중에 새끼 노루를 품에 안았으나 걱정이 태산이었다. 지금 당장 자연으로 돌려보내면 굶어 죽기 아니면 힘센 짐승들의 먹이가 될 게 분명하다는 생각을 한 김수목 씨는 새끼 노루를 집에서 보호하다가 따뜻한 봄이 되면 방생하기로 마음먹었다. 새끼 노루는 그의 가족이 되었다. 소문은 날개를 달아 인파가 몰리고 방송국에서도 취재 나올 정도가 되었다. 몰려온 사람 중 어떤 사람은 노루의 생피가 보약 중의 보약이라며 빨대를 내보이기도 했다. 노루 고기는 생으로 먹어야지만 제맛이지 구우면 딱딱해져 별로라며 식도락가를 자처하는 사람들도 한둘이 아니었다.

 김수목 씨는 이런 분위기로 보아 혹시 자신이 집을 비울 경우 노루가 변을 당할 게 분명하다는 생각이 들었다. 가급적 바깥출입을 자제하고 경계를 엄히 하며 만일의 사태에 대비했다. 그러고도 마음이 놓이지 않아 읍내 철공소에 부탁하여 철제 우리를 만들고 그 안에 푹신한 이불도 깔고 단단히 열쇠까지 채웠다.

5

그의 우려는 현실로 나타나고 말았다. 마땅한 임자가 나타났으므로 문전옥답을 매매하였는데 완불 날이 되었다. 소유권을 넘기자면 인감증명이 필요했다. 인감증명은 본인이 아니면 발급이 불가능하므로 행정관서에 나가지 않으면 안 되었다. 그가 출타한 사이에 사고가 터진 것이었다. 일을 보고 돌아와 보니 대문이 활짝 열려 있고 집안 역시 어수선해져 있었다. 마당 여기저기에 황갈색 노루털이 흩어져 날고 대청 깊숙한 곳에 두었던 철제 우리는 열쇠가 파손된 상태로 마당에 나뒹굴고 있었다. 우리 안에 들어 있어야 할 새끼 노루는 온데간데없었다. 집을 비운 틈을 노려 누군가가 새끼 노루를 훔쳐 간 게 분명했다. 망연자실, 멍을 때리고 있는데 법대를 나와 근처 암자에서 사법시험을 준비 중인 첫째가 때마침 마당으로 들어서고 있었다.

"아버지 왜 그러고 계세요?"

아들의 물음을 듣고서야 김수목 씨는 제정신이 들었다.

"애야! 어서 오거라. 그렇잖아도 널 부르려던 참이었는데 마침 잘 되었구나. 누군가가 새끼 노루를 잡아간 모양인데 빨리 경찰을 불러야 하는 것 아니냐?"

아버지의 말에 아들은 한 마디로 잘라 말했다.

"아뇨, 경찰에 신고는 마십시오."

"왜 그런다니? 물건을 도둑을 맞았는데도 신고를 말라니 그게 무슨 말이냐?"

"법률상으로 노루는 가축이 아니기 때문입니다. 신고해 봐야 처벌 대상도 아니고 일이 터지면 죄 없는 마을 사람들만 경찰서에 불려가 고초를 겪습니다."

"그럼 이렇게 당하고만 있으란 말이냐?"

"주거 침입으로 처벌할 수는 있을 것 같습니다만. 그게 간단치 않습니다. 분명, 마을 사람들이 한 짓 같은데 시골집은 어느 집이나 항상 열려 있어 개방된 거나 다름없습니다. 서로 농기구도 빌려 가고 가져다 놓는 등 제집처럼 드나드는 경우가 많기 때문입니다. 짐승 한 마리 가지고 괜히 마을 사람들에게 인심 잃을 필요까지는 없을 듯합니다."

"그럼, 이대로 없는 일처럼 하자는 말이냐? 새끼 노루가 불쌍해서 그런다."

"그렇긴 합니다만, 따지고 보면 아버지도 문제가 됩니다. 살아 있는 짐승을 자연으로 돌려보내지 않고 가두어 두었으니 무사하지 못할 겁니다."

"그런다니. 법을 아는 사람은 뭐가 달라도 다른가 보구나. 참!"

그 일은 그렇게 해서 없었던 알처럼 넘어갔다. 소문은 날개가 돋아 사방팔방으로 뉴스가 되어 날아다녔다. 주변의 모든 사람들은 첫째의 사람됨을 큰 덕목으로 여기며 입이 닳도록 칭송해 마지않았다. 그로부터 달포 후 어느 날, 이웃 마을에 거주하는 김수목 씨의 학교 선배가 집으로 찾아왔다. 초등학교부터 고등학교까지 같은 학교를 다녔던 2년 차 선배였다. 선배는 중어중문학과 출신으로 사서삼경은 물론 고문진보까지 섭렵한 한학도인데 효성이 지극하고 사리가 분명한 지성인이라고 소문난 사람이었다.

 그는 불문곡직, 김수목 씨의 손을 부여잡으며,

"여보게, 후배! 미안허시!"

똑바로 눈을 마주치지 못하며 어쩔 줄을 몰라 하는 것이었다.

"아니, 선배님! 왜 그러세요? 그리고 미안하다는 말은 또 무슨 뜻이에요?"

 선배의 행동에 당황한 그는 당최 종을 잡을 수 없어 무슨 소리냐는 말만 연발하고 있었다. 한동안 뜸만 들이던 선배는 라이터를 꺼내 담배에 불을 붙이고 나서 한껏 연기를 내뿜다 말고 드디어 입을 열었다.

"내가 자네에게 몹쓸 짓을 했담 말시. 아버지의 병환이 위중하여 앞뒤 살피지 못하고 일을 저질렀구만. 효심의 발로라고 변명해보지만 면목 없는 일을 저지른 것만은 분명하다네. 필시 자네가 경찰에 신고했을 것이고 그리되면 경찰이 날 잡으러 오는 것은 시간문제일 뿐이라고 체념하고 있는데 아무런 동향이 없더란 말시. 알고 봤더니 사시 준비 중인 자네 아들의 설득과 자네의 아량으로 그리됐다는 얘기를 들었네. 후배! 자네와 자네 아들이 나를 살린 거네. 자넨 어떻게 해서 그런 훌륭한 아들을 두었나?"

6

　선배의 아버지는 약골로 태어났는지 어려서부터 시난고난 이름 모를 병에 시달리고 있었다. 용하다는 지방의 병의원은 모두 전전하였으나 별 차도가 없었다. 서울 큰 병원을 찾아 정밀진단도 받고 별의별 약을 복용했으나 이렇다 할 효험이 없었다, 의사의 진단서에는 노년기에 접어든 누구나의 공통적인 성인병, 즉 고혈압, 고지혈증, 위장병 같은 흔하디흔한 병명만 잔뜩 적혀 있을 뿐이었다. 어떤 의사는 약으로는 치료가 불가능한 마음의 병이 아닌지 의심이 간다는 말도 했다. 마음의 병? 한때 아버지는 마음의 병을 앓고 있었다. 하나뿐인 아우, 즉 선배의 삼촌되는 젊은이가 군부 독재시절 민주화 투쟁을 하다가 경찰의 고문 후유증으로 사망한 일이 있었다. 그러나 그 일은 오래 전의 일이어서 이제는 어느 정도 상처가 아물었겠지, 단순한 생각으로 있었는데, 마음의 병이라는 의사의 진단이 있었으므로 무슨 대책을 세워야만 하였다. 마침, 이웃 고을에 편작이 뺨 맞고 갈 정도의 영한 도사가 체류 중이라는 소문을 들은 선배는 그 길로 바로 아버지를 모시고 방문했다. 환자의 상태를 살피던 도사라는 사람이 말하기를 '정신적인 충격으로 속병을 앓는 사람한테는 영한 무당을 불러 굿을 해보는 것도 한 방법' 이라며 지극히 샤머니즘적인 조언을 하는 것이었다. 선배는 '지금이 어떤 세상인데 무슨 미신 같은 말씀을 하시느냐!' 일언지하에 거절하고 자리를 박차고 일어섰다. 머쓱해진 도사는 대문 밖 멀리까지 배웅하면서,

"저엉 굿을 하기 싫으면 좋은 방법이 있긴 합니다. 새끼 노루를 잡아 피를 드시게 하고 또 그 뼈를 푹 고아 마시면 분명 효험이 있을 것입니다"

정중하게 말하는 것이었다. 선배는 예의 바른 도사의 말에 진정성이 엿보였으므로 지푸라기라도 붙잡는 심정이 되지 않을 수 없었다.

"새끼 노루라! 그렇다면 〈애장〉獐 아닌가? 그는 어릴 적, 마을 어른들이 갓 태어난 새끼 돼지를 가리켜 〈애저〉猪라 부르고 그 새끼 돼지를 삶아 게걸스럽게 먹던 광경을 목도한 바 있었던 터라 새끼 노루를 〈애장〉이라 조어造語 해도 무방할 거라고 유추한 것이었다.

욕심쟁이 놀보가 동생 흥보집에서 화초장을 빼앗아 등에 지고 화초장! 화초장!을 외며 집으로 돌아오듯 선배 역시 애장! 애장! 을 뇌이며 집으로 돌아왔다,

떠도는 소문으로 후배인 김수목 씨가 자신의 집에 새끼 노루를 키우고 있다는 사실을 알게 된 선배는 거사할 틈을 엿보고 있다가 김수목 씨가 출타한 틈을 노려 성공할 수 있었다. 곧바로 노루를 잡아 생피와 폭 고아낸 뼈 국물을 복용케 하자 아버지의 병환은 몰라보게 호전되었다. 아버지의 병환이 호전되어 한시름 놓았으나 한편으로는 앞으로 닥칠 일들이 걱정되어 편한 잠을 이룰 수 없었다. 남의 반려동물을 훔쳤으니 그 죄가 결코 가볍지 않을 거라는 죄책감 때문에 길가에서 경찰차를 만나기만 해도 혹여 자신을 잡으러 온 거 아닌가? 간이 콩알만 해졌고, 집으로 우편물만 날아와도 소환통보서 아닌가 싶어 안절부절못했다. 그러나 전투 중의 고요처럼 정작 주변에서는 아무런 변화가 일지 않았다. 마을에 떠도는 소문으로 사건의 전말을 알게 된 선배는 후배 김수목 씨 부자의 남다른 행동에 진심으로 경의를 표하게 되었다. 선배는 하해와 같은 아량을 가진 김수목 씨 부자의 앞길에 조그마한 디딤돌이라도 하나 놔주고 싶은 생각이 간절했다. 어느 날 용기를 내어 후배를 찾은 선배는 이런저런 얘기 끝에 풍수지리에 관한 얘기를 꺼냈다. '자신이 살아오면서 느낀바 후손이 잘되려면 풍수지리학을 무시해서는 안 된다'는 의미의 지론을 펼치면서 말을 이었다.

"이봐 후배! 용두산 꼭대기에 내 소유의 야산이 조금 있거던. 풍수쟁이들의 말에 의하면 그 땅에 고관대작을 배출할 명당자리가 두어 군데 있다고 하드라고. 고마운 자네 부자의 순탄한 앞길을 위해 배려할 용의가 있으니 말씀만 하시게. 거저 베푸는 거니까 신경 쓰지 말고."

진정성이 엿보이는 선배의 제안에 조금은 솔깃해진 그는 의례적인 사양을 계속하다가 종내는 마지 못하는 척 응낙하고 말았다. 후손의 발복을 위해 조상의 유골을 이장한 후 재미를 본 유명 정치인이나 재벌들의 이야기를 수없이 들은 터라 밑져야 본전, 손해 볼 일도 아니라는 생각이 든 것이었다.

7

산길은 시선 이백李白의 蜀道之難 難於上靑天 (서촉으로 가는 길의 험준함은 하늘에 오르는 것 보다 더 어렵구나!) 시구처럼 험난했다. 예전 김수목 씨가 젊었던 시절, 이 산길은 지금처럼 험난하지 않았다. 많은 사람들의 발길에 닳아 유리알처럼 반질거리던 신작로나 다름없었다. 땅의 지력을 돋우기 위해는 퇴비를 만들거나 가축의 먹이로 쓰일 목초를 채취하거나 땔감을 확보하려는 사람들로 시장통처럼 붐볐다. 그 결과 인정사정 볼 것 없는 남벌로 온 산은 벌거숭이가 되었다. 수목 아래 나뒹구는 낙엽까지 싹싹 긁고 뿌리까지 파먹었다. 닳을 대로 닳은 산길은 반질반질하여 겨울철 썰매 활강장 같았으므로 채취한 임산물을 꽁꽁 동여매 산길에 내려뜨리면 그것들은 거침없이 하강하여 발치에 당도해 있곤 했다. 화석연료의 등장으로 아궁이에서는 연기가 사라지자 벌거숭이산은 우거지기 시작했고 오늘날의 형태를 유지하게 되었다. 산길 전체를 집어삼킨 무성한 잡초들과 맹감나무 넝쿨을 비롯한 억새풀들 때문에 피부가 손상되고 옷이 찢어지는 일은 예사이고 소지한 등산 용구로 통로를 개척하느라 상당한 체력이 소모되었다. 갈 것인가? 말 것인가? 가던 발걸음을 멈춘 채 우거진 수목들에 가려진 용두산 정상을 바라보며 몇 차례 고뇌하기도 했다. 이런 악조건하에서도 끝내 포기하지 않은 까닭은 나약한 태도를 보였다가는 종내 선친의 묘소를 잃어버릴지도 모르며 그리되면 천하에 불효자식이 될 것이라는 중압감이 등을 떠민 때문이었다.

망중한忙中閑이라 했던가! 산길을 오르던 김수목 씨는 주변 환경을 목격하면서 또 다른 깨달음을 얻고 있었다. 우리 사회의 커다란 병폐인 '빈익빈 부익부 현상'이 자연계에도 심각한 영향을 미치는 위험한 단계에 도달해 있다는 사실이었다. 용두산 가는 이 길이 도시 근교의 이름난 등산로였다면 얼마나 좋을까? 도심이나 명승지를 품에 안은 산길은 등산 애호가들의 발길에 닳아 반들반들, 사통오달하고 당국에서 안전시설까지 설치해 주어 노약자들도 오르내리기 수월한데 이 길은 너무 대조적이었던 것이다.

산림들도 때를 만난 듯싶었다. 기름진 자양분을 섭취한 수목들은 하루가 다르게 비대해져 있어 흡사 비만증에 걸린 동물 같았다. 주인 잃은 무덤들도 곳곳에서 보였다. 값나가는 석물들로 벌안을 장식한 문중의 선산들도 예외는 아니었다. 짧은 일생을 살찐 상태로 마감한 억새풀이며 고사리의 주검들이 봉분 위에 층을 이루며 쌓여 있는 틈새로 새 생명들이 솟아나고 있었다. 그것들은 장갑裝甲을 몸에 두른 탱크의 몸통보다도 견고하여 쉽게 제거하기 힘들어 보였다. 그뿐만이 아니었다. 바람에 날려온 씨앗들 역시 봉분에 뿌리를 박아 거목으로의 비상을 꿈꾸고 있었는데 주로 소나무, 참나무, 자귀나무 같은 수종들이었다. 그런 방치된 무덤들의 실묘失墓가능성은 백 퍼센트 가까워 보였다. 이런 현상들이 남의 일 같지 않다는 생각에 잠긴 김수목 씨는 씁쓸하고 착잡해진 심정에서 헤어나지 못했다.

빼곡한 거목들에 가려진 산속은 한낮인데도 박명薄明처럼 어스름했다. 허위단심하여 정상에 올라 두리번두리번 묘소를 찾았다. 웬걸! 묘소는 쉽게 발견되지 않았다. 자식들의 말이 백번 옳았다는 생각이 들었다. 미구에 이러한 현상이 닥칠 것으로 예상했는지 자식들은 진즉부터 실묘 우려를 제기하며 가족 납골당으로 이장을 건의하였지만 김수목 씨는 수용하지 않았다. 그동안 누려온 묘 바람의 달콤함에서 헤어나지 못한 채 계속적인 요행을 기대하는 때문이었다. 후회막급, 만사휴이. 한 가닥 남은 정신줄을 놓아버린 김수목 씨의 혼신魂神은 깊은 바다 속으로 서서히 침몰하고 있었다.

다시 강만리에서
-남해여단의최후-

2019년 말 '우한'武漢에서 발생한 〈코로나19〉는 2020년 1월에 우리나라에도 상륙, 창궐했다. 그해 어느 날, 생면부지의 한 남자로부터 전화가 걸려왔다.

"혹시, 소설을 쓰시는 **선생님이신지요?"

"네. 그렇습니다만. 헌데, 댁은 뉘십니까?"

"저는 광주 **동에 거주하는 박동기라고 합니다. 대학에서 중문학을 전공하고 부전공으로 역사도 연구하였습니다. 여순 사건과 육이오를 겪으면서 파생된 남도의 한恨이며 질곡의 역사를 심층 취재하여 학술지에 기고하는 한편, 후세들이 귀감삼을 수 있도록 체계적인 연구를 진행 중, 선생님 존함을 알게 되었습니다. 선생님 고향인 유치에도 다녀온 바 있습니다. 어린 시절 산골 마을에서 겪었던 갖가지 고초들을 형상화한 여러 작품들도 섭렵했습죠. 그래서….”

그는 초면인데도 감칠맛 나는 어투로 차분하게 말하고 있었다. 그는 마치, 기획된 인터뷰를 진행하는 것 같았다. 인터뷰라는 것은 얼굴을 마주보면서 대담 형식으로 진행해야만 실감도 나고 격에도 맞는 법인데 이건 아니라는 생각이 들었다. 더군다나 어린이 집에서 자동차로 픽업해 주는 손자 녀석을 마중할 시간이 임박했으므로 대화를 끊어야만 할 시점인데 상대는 놔줄 생각을 하지 않으니 난감할 따름이었다. 기분 상하지 않게 마무리 할 필요가 있었다.

“지금 코로나19가 창궐 중입니다. 수많은 사람들이 감염되고 죽어 나가는 시체가 부지기수여서 화장장 또한 포화 상태라고 합니다. 곧 출타할 일이 생겼습니다. 세월이 좋아 지면 만나 뵙기로 하고, 오늘은 이쯤해서 마무리 지었으면 합니다.”

나의 간청에 그는 한풀 꺾이며,

“초면에 실례를 범했나 봅니다. 선생님 말씀대로 세월이 좋아지면 뵙기로 하겠습니다. 건강하십시오.”

막걸리 맛 같은 걸쭉하고 중후한 음성이 꽤 연륜이 있음을 말해주고 있었다. 자기 중심으로 대화를 이끌어가는 테크닉이나 집요함으로 보아 쉽게 포기하거나 그러진 않을 사람으로 상상되었다. 아니나 다를까. 그런 일이 있고부터 가끔 전화를 걸어와 내 안부를 물었고 '좋은 세월이 빨리 왔으면 정말로 좋겠다'

는 말을 그때마다 반복하였다. 얼마 전에는 통 큰 제안도 했다.

"그깟 코로나라는 게 독감 수준이라고 합니다. 너무 위축되지 마시고 한번 만나주시면 감사하겠습니다."

그러니까 코로나19라는 게 별거 아니니 모험하는 셈치고 한번 만났으면 하는 의중을 내비치는 것이었다. 그때마다 나는 핑계를 찾느라 애를 먹었다. '당국의 규제를 거슬리면 즉각 법적 조치가 된다. 차차 세월이 좋아지면 볼 날이 있을 것이다. 너무 서둘지 말라' 그의 제의를 '좋은 세월'이라는 무기로써 거절하였다.

2년여 남짓 온 지구촌 사람들을 괴롭히던 코로나19도 세월이라는 묘약 앞에서는 별 수 없는지 차츰 쇠락의 기미를 보이고 있었다. 발병률이 하향세로 접어들고 사망자 또한 줄고 있다는 희소식이 메스컴을 타고 있었다. 정부 당국에서는 그동안 옭죄고 있던 각종 규제를 과감하게 풀어버렸다. 강제하던 규제가 풀리자 사람들은 정상적인 생활을 영위하기 시작했다. 마스크 착용만 해제되면 그만일 성싶었다.

이렇듯 좋은 세월로 접어들기 시작하는 어느 날, 박동기 씨로부터 전화가 걸려 왔다. 앞에서 언급했던 그런 취지의 반복된 내용이었다. 남도의 숨은 슬픈 현대사를 발굴하려는 의지가 가상하기도 하고, 코로나19를 핑계로 면담을 마루는 것도 예의가 아닌 성 싶어 응하기로 마음먹었다. 육이오 당시 빨치산의 소굴이었던 유치면 일대에서 우리 집처럼 호되게 당한 집안은 찾아보기 어려웠다. 여섯 명의 대 가족이 한꺼번에 참변을 당한 슬픈 가족사는 전대미문의 사건이어서 유치면 면내는 물론 이웃 고을에까지 널리 회자되었다. 질곡의 남도 현대사를 연구한다는 그가 이 사실을 알고는 당사자인 나를 한번 만났으면 했는데 쉽게 만나주지 않으니 몹시 답답했던가 보았다.

 며칠 후 약속 장소로 갔다. 어느 대학가 부근의 아늑한 한식당이었다. 겉은 허름하였으나 안으로 들어갈수록 분위기가 있어 보이는 구조였다. 메인스테이지 뒤쪽 정원을 배경 삼은 별채의 4인용 테이블이 있는 방으로 안내되었다. 그가 먼저와 기다리고 있다가 나를 반갑게 맞았다. 내가 상상했던 그대로였다. 반백의 머리가 연륜을 말해주고 있었다. 하기야, 까마득한 육이오를 이해할 정도라면 나와 동년배는 아니더라도 교감이 가능한 세대의 연배일 터였다. 명함부터 교환하며 상견례를 마쳤다. 그의 명함에는 '남녘현대사연구소' 소장의 직함이 적혀 있었다. 그는 광복 이후, 여순사건과 육이오를 거치는 동안 좌우 이데올로기 투쟁의 와중에서 애꿎게 변을 당한 민초들의 넋을 달래려는 사명감으로 지금껏 살아왔다고 말했다. 취재를 위해 남도 전역을 샅샅이 더듬던 중 장흥에 들렀는데 장흥고등학교 '이영송' 교장으로부터 그가 소장 중인 2003년 10월 8일 자

발간 '그리고 다시는 고향에 갈 수 없으리'라는 책자를 선물 받았다는 것이다. 그런 연유로 우리 집안의 슬픈 가족사를 알게 되었고, 작가인 나의 신상털이는 물론 문학적인 성향까지도 파악하게 되었다는 것이다. 별 볼일 없는 나의 행적을 연구하는 누군가가 있었다는 사실에 나는 조금 상기되어 있었다. 식사와 대담을 끝내고 헤어지면서,

"선생님을 모시고 작품의 무대인 유치면 일대를 둘러보고 싶습니다. 쉬이 시간을 내주셨으면 합니다."

그랬었는데, 아직까지도 그와의 약속을 이행하지 못하고 있는 것이었다. 내가 자꾸만 머뭇거리는 속내는 당시의 참혹한 가족사를 다시 들춰 마음 상하기 싫었고, 송신나고 호되게 당한 고향 마을 역시 장흥댐 물속에 잠겨 버려 고향 잃은 신세가 된 때문이었다.

나는 철이 들면서부터 작가가 되려는 꿈을 꾸고 있었다. 육이오 당시 유치 산골에서 당하고 체험한 모든 참상들을 글로 남겨 후세에 남기고 싶은 때문이었다. 그러나 좀처럼 꿈은 이루어지지 않았다. 습작을 거듭하였지만 등단의 문은 쉽게 열리지 않았다. 몰락된 집안도 추스르랴, 목구멍에 풀칠도 하랴, 보장도 기약도 없는 글쓰기에만 매달릴 수 없는 노릇이어서 도시로 나와 생활전선에 뛰어들지 않으면 안 되었다. 글쓰기는 당분간

만 접어두기로 했는데 어언 수십 년이 흘러가 버렸다. 개인 기업체에서 정년을 마치자마자 본격적인 문학수업의 길로 들어섰다. 전남대 사회교육원(지금 평생교육원)문예창작과정에 입교했다. 재학 중에 동아일보사에서 발간하는 월간 '신동아'에서 1천만 원 고료 논픽션을 공모 중이라는 소식을 들었다. 동아일보에서는 진즉부터 연례행사로 이 사업을 진행 중인데 그 해(1998년)가 34회 째라 하였다. 당시 교수진으로는 동향 선배 소설가 송기숙 선생님, 평론을 하시는 김춘섭, 임환모 두 교수님, 박양호, 이미란 소설가 등이 포진해 있었다. 삼복더위 속에서도 응모 준비에 온 정열을 쏟았다. 육이오 당시에 겪었던 슬픈 가족사를 소재 삼은 중편소설 분량의 '유치여 안녕'이 탄생되었다. 투고 두어 달 후, 동아일보사로부터 당선 통지가 왔다. 심사위원은 서울대 언론정보학과 강현두 교수님, 서강대 국문과 이재선 교수님, 현대문학 편집부장 김국태 선생님 이렇게 세 분이었다.

 당시 심사를 맡았던 강현두 선생님은 '이 작품은 댐 공사로 곧 물에 잠겨 이 세상에서 영원이 없어질 고향 유치면에서 작가가 경험한 삶의 기록이다. (중략) 우리 현대사는 이데올로기 갈등의 질곡을 걸어온 역사다. '유치여 안녕'의 작가는 우리 역사의 슬픈 단면을 자신의 가족 이야기를 통해 투영하고 있다. 미국의 뉴저널리스트인 '노먼 메일러'가 미국 현대사의 고민이었던

월남 이슈를 다룬 그의 작품을 '소설로서의 역사 역사로서의 소설'이라고 말한 뜻을 이 작품에서 엿볼 수 있었기 때문에 주목을 끌었다.' 라며 극구 칭찬하셨다.

또 다른 심사위원인 이재선 교수님 역시, '이 작품 '유치여 안녕'은 개발이라는 이름 아래 매몰되어가는 지역사 및 개인사에 대한 기록 보존을 의식한 글이다. 광복 이후 육이오를 겪은 시기에 이루어진 이념과 격동의 세월 속에 숨겨진 역사는 단순한 지역사나 개인사라기보다는 우리의 일반사로 보편성을 충분히 지니고 있다고 믿는다.' 라는 평을 해주셨다.

유치면은 지형이 댐 조성의 여건을 두루 갖추었으므로 국책 사업으로 책정되었다. 5년여의 공사가 끝나면 유치면 일대는 댐으로 변해 장흥읍을 비롯한 목포시와 강진, 해남, 진도, 완도 지역, 즉 전남 서남부지역의 식수원을 떠맡는 전진 기지가 된다는 것이었다. 댐이 완공되면 수몰될 지역 주민들은 고향을 떠나야만 했다. 토지 보상, 이주 자금 지원 등 제반 사업과 병행하여 실향민들의 설움을 달래는 기념비적 사업도 추진 중이었다. 마을 별 가구 별로 사진첩도 만들고, 비디오 영상물도 만들었다. 그런데 한 가지 미진한 게 있었다. 기록 분야였다. 유치면의 역사적인 사건을 기록으로 남겨야만 하는데 마땅한 작가를 찾지 못하고 있던 참이라 했다. 그 무렵, 동아일보 공모 논픽션에 졸작 '유치여 안녕'이 당선되었던 것이다. 당시 장흥군수인 김인규 님이 한번 보자기에 만났더니 축하의 인사 끝에 유치면장인 위충환 님을 소개해 주었다. 위 면장은 나의 작품 '유치여 안녕'을 장편 분량으로 개작하고 자료 사진을 곁들인 책자를 만들어 실향민에게 배포했으면 하는데 어떻겠냐는 제의를 했다. 나는 흔쾌히 응낙했다. 취지에 맞게 개작에 들어갔다. 자료를 보완하고 질 좋은 사진을 얻기 위해 사진작가를 대동, 현장 답사도 하였다. 출판사 선정 문제는 작가에게 위임하였으므로 탈고 즉시 친분이 있는 광주대 신덕룡 교수님에게 자문을 구했더니 아동문학가 조태봉 사장이 경영하는 서울의 청동거울 출판사를 추천해 주었다.

계약 내용은 아래와 같다.

1. 2천부를 출간하여 장흥군청에 납품하고 작가에게는 200부를 증정한다.

2. 출판비는 장흥군청에서 출판사에 직불한다.

3. 기타 문제는 통상적인 관례 따른다.

그 일은 내 생애 최대의 업적이라고 내 세울만한 획기적인 사업이기도 했다. 곧 물에 잠겨 영원히 없어져 버릴 고향을 위해 마지막 봉사라는 생각으로 원고료 한 푼 받지 않고 흔쾌히 응했던 것이다. 출판사에서 책자의 제호를 유치여 안녕 대신 〈그리고 다시는 고향에 갈 수 없으리〉로 정하면 어떻겠느냐고 의향을 물어왔다. 어느 해외 작품이 연상되는 제호였으나 마음에 들어 응낙했다. 그런 과정을 거쳐 유치면의 역사서나 다름없는 졸저가 탄생한 것이었다. 배포된 책자는 장흥군 관내 각 기관, 유치면 자연 마을, 수몰실향민들에게 배포되었고 이 책자를 품에 안고 수몰실향민들은 전국 각지로 뿔뿔이 흩어졌다. 유치에 아무 연고도 없는 박동기 소장이 이 책을 입수하여 통독에 통독을 거듭하였다는 것이다. 그는 덧붙이기를,

"제가 그 책자를 여러 차례 통독하였는데 몇 가지 보완할 점을 발견했습니다. 그래서 선생님 얼굴도 뵙고 자료도 건넬 겸 한번 만나고 싶었지 뭡니까. 저의 실례를 너그러이 헤아려 주십시오."

나는 박소장의 그 말에 일리가 있다 싶어 그 내용을 차분하게 들어 보기로 했다.

식사를 마치자마자 본격적인 대담에 들어갔다. 그는 구술을 하였고 나는 적었다. 장시간에 걸친 그의 구술 내용을 구분해 보면 대강 네 분야로 요약할 수 있었다.

첫 번째: 육이오 당시 남부 지역 빨치산의 거점이었던 요충지 국사봉에 관한 화두로부터 시작되었다. 국사봉은 해발 614m 높이로 영암군 금정면, 장흥군 유치면, 나주시 다도면 일원에

걸쳐 있는 이 고장을 대표하는 명산이다. 풍광 좋은 이 산 정상에 빨치산 토벌을 위해 조성한 헬기장이 조성될 정도로 육이오를 전후한 격동기 때 처절한 격전지이기도 했다. 그런데, 유치 빨치산의 중심인물인 '유치지구인민유격대' 사령관의 인적 사항이 빠져있더라 했다. 자신이 취재한 바에 의하면 그 사람은 영암읍 용흥리 출신인 황점택(혹은 황병택)으로서 국사봉 일대와 유치 산골을 무대로 빨치산 활동하였는데 백마를 타고 다니던 인물이라 했다.

　두 번째: 이번에는 인물에 관한 것이었다. 졸작에, 장흥군 최북단 오지 취락 '취실' 마을이 등장하는데 이 마을에서 벌어진 사건을 아는지? 물었다. 취실마을은 유치면 소양리에서 가마태재 넘어 화순군 도암면 우치리로 가는 산길에 위치하는 서너 가구의 취락으로서 행정구역상으로는 유치면 대천리 2구이다'라고 말하자, 박소장은 '그 마을에서 당시 전남도유격대사령관 최현이 토벌군에 의해 사살되었다'고 알려주었다. 충남 당진 출신인 최현은 유치 산골로 숨어들어 군경토벌대와 대치하던 중 수하 몇 명을 대동하고 마을에 잠입, 민가에서 저녁을 지어 먹다가 추격 중인 경찰 토벌대에 의해 현장 사살되었다는 것이다. 최현의 수급은 전남도경으로 보내졌고 도경에서는 그의 수급을 '유치지구에서 사살한 공비 두목'이라 적힌 현수막과 함께 대인동 광주역 광장(구 역전)에 효수하였다 한다. 후일, 내가 광

주에 터를 잡았을 때 내 고향이 유치라는 사실을 알게 된 누군가가, '육이오 당시 유치지구에서 붙잡힌 공비 두목의 수급을 대인동 구역 광장에 효수했는데 그 사실을 아느냐?' 묻기에 잘 알고 있지 못하다고 대답했던 아련한 기억이 생각났다.

  세 번째: 화순군 북면 소재 백아산 마당바위에 관한 일화였다. 일명 흰까마귀산 혹은 흰거위산이라 불리는 백아산은 유치지구를 비롯한 남부 지역의 빨치산들이 지리산으로 들어가자면 반드시 거쳐야만 하는 요충 중의 요충이었다. 청풍 화학산을 통과하고 말봉산 (모후산 지근)을 경유 이곳에 이르면 지리산 입성은 절반의 성공이라고 하였다. 백아산 정상에 마당바위가 위치했는데 마을 앞 공터보다도 널찍했다. 그 마당바위에 올라 사다리를 치워버리면 아무도 오를 수 없는 난공불락의 요새였다. 탄약과 병참만 충분하면 장기간 견뎌낼 수 있는 천험이었다. 마당바위 아래까지 공격해온 토벌부대들은 닭 쫓던 개 지붕 쳐다보는 격이어서 더 이상 공격할 수 없었다. 이런 천험에도 약점이 있었다. 하늘에서의 공격이었다. 국군 정찰기가 나타나 마당바위 상공을 선회하는 것이었다. 빨치산의 입장에서 국군의 비행기는 눈엣가시였다. 빨치산 중에 위종근이라는 명사수가 있었다. 인민군에 의해 현장 징집된 유치면 단산 마을 출신이었다. 1951년 7월 2일 대구공항에서 출격한 비행기는 위종근이 쏜 장총에 날개를 맞아 하늘바위 부근으로 추

락, 조종사 2명이 사망했다. 해체된 기관총은 무기로 활용하였으며 노획한 거울은 여성 빨치산들의 미용 도구가 되었다. 그들의 환호도 잠시뿐, 벌집을 건드린 꼴이 되고 말았다. 곧바로 전투기 편대가 마당바위 상공에 나타났다. 당시 명성을 떨쳤던 f-86세이버기 일명 무스탕 편대였다. 전투기의 기총소사로 마당바위의 빨치산들은 일망타진되었고 살아남은 빨치산은 위종근을 위시하여 한두 사람에 불과하였다. 위종근은 지리산으로 향하다가 토벌대에게 붙잡혀 죗값을 치렀고, 형기 만료 후 향리로 돌아와 농사꾼으로 지내다가 마을이 수몰되자 대덕으로 이거 한우 목장을 경영 중이라고 한다.

네 번째: 이청송 소장이 이끄는 남해여단에 관한 내용이었다. 소련군 장교 출신이며 조선인민군 창설 멤버인 이청송은 육이오 남침 당시 인민군 제2사단장이었다. 전쟁 초기 춘천 옥산평야 전투에서 국군 6사단 7연대에 대패하여 병력의 태반을 잃었다. 진노한 김일성은 그 책임을 물어 좌천성 인사를 단행, 부대를 여단으로 격을 낮춘 후 남은 병력을 이끌고 목포, 여수 지역으로 내려가 남해안 일대를 수비하라는 명을 내렸다. 그래서 그 부대의 명칭이 남해여단이 되었다. 유엔군의 인천상륙 성공으로 수도 서울이 탈환되고 한반도의 허리가 꺾이자 남한에 발이 묶여 있던 인민군들은 우왕좌왕 갈피를 잡지 못했다. 김일성은 남한에 있는 모든 인민군들대에게 춘천으로 후퇴 집

결하라는 지령을 내렸다. 남해여단 역시 퇴각 길에 올랐다. 남해여단이 추풍령에 이르렀을 때 38선 방면에서 밀고 내려오는 국군과 교전했다. 사기충천한 국군에 비해 코가 납작해진 남해여단은 패전에 패전을 거듭하였다. 사령관 이청송마져 본대에서 낙오하고 말았다. 북상을 포기한 채 평양의 지시를 기다리는 중 낙오병을 이끌고 장흥군 유치 산골로 가 은거하다가 지리산의 이현상에 합류하라는 지령을 받았다. 발길을 돌린 남해여단은 영암군 금정면 덤재를 넘어 유치 산골로 들어와 공수평 우리 마을에 진을 쳤다. 잠시 공수평 마을에 진치고 있던 남해여단은 조금 더 안전한 암챙이골짜기 강만 마을로 가 지리산으로의 잠입을 도모하고 있었다. 그런데 장애물이 나타났다. 최영희 장군이 이끄는 국군 제11사단 병력이 그들이 지나갈 장흥군과 화순군 지경에 방어망을 친 것이었다. 화순군 청풍면 화학산을 사이에 두고 국군과 빨치산은 대치했다. 화학산은 천하의 요새이므로 양측 모두 철저한 방비에 임해야 하는데 남해여단을 비롯한 유치의 빨치산들은 숫자만 많았지 체계적이지 못했고 오합지졸의 성격이어서 정예 국군의 적수가 되지 못했다. 남해여단장 이청송 역시 이 지방 사람이 아니어서 지리에 밝지 못한 데다가 수하들도 국군과 맞붙을 생각보다는 목숨만 보전하여 지리산으로 들어갈 궁리에 급급했던 모양이었다. 사태를 파악한 국군 11사단은 발 빠르게 움직였다. 1951년 3월 18

일 새벽 텅 빈 요충지 화학산을 접수하고 또 다른 요충지 바람재를 통과하여 전광석화로 강만마을에 접근하였다. 하늘(천시)도 국군을 도왔는지 그날따라 새벽안개가 자욱하여 지척 분간도 어려웠다. 평소에도 날씨가 포근할 때면 대천리 앞으로 흘러내리는 탐진천에서 안개가 모락모락 피워오르곤 했는데, 그런 지리적인 여건을 전혀 고려치 않고 무작정 진을 친 친 남해여단의 어리석음은 매우 치명적인 결과를 가져오고 말았던 것이다. 국군들이 짙은 안개를 헤치며 코앞에 드리닥쳤는데도 남해여단의 초병들은 깊이 잠들어 있었으므로 전멸, 힘 한 번 제대로 써보지도 못하고 궤멸하고 말았다는 것이다. 켜켜이 쌓인 시체 중에 동체만 나뒹구는 한 구가 있었는데 그게 바로 이청송의 동체였는지도 모른다는 것이었다.

1950년 가을 어느 해거름 녘, 가을 추수가 끝난 한적한 시골 마을에 인민군 부대가 나타났다. 행군을 멈춘 인민군 부대는 우리 집 바로 앞 휴경 중인 논배미에 도열한 후 지휘관의 훈시를 듣고 있었다. 인민군들은 정규군답게 군장이며 대오가 정연하였고 다발총, 아식보총, 아식장총, 수류탄 같은 개인 화기 외에 '신라에 달밤'이라 별명 붙은 경기관총이며 박격포 등 중장비로 무장하고 있었다. 점호가 끝나고 200여 명이 넘는 부대원들은 우리 마을을 비롯한 인근 마을에 분산 수용되었다. 마을에서 규모가 가장 큰 우리 집 아래채에 본부를 두고 부산을 떨어대던 부대는 얼마 후 홀연히 자취를 감추고 말았다. 어린 나는 그 부대가 어디서 왔다가 어디로 갔는지 도통 알지 못하다가 훗날 자료를 모으는 과정에서 남해여단이라는 사실을 알게 되었다.

나는 '장흥군지'의 기록, '1950년 10월 남해여단 200명 강만리 입산' 이라는 지극히 간략한 내용과, '1951년 3월 18일 남해여단 작전 실패로 궤멸 상태 (500명 사망) 생존자 작전 참모 등 15명 정도만이 화순 백아산 이동' 이라고 적힌 '디지털 장흥의 역사'를 읽은 적이 있었다. 그렇지만, 설說이 많은 터라 그 궤멸 장소가 꼭 강만 마을이라고는 생각지 않았었는데 박동기 소장의 말을 듣고 보니 맞는 증언 같았다. '디지털 장흥의 역사'에도 살아 백아산으로 도망간 지휘관이 작전참모였다하니 이청송의 강만 마을 사망설은 사실로 믿어도 될 것 같았다. (이상은 유격대 전남노동신문 주필 전관호의 증언 −박동기 제공)

또 다른 의문이 꼬리에 꼬리를 문다. 남해여단의 행적을 다룬 여타 기록, '남해여단장 이청송은 유치에서 한 겨울을 보냈는데 그의 소극적인 태도를 의심한 전남도당위원장 박영발에 의해 죽임을 당했다.' '전투를 기피하는 남해여단은 백아산 근처 모후산으로 물러나 민폐만 끼치고 있었으므로 '먹고놀자부대'로 낙인 찍혔다. 그런 남해여단장 이청송을 전남도당위원장

박영발이 불러 질책하고 사살하였다.'는 이태의 '남부군' 조정래의 '태백산맥' 유용원의 '군사세계'의 기록은 무엇이란 말인가? 국군 11사단이 화학산에 진입하기 전에 강만마을에 주둔해 있던 남해여단은 이곳을 벗어나 백아산이나 모후산에 진을 치진 않았을까? 어느 게 진짜인지 참으로 애매모호하기만 했다.

남해여단이 우리 마을을 떠나고 나서 나는 가끔 감성의 늪에 빠진 적이 있었다. 그들이 우리 집에 있을 때, 대학 재학 중 징집되었다는 준수한 인품의 한 인민군 장교는 나를 무척이나 귀여워했다. 가끔 목마를 태워 마당을 빙글빙글 돌기도 하고 난세라서 학교에 가지 못하는 내 공부도 가르쳐 주고, '꼬마야! 훗날 통일이 되면 내가 평양 데려가 공부 시켜줄 끼다.' 마치 삼촌이라도 되는 것처럼 머리를 쓰다듬어 주며 듬뿍 정을 주던 것이었다. 그래서 항상 무사하기를 바라고 바랐는데 박소장의 고증대로 라면 그는 이미 이 세상 사람이 아닐 성싶어 남해여단의 강만마을 궤멸 사실을 곧이곧대로 믿고 싶지 않았다. 유비통신이거나 카더라 방송이었으면 얼마나 좋을까! 치부하고 싶을 뿐이었다. 당시 작전을 펼쳤던 11사단의 작전 일지를 열람해 보면 알 수 있으련만.

남해여단의 전멸이 작전 실패였다고 증언하는 박소장의 말을 곱씹다 말고, 나는 병법의 지혜를 강조한 사서 '맹자' '공손추 장구하'에 실린 한 구절을 회상했다.

'孟子曰, 天時 不如地利, 地利 不如人和' '맹자께서 말씀하시기를 천시가 지리만 같지 못하고, 지리가 인화만 갖지 못하니라' 그러니까 위 세 항목 중에 인화가 최선이라는 말이었다. 천시란, 하늘의 뜻을 말한다. 전쟁에 임하여 하늘이 도와주면 쉽게 이기는 것이고, 지형의 유리한 점을 이용하면 또한 이길 수 있다. 그 두 가지 유리한 점을 갖추고서도 이기지 못한다면 인화에 문제가 있는 것이다. 일종의 경구警句였다.

맹자의 이론을 뒷받침하기 위해 그 사례를 하나하나 짚어 보기로 한다. 첫 번째 화두인 '天時'를 본다. 여기에 부합하는 사자성어가 있다. 모사재인謀事在人 성사재천成事在天이 그것이다. 계책은 사람이 도모하지만 그 성공 여부는 하늘의 뜻에 달려 있다는 뜻이다. 후한後漢 말, 세상이 매우 어수선 할 때 황건적이 난을 일으키고 십상시가 궁중을 장악했다. 의병을 모아 출정한 유비 3형제는 조조, 원소 등 기득권 세력과 힘을 합쳐 황건의 난을 평정한다. 함께 공을 세운 조조와 유비는 궁궐로 들어가 후한의 마지막 황제인 헌황제를 배알한다. 헌황제는 같은 집안인 유비에게 황숙 칭호를 내리며 극진하게 대우한다. 승상의 지위를 거머쥔 조조는 역심을 품는다. 황권 회복을 위해 유비를 비롯한 10여 명의 중신들이 극비리에 조조 타도의 혈맹을 맺는다. 조조를 제거하자면 조조의 손아귀에서 벗어나야만 하였다. 좌불안석인 유비가 계교를 써 조조의 손아귀에서 벗어나자마자 혈맹사건이 탄로난다. 뒤를 쫓는 조조군을 따돌리며 형주로 도망친 유비는 유표 한테 빌붙어 있으면서 삼고초려 끝에 제갈량諸葛亮을 얻는다. 제갈량이 주창하는 천하 3분지계의 완성을 위해 유비는 서촉西蜀으로 들어가 성도成都에 도읍, 촉한蜀漢을 건국한다. 위, 오, 촉 3국이 정립하는 3국시대가 펼쳐지는 것이다.

백전백승의 제갈량 앞에 사마의司馬懿라는 위나라 장수가 등장한다. 그는 무용과 책략에 있어서 결코 제갈량에게 꿀리지 않았다. 한漢 왕조를 재건하라는 유비의 고명을 받은 제갈량은 출사표까지 쓰고 출전, 기산岐山까지 진격하여 서안(長安)함락을 눈앞에 둔다. 자신의 적수인 사마의의 제거를 위해 제갈량은 계교로써 퇴로가 없는 '호로곡' 협곡으로 유인하는데 성공한다. 입구를 틀어막고 화공을 펴면 사마의는 꼼짝 없이 불귀신이 되는 찰나였다. 온 산에 화광이 충천하고 연기가 자욱하여 계교가 성공하려는가 싶었는데, 그때 뇌성벽력이 울리고 일진광풍이 몰아치면서 하늘에서 세찬 비가 쏟아졌다. 순식간에 불길이 잡히고 사마의는 그 틈을 이용하여 탈출에 성공한다. 도주하는 그를 추격하여 후환을 없애자는 수하들의 건의를 제갈량은 일언지하에 거절, '하늘의 뜻을 어찌 인간이 막을 수 있겠는가!' 탄식하며 군사를 거두고 만다. 그게 바로 천리, 즉 하늘의 뜻이라는 것이다.

두 번째 화두는 '地利'이다. 요새要塞라는 말이 있다. 외부에서 아무리 거센 공격을 퍼부어도 무너지지 않는 지리적인 이로움을 말한다. 올드맨들은 1961년도에 개봉된 외화 '나바론'(그레고리 펙, 안소니 퀸 열연)을 기억할 것이다. 이 영화는 공전의 히트를 쳐 한국에 3차례나 수입, 상영되었다. 세계 2차 대전 당시 나치 독일에 맞서는 미.영 연합군은 나바론 요새에서 쏘아대는 포격 앞에 맥을 추지 못한다. 이곳을 통과해야만 나치 독일의 본토를 공격할 수 있는 터인데 난감한 일이 아닐 수 없었다. 모험을 걸어 천길 절벽으로 특공대를 투입, 승리할 수 있었다. 방심한 독일군은 천험의 나바론을 끝까지 지켜내지 못해 패망하고 만 것이었다.

지리에 관한 또 다른 실례이다. 멀리 갈 것도 없다. 우리나라의 얘기다. 세계 수군전사에 길이 빛나는 명량대첩이 그것이다. 이순신 장군은 정유재란 때 당파 싸움의 모함에 걸려 3도수군통제사 직을 파직당하고 권률 휘하에서 백의종군 한다. 이순신을 모함한 후 3도수군통제사가 된 원균은 거북선 군단을 칠천량 전투에서 말아먹는다. 선조는 이순신 장군을 복직시키면서 육군으로 개편할 것을 권한다. '폐하! 신에게는 아직 12척의 배가 남아 있습니다.' 후세들의 심금을 울리는 이순신의 절규이다. 이순신은 지리적으로 유리한 지세를 살핀다. 낙차가 심한 울돌목 해협이 낙점된다. 곧바로 바다에 촘촘히 쇠사슬을 걸고 왜선을 유인, 대승을 거두었던 것이다.

　사례 보충을 위해 또 한 번 삼국지를 소환한다. 읍참마속泣斬馬謖의 이야기다. 위 오, 촉 3국 정립 이후 위와 촉의 전투가 가장 극심했다. 견원지간인 두 나라가 붙는 건곤일척의 대회전이 임박했다. 제갈량은 위군의 공격 루트로 예상되는 '가정'이라는 요충지를 굳건하게 지킬 수 있는 마땅한 장수를 물색하는데 마속이 자원하는 것이었다. 참모로서는 자격이 충분하나 위나라 대군을 대적할 재목감이 못 됨을 안 제갈량이 머뭇거리자, 마속은 '실패하면 자신을 물론 온 가족의 생명까지 담보하겠다'며 증서에 수결까지 하는 것이었다. 미심쩍긴 했으나 한번 믿어보자며 제갈량은 그에게 중책을 맡기고 만다. 출정하는 마속에게 신신당부하기를 '가정의 지형지물을 이용하여 굳게 길목을 지키되 경거망동 말라!' 하였다. 현장에 도착한 마속은 제갈량의 당부가 이치에 맞지 않는다는 생각을 했다. 길목만 지키고 있기보다는 산꼭대기에 진치고 있다가 선제공격을 하면 쉽게 승기를 잡을 수 있다고 자만한 것이었다. 이 사실을 전해 들은 제갈량은 '앗불싸! 하늘을 우러러 탄식하다 말고 후속 조치를 취했지만 이미 때늦어 있었다. 요충 '가정'에 나타나 전황을 살피던 위나라 장수는 산꼭대기에 진을 친 마속의 전법을 보고는 앙천대소하며 쾌재를 부른다. 마속의 군은 계곡에서 물을 길어다 먹기 때문에 물길을 끊어버리면 스스로 무너지게 되어 있었다. 마속은 제대로 교전 한번 해보지 못하고 자멸하고 말았는데 이 작전의 실패는 제갈량의 '오장원' 병사와 촉한의 멸망을 재촉하는 단초가 되었다고 사가들은 평한다.

위에서 밝힌 마속의 작전 실패와 남해여단의 작전 실패가 그 궤를 같이 한다는 사실에 나는 모골이 송연해지는 전율을 느꼈다. 까마득한 그 옛날의 전사戰史가 오늘날에도 재연되는 걸 보면 인류의 역사는 돌고 돈다'는 말이 허언이 아님을 실감할 수 있었다.

마지막 화두로 〈人和〉에 대해서 고찰해 본다. 인화란 똘똘 뭉친 국민적인 결속력을 말한다. 그러자면 지도자의 솔선수범이 필요하다. '정관의치'貞觀之治로써 잘 알려진 당태종을 칭송하는 '백거이'의 칠덕가七德歌를 소환한다.

18세에 군사를 일으켜 '왕세충'과 '두건충'을 잡아 죽여/ 온 세상이 깨끗해지니 24세에 나라가 평안해졌네/

29세에 황제의 위에 오르셨고 35세에 태평성대를 이룩하셨네/

죽은 장병들의 유해를 비단을 나누며 거둬주었고, 굶주린 사람이 자식을 팔자 황금을 나눠주어 되찾게 하셨네/

불나방 157

재상 위징이 병나자 문병하시고 꿈에 그를 만나 뒤 죽자 천자의 몸으로 통곡을 하셨고. 장공근이 죽었다는 통지가 있자 진일辰日에도 통곡하셨다네/

원망에 찬 궁녀 3천 명을 놓아주어 궁전에서 내보냈고, 사형수 4백 명을 집으로 돌려보냈으되 형기에는 모두 옥으로 돌아왔네/

공신 이적이 병이 나자 자신의 수염을 잘라 태워 약을 만들어 내려 주니, 이적이 흐느끼며 몸을 바쳐 은혜에 보답할 것을 다짐 하였네/

전쟁터에선 이사마라는 장수의 상처 고름을 빨아주고 군사들을 위로하니, 이사마 흥분하여 소리치며 죽음으로 보답할 것을 맹세하였네/

그러니, 오직 전쟁 잘하고 시기를 잘 탔을 뿐만 아니라 진심으로 사람들 감동시켜 사람들이 마음을 따라 주었음을 알게 되었네/

그로부터 190년 후, 온 천하는 지금까지 그 일을 노래하며 춤추고 있다네/

칠덕을 노래하고 칠덕을 춤추는데/.......'. (후략)

인화의 또 다른 사례가 있다. 세계 2차대전 당시, 일본이 중국 대륙을 침공하자 장개석과 모택동의 소위 국공합작이 성사되었다. 그런데 모택동의 공산군과 장개석의 국부군은 다른 점이 많았다. 모택동 부대는 군기가 엄하여 민폐를 끼치지 않는데 장개석의 부대는 부패가 만연하므로 백성들이 등을 돌렸다. 미국이 지원해 준 군수 물자를 공산당에게 팔아먹었으니 알만

한 일이었다. 2차 대전은 중국을 포함한 연합국의 승리로 종전 되었지만 장개석은 아무런 소득도 얻지 못하고 섬나라 대만으로 쫓겨나는 신세가 되었다.

러시아와 전쟁 중인 우크라이나의 경우도 있다. '젤렌스키' 대통령을 중심으로 똘똘 뭉친 우크라이나 국민들의 피눈물 나는 저항은 '열흘이면 끝장날 것'이라는 푸틴의 호언이 무색하게 만들고 있지 않는가. 온갖 역경을 감내하면서도 한 치의 흔들림 없는 그 원동력은 무엇인가? 지도자와 더불어 똘똘 뭉친 국민의 결속력 즉 인화인 것이다. 비록, 하늘이 돕고, 지형적인 이로움을 갖췄으며 막강한 군사력을 보유하였다 할지라도, 국민적 화합이 따르지 않으면 종내는 패망의 길로 들어서고 만다는 1,600년 전 맹자의 가르침을 오늘을 사는 우리 모두는 새겨들어야 할 좌우명이라 할 것이다.

어느 날 박동기 소장으로부터 전화가 왔다.
"세월이 가기 전에 한번 만나 뵀으면 합니다!"
그 한마디는 내 마음을 흔들고 말았다. 내 나이 80의 문턱을 넘어섰다. 살아생전 그의 청을 들어주지 않는다면 도리가 아니라는 생각이 들었다. 아직까지도 발포 책임자며 암매장 장소를 시원스럽게 밝혀내지 못한 채, 마무리가 임박한 광주의 5.18의 진상규명이 그토록 지지부진한 점도 마음을 움직인 계기가 되었다. 나 역시 몸을 사리는 일부 공수부대원들의 처신과 과연 뭐가 다른가?

　화창한 봄날 나는 박소장과 더불어 현장 장도에 올랐다. 광주를 출발, 춘양 경유 운주사 방면으로 길을 잡았다. 중장터에 이르자 3거리 길이 나타났다. 장흥과 나주로 갈리는 새로난 도로인데 2차선 포장도로였다. '제1가마태재널'을 지나자 장흥군계를 알리는 표지판이 서 있었다. 유치면의 첫들머리 '운월마을'부터 들르기로 했다. 일찍이 광주지검 장흥지청으로부터 '범죄 없는 마을'로 표창도 받은 모범 마을이었다. 십여 가구 이상이 거주하는 듯싶었으나 모두들 어디로 갔는지 사람 구경을 할 수 없었다. 적막강산을 서성이다가 하릴없어 차를 돌려 소양마을로 향했다. 소양마을은 대천리2구인데 규모가 제법 큰 마을이었다. 마을회관' 앞에 차를 세웠으나 이 마을 역시 사람 구경하기 어려웠다. 다시 차를 몰아 '취실'마을로 갔다. 마을 앞까지 포장도로가 깔려있었다. 예전에는 마을로도 취급하지 않던 서너가구의 취락이었는데 개발 붐이 일고 있었다. 고랭지 작물 재배의 적지이며 산세가 수려하고 공기 또한 맑고 개활지여서 낙점된 듯싶었다. 마을 입구에 카페도 있고 여러 채의 식품 공장이 가동 중이었으며 마을 후록에 정남향으로 팬션이며 요양

시설이 조성 중이었다. 상전벽해가 따로 없었다. 광주–장흥간 터널 개통으로 오지 중의 오지였던 이 마을이 빛을 보고 있는 것이었다. 지도를 펴보니 관내인 장흥군청 소재지보다 화순읍과 나주시가 더 가까웠다. 불청객을 보고 작업 중이던 포크레인의 시동을 끈 채 다가오는 50대 남자가 있었다. 이 마을(대천리2구) 이장인 김대원 씨였다. 통성명을 마친 후 방문 목적을 말했다. 육이오 당시 전남도유격대 사령관 '최현이 마지막으로 사살된 장소를 알고 싶다'고 말하자 이장은 '염려 말라'며 큰소리를 쳤다. 마을의 정보를 꾀고 있는 듯싶었다. 이장을 만난 것은 참으로 행운이었다 '세상의 모든 길은 '로마로 통하고 마을의 대소사는 이장으로 통한다.' 내 조크에 '그거 어록으로 남겨도 좋겠네요.' 박소장과 이장이 이구동성으로 말하고 있었다. 이 마을에서 육이오 당시의 사건을 상세히 아는 분은 90을 넘긴 박**이라는 노인인데 좀처럼 입을 열지 않는 분이지만 연락을 해보겠다며 통화를 시도하고 있었다.

통화를 끝낸 이장이 말했다.

"소양마을 첫들머리 빨간 지붕이 그분 집입니다. 제가 얘기해 놨으니 내려가시는 길에 들러 만나 보시기 바랍니다."

그러나 박**님의 대문은 굳게 잠겨 있었다. 응낙을 해놓고도 집을 비우는 걸 보면 일부러 기피하는지도 모른다는 생각이 들었다. 이장에게 다시 전화했더니 그분은 밭에 계신다고 하였다. 그러나 첩첩산중인지라 밭의 소재를 찾을 수 없어 나중을 기약하지 않으면 안 되었다. 헛탕인 채로 강만마을로 향했다. '제2가마태재'를 벗어나자마자 강만 마을 이정표가 보였다. 좌회전하여 마을로 진입했다. 20년 전에 취재차 왔었는데 모든 게 그대로였다. 가파른 마을 길이 겨우 포장된 게 전부였다. 인가도 달랑 두 가구뿐이어서 눈부신 발전 중인 취실마을과는 대조가 되었다. 쇠줄에 묶인 개 두 마리의 똥개가 앙칼지게 짖어댈 뿐 마을은 고즈넉하기만 했다. 입구에 차를 세우고 마을 안쪽 산길로 접어들었다. 마을 뒤편 등산로가 시작되는 지점에 잡초 무성한 평지가 있었다. 남해여단의 병력이 진을 칠 만한 충분한 면적이었다. 처음 이곳을 찾았을 때 정보 부재로 빼먹고 말았던 육이오 격적지를 이제야 답사하는 아쉬움이 가슴을 짓눌렀다. 늦게라도 정보 제공을 해준 '남녘현대사연구소' 박동기 소장의 노고가 고마웠다. 나는 그의 등을 두들겨 주며 치하했다.

"60년대 까지만 해도 이곳에서 마을 애들이 해골을 가지고 공놀이를 하였다고 합니다. 그 많은 해골들을 불치병 환자들이 약으로 쓸려고 다투며 가져갔구요."

난생처음 듣는 끔찍한 내용의 증언이었다. 현장을 확인, 메모하고 촬영도 마쳤으므로 더 이상 할 일이 없었다. 나는 발걸음을 돌렸다. 늦봄의 따사로운 햇볕이 내 등을 어루만지는 듯

싶었다. 무주고혼無主孤魂이 되어 유치 상공을 떠도는 수많은 중음신中陰神들의 배웅을 받으며 나는 강만 마을을 등지고 있었다.

사랑과 미움(愛憎)

1

　내게 순정를 소개하고 메신저 역할을 한 사람은 죽마고우인 순돌이었다. 그는 객지에서 근무하다가 정년 퇴임 후 귀거래사를 읊조리며 귀향했다. 전원생활로 부실해진 건강도 챙기고, 아버지가 오랫동안 맡아왔던 문중의 업무를 계승하고자 하는 뜻도 있었다. 첫사랑 순정은 순돌과 같은 집안이었다. 순정은 순돌보다 한 살 아랫였지만 항렬로 따져 고모뻘이 되었다. 순돌은 나와 순정의 교량 역할을 할 때마다 '장차 고모부가 되는지 누가 알겠니?' 곧잘 우스갯소리를 스스럼없이 내뱉곤 했다.
　순돌과는 남남이었지만 한 마을에서 대대로 살아온 이웃사촌이었다. 양가 어른들도 돈독하여 가까운 친척처럼 지냈다. 마음씨 착한 순돌은 나에 관한 일이라면 물불을 가리지 않고 옷소매를 걷는 처지였다. 나는 소싯적부터 순돌이네 집에서 살다시피 했는데 식사 때면 스스럼없이 숟가락을 들었고, 한방에서 밤을 새워 공부하는 등 절친으로 지냈다. 가세가 한미하여 공부방이 따로 없는 우리 집보다 어엿한 서재가 차려진 순돌의 집에서 지내는 시간이 많았다.

내가 순정을 만난 것 역시 순돌의 집에서였다. 순돌과 함께 서재에서 숙제를 풀다가 머리도 식힐 겸 마당으로 나와 공 던지기 놀이를 하던 중이었는데 밖에서 어험! 인기척이 들리고 곧이어 대문이 열리며 손님들이 들어서는 것이었다.

양복 깃에 금빛 배지를 단 중후한 신사가 앞을 서고 그 뒤를 아리따운 한 소녀가 다소곳한 표정으로 따르고 있었다.

"의원님 오십니다!"

안채를 향해 큰 소리로 외친 후 순돌은 대문께로 달려가 정중하게 손님을 맞았다. 손님들이 사랑채로 사라지자 이내 집안은 조용해졌다. 손님 안내를 마친 순돌이 내게 다가와,

"시의원으로 계시는 집안 어르신이다. 뒤따라온 여학생은 내게 고모뻘이 된다. 아버지 병문안을 온 모양이다."

순돌은 내게 손님들의 면면을 알려주었다. 교복을 착용한 여학생은 얼굴이 갸름한 미인형으로 양쪽 볼우물이 유난히 도드라졌고, 미백의 치아는 가지런하여 범접하기 어려운 아우라를

풍기고 있었다. 여학생을 본 나는 가슴이 두근거렸고 방망이질 하는 소리가 들릴 정도로 한눈에 뿅! 가고 말았다.

2

 순정이 살고 있는 k시는 순돌의 마을에서 자동차로는 20분도 채 걸리지 않는 가까운 거리였다. 지체 높은 의원 나리가 딸을 대동, 순돌네 집을 방문한 것은 문중의 도유사인 순돌 아버지의 병문안을 겸하여 영어 실력이 탁월한 순돌에게 딸의 사교육을 부탁하려는 의도 때문이었다. 순돌은 토익 점수가 만점에 가까운 수재였다. 고교생 영어 웅변대회에 출전하여 입상한 경력도 있었다. 문병을 마친 순정의 아버지는 순돌과 딸의 과외를 협의했다. 매주 토요일 오후 2시부터 4시까지, 장소는 순돌의 서재, 보수는 관례대로. 이렇게 약정을 맺고 헤어졌다. 순정은 다음 토요일부터 순돌의 집에 왔다. 토요일 오후, 평소처럼 순돌의 집에 들렀을 때 두 사람은 서재에서 나와 햇볕 바른 양지에서 담소하고 있었다. 어색해진 내가 발길을 돌리려는데 뒤늦게 나를 발견한 순돌이 반색을 하며 손짓하는 것이었다.
 "동식이 너 잘 왔다. 그러잖아도 부르려던 참이었는데. 여기 우리 고모랑 인사해라."
 나는 속으로 쾌재를 불렀다. 소개해 달라고 차마 말하지 못하고 있었는데 순돌이 먼저 손을 써 주니 얼마나 고마운지 몰랐다. 나는 순돌의 채근에 못 이기는 척 가까이 다가가 먼저 손을 내밀었다.

"나 동식이라고 해. 지난번 왔을 때 먼발치에서 보긴 했는데, 이렇게 정식으로 만나게 되어 무척 반갑구먼."

"순정이라고 해요. 순돌 조카한테 얘기 많이 들었어요. 고교 백일장을 휩쓴 예비 작가라는 사실두요. 저도 문학에 관심이 많은 걸요?"

순정은 보조개를 만들어 보이며 계면쩍게 내미는 내 손을 살포시 잡아주었다.

"이거, 과찬에 몸둘 바를 모르겠는 걸."

순정과 정식으로 인사를 나눈 나는 순정의 과외 날을 손꼽아 기다렸다가 순정의 가정 학습이 끝나는 시간에 맞춰 순돌네 집을 찾았다. 그때마다 빈손으로 가지 않았다. 봄이면 마을 뒤 산골짜기에 만개한 진달래, 개나리를 꺾어 정성껏 만든 꽃다발을 안겨 주었고, 여름이면 텃밭에서 키운 토마토며 참외를, 가을에는 잘 익은 홍시를, 겨울철이면 화톳불에 갓 구운 뜨근뜨근한 고구마를 가져가 주었다. 그때마다 '고마워요.' 깍듯이 고마움을 표했고 뜨근뜨근한 고구마를 받고는 '손난로가 따로 없네요' 특유의 볼우물 만들며 미소 짓던 거였다. 담소 끝에 전국 대회에서 수상한 문학작품들을 보여주면 그녀는 대강 훑어본 다음,

"집으로 가져가 정독할 거예요."

내게 동의도 구하지 않고 스스럼없이 책가방에 넣곤 했다. 만남이 거듭할수록 나와 순정의 관계는 밀접해지고 정 또한 들었다. 그러던 어느 날 순정이 진일보한 제안을 하는 것이었다.

"동식 선배? 난 지금부터 선배를 오빠라고 부를까 해요. 그래도 좋겠죠?"

다짐받듯 말하는 것이었다. 뜻밖인 그녀의 제안은, 바라던 바였으므로 싫을 까닭이 없었다.

"그럴까, 너 좋을 대로 마음 편할 대로 하렴."

못 이기는 척 응낙했다. 과외가 끝날 시간이면 순정의 집 운전기사가 데리러 왔다. 나와 헤어지기 싫은 순정은 운전기사와 '서비스 수업으로 지체되었다'고 입을 맞추고 세 사람은 마을 앞 제방에 올랐다. 을축년 대홍수 이후 축조했다는 대봇둑에 오르면, 일망무제한 드넓은 농토가 끝 간 데 없이 전개되었고, 둑길과 나란한 강줄기는 바다를 향해 바쁜 발걸음을 재촉하고 있었다.

대봇둑은 달구지 교행이 가능할 정도로 폭 넓고 잘 다듬어져 있어 인근 마을 청춘남녀들의 산책로가 되었다. 나와 순정이 손을 맞잡은 채 애창가요를 부르며 강둑을 오르내릴 때면 눈치 빠른 순돌은 슬쩍 자리를 비켜줘 분위기 조성에 일조했다. 순돌은 진정한 나의 '지음'知音이었다.

그랬던 순정이가 갑자기 발걸음을 끊었다. 새 학기가 시작될 무렵의 일이었다. 딸의 교육에 열성인 아버지가 서울의 명문대학에 진학시키려고 규모가 큰 입시 전문학원에 억지로 등 떠민 때문이었다. 그렇다고 해서 두 사람의 인연이 아주 끊긴 건 아니었다. 순정은 휴일을 틈타 이따금 찾아왔고 그때마다 대봇둑을 거닐며 그동안 나누지 못했던 이야기들을 주고받느라 시간 가는 줄 몰랐다.

지방 고교를 졸업한 나는 서울 유학은 꿈도 꿀 수 없는 처지여서 지방대학에 입학했다. 지방 신문의 신춘문예 공모에서 소설로 등단은 하였으나 실속이 없었다. 학비며 생활비를 버느라 집필에만 전념할 수 없는 환경이었다. 불후의 명작을 쓰고 싶은 욕심은 굴뚝같기만 한데 현실이 뒤따라 주지 않는 것이었다. 하루빨리 지긋지긋한 알바의 굴레에서 벗어나 마음 놓고 창작에 열중하고 싶었다. 그러자면 많은 체험이 요구되었다. 장고 끝에, 잠시 휴학하고 언젠가 한 번은 치러야 할 군복무를 앞당기기로 했다. 새로운 무언가를 찾아내 문학의 지평을 넓혀 보기로 마음먹은 것이었다. 다들 기피하는 향로봉 같은 최전방이거나 서해의 낙도에서도 군복무도 하고 싶었다. 실현 가능성이 희박한 순정과의 관계는 '기울어진 운동장이며' '오르지 못할 나무'로 치부하고 일찌감치 단념하기로 작심했다. 1학년을 마치자마자 육군에 지원했다. 내가 논산훈련소를 수료하는 날 면회 온 순돌로부터 순정이 서울의 명문대학에 합격했다는 소식을 들을 수 있었다.

환경을 바꾸고 나면 대수라도 생길 것만 같았는데 웬걸! 아무런 뾰족한 수도 생겨나지 않았다. 세상사 마음대로 되는 게 아니었다. 규율이 엄한 군 생활에서 개인적인 행동은 용인되지 않았으므로 졸병 처지에 작품 쓰기는 더더욱 어려웠다. 시나 수필 같은 단문이면 몰라도 내가 꿈꾸는 대하소설은 감히 엄두도 낼 수 없었다. 얼개라도 만들어 놨다가 전역 이후를 기대할 수밖에 없었다. 전역 몇 개월 전, 순정이 고무신을 거꾸로 신었다는 소식을 순돌로부터 전해 들었다.

훈련을 마친 내가 속초 해안부대에 배속되었을 때 무슨 생각이었는지는 몰라도 순정이 면회를 왔다. 손님 대접으로 설악산, 화진포, 낙산사 등 동해안 명승지를 구경 시켜주고 하룻밤을 함께 보낸 적이 있어 끊긴 인연이 다시 이어지는가 싶어 행여나 했다. 그러나 감감무소식이어서 궁금했었다. 순돌의 전화는 왠지 매끄럽지 못했다. '잘 지내느냐'는 안부를 묻고 나서는 저, '거시기'를 연발하며 머뭇거리기만 했다. 평소, 현하지변懸河之辯으로 정평 난 말솜씨답잖은 걸로 미루어 무슨 사연이 있는 것 같았다. 내 예상은 적중했다.

"강요에 못 이겨 자포자기로 일을 저질러 버렸다고 동식 씨에게 전해줘, 순돌 조카."

순정의 말을 그대로 전하는 순돌의 음성은 비감하였으므로 내가 도리어 위로해야만 했다. 나는 하늘이 무너져 내리는 듯한 절망감에서 헤어나기 위해 망망 동해를 바라다보며 사자후師子吼했지만 울화가 삭혀지기는커녕 배신감과 상실감이 배가되어 마음의 상처는 더욱 깊어만 갔다.

3

그런 일이 있고부터 막역했던 순돌과의 소통도 끊어졌다. 순정의 배신이 마치 자신의 잘못 때문으로 여긴 순돌은 죄책감 때문에 나를 가까이하지 못하는 듯싶었고, 나 역시 모든 정황을 알고 있으면서도 내게 알려주지 않은 (알았더라도 뾰쪽한 방법이 있을 리 만무했지만) 서운한 감정이 밑바탕에 깔린 때문이었다. 한 여인 때문에 '관포지교'의 두 사람 사이는 균열이 생긴 것이었다. 나는 이제부터는 정말로 순정을 잊기로 했다. 그러나 마음뿐 쉽게 뇌리에서 지워지지 않았고 애증의 감정은 도리어 쌓여만 갔다.

전역했지만 아무 것도 달라진 게 없었다. 학비를 마련치 못했으므로 복학도 어려웠다. 나는 출가를 염두에 두었다. 불가에 의지하면 부처님의 가호로 백팔 번뇌의 경지에서 벗어나고 모든 고통이 치유될 것만 같았기 때문이었다. 그런 연후에 무어라도 해볼 생각이었다. 그런데 불가에 연결 고리가 없었다. 백방으로 찾아보니 길이 있었다. 어머님 생전, 시주 사찰이었던 송대암이었다. 송대암은 보림사의 부속 암자인데 통일 신라 시절 구산선종의 제1사찰로 장흥군 유치면 봉덕리 가지산 중턱에 위치한다. 한국전쟁 때 소실되었다가 종전 후 중건되었다. 비록 안면은 없지만, 주지스님을 찾아뵙고 어머니와의 인연을 얘기하면 소원을 들어줄 성싶었다. 용기를 내어 찾았더니 주지 스님은 '마침, 암자에 잡일도 거들고 땔감 마련도 책임질 불목하니가 없어 애로가 많았는데 잘 되었다'며 기꺼이 받아 주었다. 나는 그렇게 해서 팔자에도 없는 보림사 암자의 '불목하니'가 되었다. 암자의 일을 도맡아 하면서 틈틈이 불경을 외고 108배를 올리고 새벽 예불에 충실하다보니 속세의 잡다한 일들이 차츰 잊혀지던 것이었다. 낮이면 땔감을 마련하느라 온 산을 헤매고, 밤이면 글을 쓰며 그러구러 세월이 흘렀다. 이제는 대인 기피증도 사라지고 평정심도 되찾았다. 그제서야 집이 그리워졌다. 출가 이후 잊고 지냈던 어머니의 기일이 생각났다. 제삿날 큰집으로 발걸음했다. 마을 첫들머리에 순돌의 집이 예전 그대로 있었다. 옛정을 생각해서라도 그냥 지나칠 수 없었다. 머리털은 그대로인데도 감색 계통의 승복 비슷한 차림인 나를 본 순돌은 두 눈이 휘둥그래지며,

"이거 동식이 아니냐! 어디서 어떻게 지내는가 싶었는데 이 꼴이 뭐꼬!? 빌어먹을!"

내 두 손을 부여잡으며 진심으로 반가워하는 것이었다. 나는 자초지종을 얘기했고, 조용히 듣고만 있던 순돌은 비감한 표정이 되었다.

"허어 참! 난 그런 줄도 모르고, 혹시 이민갔나 했다. 빌어먹을!"

담배 한 대를 물고 불을 붙이려다 만 그는,

"오랜만에 만난 네게 이 말을 전해야 할지 말아야 할지 모르겠다. 빌어먹을!"

뜸만 들일 뿐 쉽게 말하지 않았다. 궁금해하는 사람은 나였다.

"무슨 얘긴데? 그렇게 뜸을 드려. 제기럴!"

나는 퉁명스럽게 말하며 그의 입만 바라보고 있었다.

"순정이 소식이어서 그런다. 들을 래? 빌어먹을!"

나는 가타부타 경박스럽게 나설 분위기가 아니어서 침묵하고 있었다.

"순정이 말이다. 하늘의 벌을 받았는지 청상에 과부가 되었니라. 빌어먹을!"

순돌의 말은 나 들으라고 한 말만은 아니고 울분에 찬 자신의 솔직한 소회를 내뱉는 것 같았다. 순돌의 그 말은 매우 뜻밖

이고 충격적이었지만 불심으로 내성이 생긴 나는 응대가 싫어,

"......."

역시 묵언으로 일관했다.

순정은 성격이 모나지 않고 어른에게 순종하는 청순가련형의 여성이었다. 그런 딸을 순정의 아버지는 정략적으로 이용할 궁리만 하고 있었다. 정치외교학을 전공한 아버지는 국회의원 보좌관으로 일하면서 정치를 배웠다. 명예욕이 남다른 그는 배지에 관심이 많았다. 기초단체 선거에 출마하여 가산도 탕진했다. 낙방에 낙방을 거듭하다가 용케 줄을 잘 잡아 지난 지방의원 선거에서 시의원에 당선했다. 그러나 그것으로 양이 차지 않았다. 국회의원이 소원이었다. 그 꿈을 이루기 위해 대학 재학 중인 딸을 이용하려 한 것이었다.

"이거사, 네 정도의 미모와 학벌이면 재벌 안 주인이 제격인데 그게 뭐냐? 알고 보니 군복무 하느라 똥줄 타는 별 볼 일 없는 놈 때문인가 본데 그만 접거라. 요즘 세상은 권력과 돈이 최고니라. 돈만 있으면 별나라에도 가는 세상이 아니더냐. 효도하는 셈 치고 한 번만 이 애비를 도와다오. 응? 내 딸 착하지!"

날이면 날마다 들볶는 아버지의 강압에 못 이겨 자포자기의 심정으로 마침내 굴복하고 말았다. 의기양양해진 아버지는 '마담뚜'를 놓아 굴지의 재벌과 사돈의 인연을 맺게 되었고 지난번

총선에서 사돈의 후원으로 꿈에도 그리는 국회의원이 되었다. 그러나 순정의 신랑감은 겉만 번지르르할 뿐 인간성이 함량 미달이고 마약에 중독된 사람이었다. 도박에도 손을 대어 재산을 탕진하더니 우울증에 걸려 극단적 선택을 하고 말았다는 것이다. 그 말을 들은 나는 내색할 수 없는 묘한 감정을 주체하지 못했다. 나를 헌신짝처럼 버린 순정이 그리되었다면 오히려 고소할 텐데 그렇지 못한 것이었다. 이 같은 야릇한 심사는 과연 무엇이란 말인가? 나는 자리를 박차고 일어서고 말았다.

오랜만에 찾은 큰집에도 변화가 있었다. 형님은 서울로 솔가할 계획을 세우고 내게 연통하려던 참이라 했다.
"마침 잘 왔구나. 곰곰이 생각해 보니 시골에 처박혀 있어 봐야 발전이 없다는 사실을 뒤늦게야 깨달았지 뭐냐. 이미 망가져 버린 내 장래는 그렇다손 치더라도 애들 교육만은 신경 써야겠다는 생각이 들었다. 그래서 고민 중이었는데 때마침 서울 사는 손위 처남이 큰 회사를 차렸다는 소식을 들었다. 무작정 상경하여 빌붙어야만 할 것 같다. 회사의 수위나 청소부라도 시켜 달라고 할 참이다. 그래서 가산도 대충 처분했다. 네게 텃배미 서 마지기 논을 줄 테니 요긴하게 쓰거라. 무슨 짓을 해서라도 잘 살고 봐야겠더라. 너도 당해 봤잖느냐? 우리 집안이 영달했으면 김의원이 네게 그리 모질게 대했겠느냐?"

울적해져 있는 내 심정을 헤아리지 못한 형님은 눈치 없게도 순정과의 과거를 들추며 아직도 덜 아문 내 아픈 상처를 건드리고 있었다. 오늘 하루는 궂은 소식만 접하는 정말 일진이 사나운 날 같았다.

"고향 떠나면 천해진다는 말도 있습니다. 형님께서 그리 생각하셨다면 따로 드릴 말이 없네요. 부디 성공하시기 바랍니다."

기분이 울적해진 나는 퉁명스럽게 한 마디 내뱉고는 음복 음식을 입에 대보지도 않고 집을 나와버렸다. 단 하나뿐인 형님도 떠나고 그런 고향 마을은 내게는 타향이나 다름없다는 생각이 들자 비감할 뿐이었다. 이제 내가 의지할 곳이라고는 빌붙고 있던 암자뿐이었다. 암자는 나의 버팀목이었고 보금자리였으므로 휴가에서 귀대하는 심정으로 뚜벅뚜벅 암자를 향해 걸었다. 여러 해 동안 절밥을 먹었으므로 마음만 먹으면 승려가 될 수도 있었다. 스님은 내가 불교대학을 마쳐 불제자가 되기를 바랐으나 나는 스님의 뜻을 따르지 않았다. 나는 무슨 일이나 '하고 싶으면 하고 하기 싫으면 관두는' 자의에 충실한 독특하고 자유분방한 성격의 소유자였으므로 집단에 적을 두거나 규칙에 얽매이는 생활이 싫었다.

4

내 주변에서 운명적인 한 사건이 발생했다. 그 사건은 내 인생을 뒤바꿔놓는 하나의 변곡점이 되었다. 어느 봄날 꼭두새벽. 그날따라 날씨가 온화하여 새벽 산책에 적당한 날씨이었다. 새벽 예불을 마치고 산책에 나섰다. 차나무, 산죽나무, 비자나무가 무성한 산길을 내려와 사찰 외곽으로 조성된 산책로를 따라 보림사 경내를 한 바퀴 돈 다음, 다시 암자에 오르면 한 시간 남짓의 시간이 소요되었다. 어스름한 새벽 분위기를 피부로 느끼며 암자를 내려오는데 산죽 무성한 산길 옆 나뭇가지에 걸린 하얀 물체가 어슴푸레 보이는 것이었다. 유심히 살펴보니 여인의 치맛자락이 미풍에 나붓거리는 것이었다. 나뭇가지에 목을 맨 여인이 분명했다. 나는 한달음에 달려가 항상 지니고 있던 호신용 나이프로 밧줄을 자르고 여인을 살포시 안아 바닥에 눕혔다. 여인의 몸에는 아직 온기가 남아 있었다. 가냘픈 여인을 등에 업고 보림사 경내로 달렸다. 여인을 요사채에 눕히고 119를 불렀다. 곧이어 구급차가 도착해 여인을 후송하는데 나는 보호자 자격으로 함께 가게 되었다. 병원의 응급조치가 신속하여 여인은 가까스로 목숨을 건질 수 있었다. 누군가가 연락을 취했는지 얼마 후 가족들이 왔다. 여인의 가족들은 보호자 역할을 한 내게 허리 굽혀 골백번이나 감사 인사를 했다.

그로부터 달포 후, 그 여인이 건강한 모습으로 부모님과 함께 암자를 찾았다. 여인의 부모는 사찰용 생필품을 한 차 가득 신고 와 시주하는 한편, 내게도 사례했다. 서울에서 메이져급 출판사를 경영 중인 여인의 아버지는 자신의 사업을 이을 딸의 장래를 고려, '괴테'의 고장 독일에 유학 보냈다. 당차지 못하고 심지가 나약하여 이역 생활에 적응하기 힘든 성격의 딸은 이역 만리 타국에서 심한 회향병을 앓았다. 병증은 우울증으로 진전되었다. 놀란 부모는 딸을 집으로 데려와 병원에 입원시켰다. 병증은 호전되었으나 완치를 하자면 장기적인 요양이 필요하다는 의사의 조언대로 딸을 편백나무 숲속의 요양원에 입소시켰는데 감시가 소홀한 새벽을 틈타 극단적인 선택을 시도한 거라 했다. 까딱 잘 못 했으면 무남독녀를 잃을뻔했다며 여인의 부모는 나를 생명의 은인으로 추켜세웠다. 손님들이 암자를 떠나려는 데 정작 당사인 여인은,

"아빠 엄마! 제 소원을 들어주셔요. 여기 암자에서 지냈으면 해요. 이런 안정된 환경에서 살다 보면 병이 빨리 나을 성싶어요. 허락해주셔요. 네?"

여인은 이곳에 머물고 싶다는 의사를 강경하게 말하고 있었다. 내 눈에는 그런 여인이 매우 당차 보였다.

"모든 일에는 절차가 있는 법이다. 네 뜻이 정 그러하다면 아버지가 주지스님에게 부탁해 보겠다."

나의 주선으로 주지스님과의 대화가 이루어졌다. 그러나 주지스님은 여인이 거처할 여분의 방이 없다며 손사래를 치는 것

이었다. 곁에 있던 내가 거들었다.

"스님! 사람을 살리고 봐야지 않겠습니까? 제 방을 내드리겠습니다. 저는 이 아래 큰절 승방에서 지내면 됩니다."

"네가 불편할 텐데, 그래도 되겠느냐?"

그렇게 해서 여인은 암자에 거처를 정하게 되었고, 괴테를 전공한 여인은 나와 뜻이 맞아 교제를 계속하다가 부부의 연을 맺게 된 것이었다. 등단 작가라는 내 경력을 소상하게 알게 된 여인의 아버지는 '가업을 물려줄 적임자를 발견했다'며 흡족해하다가 딸의 병이 쾌유되자 곧장 나를 출판사로 불러 중요 직책을 맡겼다. 나는 입산한 지 10년 만에 환속하였던 것이다.

5

청상에 홀로 되었다는 첫사랑 순정을 다시 본 것은 10박 11일 오세아니아 여행 중의 일이었다. 패키지 여행단의 일원이 된 우리부부는 먼저 시드니로 가 호주에서 3박 4일 일정을 보낸 후 다음 목적지인 뉴질랜드의 남섬으로 향했다. '시드니' 발 '크라이스트처치'행 여객기는 늦은 오후에 시드니 공항을 이륙하여 두어 시간을 날아 남섬 제1도시 크라이스트처치 공항에 착륙했다. 이곳은 시드니보다 훨씬 남쪽에 치우쳐 있어서인지 무척 쌀쌀했다. 호주에서도 꽃샘추위에 곤욕을 치렀는데 이곳 날씨는 더했다. 공항 인근 호텔에서 여장을 풀었다. 남섬 첫번째 일정은 '퀸즈타운' 관광이었다. 하루 종일 자동차만 타는 긴 여정이라며 가이드는 아침 일찍 출발을 서둘렀다. 시가지를 벗어나자마자 광대무변한 대평원이 눈앞에 전개되었다. '컨터벨리대평원'이라 했다. 차창으로 대평원과 어깨를 나란히 한 남알프스의 정상이 아스라하게 바라다보였다. 능선을 뒤덮은 만년설은 강력한 햇살을 되쏘아 보는 사람의 눈을 부시게 만들었다. 무위자연無爲自然 상태인 남섬이어서인지 퀸즈타운 가는 도로는 조악하여 자동차가 제대로 속력을 낼 수 없었다. 도중에 여러 차례 초원을 횡단하는 양 떼들을 만났다. 새 풀이 돋는 초원으로 이동하는 거라 하였다. 검은 털에 유난히 반짝거리는 눈망울이 인상적인 여러 마리의 양몰이개가 뒤에서 양들을 몰고 있었다. 말로만 듣던 양몰이개의 활약상이었다. 이동식 대형 가옥을 운반하는 무진동 추레라의 행렬도 자주 볼 수 있었다. 드넓은 초원 끝 '멕킨지고개'마루에 소규모의 모래사막이 형성되어 있었다. 미 서부의 거대한 '모하비 사막'에는 비할 바 못 됐으나 볼거리 중의 하나였다. 고개 아래로 내려가자 푸른 물결 넘실대는 '데카포'호수가 눈앞에 전개되었다. 남알프스의 만년설이 녹아 형성되었다는 호수는 비취 색깔을 자랑하고 있었는데 호수 바닥에 깔린 옥돌 때문이라 한다. 연도에 뉴질랜드 최초의 교회라는 '선한목자의 교회'가 있었다. 검은 양몰이개의 동상이 문을 지키는 교회는 겨우 십여 명 정도를 수용

할 수 있는 작은 규모였지만, 정면 유리창을 통해 만년설을 머리에 인 '쿡' 산을 볼 수 있어 마치 액자 속의 그림을 감상하는 것 같았다. '푸카키'호수를 경유, 전 세계에서 생산되는 싱싱한 과일들을 파는 '크롬웰' 마을에 들러 휴식 후, '반지의 제왕' 촬영지인 계곡에서 번지점프도 탔다. 오후 늦게야 거대한 '와카티프' 호수가 시가지를 흐르는 '퀸즈타운'에 도착했다. 도시의 명칭은 여왕이 살기에 전혀 부족함이 없다는 뜻이라 하였다. 1박 후 태평양 연안의 항구 도시 '밀포드사운드항'으로 향했다. 가는 길목에 '피요르드대공원'이 위치했다. 작은 호수와 수림 그리고 암벽이 조화를 이루는 대자연이었다. 스콜이 내렸다. 삽시간에 생성된 수백 개의 폭포가 암벽을 타고내렸다. 잠시 후 비가 멈추자 그 많던 폭포들은 자취를 감추어버려 '언제 비가 왔나' 시치미를 떼고 있는 성싶었다. 이어 '호머터널'이 나타났다. 호머 부자父子가 정과 망치와 곡괭이로 2대에 걸친 35년 만에(1954년) 개통했다는 터널은 교행 불가의 단일로여서 상당 시간 대기해야만 하는 불편함이 있었다. 정오 무렵에야 '밀포드사운드항'에 도착했다. 맨 처음, 뉴질랜드를 발견한 탐험가 영국 사람 '제임스쿡'은 연안 깊숙이 자리한 이 항구를 발견하지 못하고 지도를 밋밋하게 그렸다 한다. 나중에 '서덜랜드'라는 탐험가가 이곳을 지나다가 육지에서 강물이 흐르는 것을 이상하게 여겨 강줄기를 15km 거슬러 와 보니 아늑한 항구가 있어

밀포드사운드항이라고 이름 지었다 한다. 수십 척의 호화유람선 중에서 4-5백 명은 넉넉하게 수용할 수 있는 규모의 배에 올랐다. 2층 선실에 뷔페식당이 있어 선상에서 점심을 해결할 수 있었다. 점심 후 갑판으로 나오자 선장실 부근이 인파로 북적거렸다. 전통적인 바이킹 복장을 한 거구의 선장이 관광객들에게 포즈를 취해주는 포토타임이 진행 중이었다. 선장을 가운데 두고 포즈를 취하는 한국인 차림의 관광객들이 보였다. 가까이 다가가 면면을 살피던 나는 한 여인에게서 시선을 떼지 못했다. 선장 바로 곁에서 포즈를 취하고 있는 여인은 틀림없는 순정이었다. 여인은 아담한 몸매에 양쪽 볼에 움푹한 볼우물로 요염한 자태를 뽐내고 있었다. 헤머로 한 대 맞은 것 같은 강력한 충격에 나는 혼미해 지려 했다. 한동안 정신을 못 차리고 있는 데 물정 모르는 아내는,

"우리도 풍보 선장하고 기념 촬영 한번 하게 줄을 서게요."

내 손을 억지로 이끄는 것이었다. 그러나 나는 내키지 않아 칭병稱病으로 국면전환을 꾀하려 했다.

"여보! 아까 선상 뷔페를 먹은 게 채한 듯싶소. 좀 쉬어야 할 것 같아요."

경증 심근경색을 자주 앓는 나는 평소에도 어지러움 증세를 호소하며 눕는 경우가 많았으므로 아내는 그러려니 여긴 듯,

"그럼, 선실에 조금 누워 계시다가 진정되거든 나오셔요."

선실까지 나를 부축한 후 일행들을 따라 갑판으로 나가버렸다. 나는 강 하구에 서식한다는 팽귄 구경도, 천 길 낭떠러지에서 떨어져 내리는 '스텔링' 빙하의 위용도, 태평양과 조우하는 '테즈만' 해협까지 나아가 호주의 시드니항을 바라볼 수 있는 절호의 볼거리도 팽개치고 말았다.

6

밀포드사운드항의 선유를 마치고 밤늦게 '크리이스트처치로' 돌아와 남섬에서의 마지막 밤을 보냈다. 다음 날 오후 북섬으로 가는 일정이 남아 있었다. 〈나는 뉴질랜드로 간다〉는 희대의 '멘트'가 국내를 강타할 즈음, 중독성 강한 멘트에 현혹되어 덩달아 이민했다는 가이드와의 작별이 아쉬워, 일행 모두와 함께 간단한 티타임을 가졌다. 1999년에 경기도 화성에서 'c랜드 화재사고'가 있었다. 여름방학을 맞아 단체 연수를 간 어린이집 원아들의 숙소에서 불이 난 것이었다. 화재 원인을 두고 이론이 분분하였는데 당국에서는 누전으로 결론지었다. 실화와 누전은 보상 차원의 기준이었다. 유족들이 들고 일어났다. 화재가 난 시설의 주인은 국가대표를 지낸 유명 여자 선수였다. 그녀는 모든 책임을 자신이 진다며 가산을 정리, 보상을 마무리 짓고 '나는 뉴질랜드 간다' 한마디를 남긴 채 이민을 떠가고 말았다. 그가 남긴 한마디는 메가톤급의 위력을 발휘하여 한국

사람들의 무더기 뉴질랜드 이민에 불을 지폈다.

　남섬에서의 마지막 날 오전은 시내 구경으로 때웠다. 유구한 역사와 전통을 자랑하는 대성당은 문이 닫혀 있었는데 지진으로 훼손된 때문이라 했다. 남섬 가이드가 건넨 제반 여행 서류를 안고 '오클랜드'로 가는 비행기에 올랐다. '처치'공항을 이륙한 뉴질랜드 여객기는 늦은 오후에 '오클랜드' 공항에 착륙했다. 북섬 담당인 현지 가이드가 공항에서 기다리고 있었다. 해외 상사 직원으로 오래 근무하다가 오클랜드에 정착하게 되었다는 가이드는 40대 초반의 남성이었다. 그는 숙소로 이동 중 도시의 이모저모를 상세하게 설명해 주었다. 면적은 서울의 3.5배인데 인구는 고작 1백 2십만 명으로 이 나라 4백만 명 인구 중 1/3이 이곳에 거주하는데 수도는 이곳이 아니고 북섬의 최남단 '웰링턴'이라 하였다.

　북섬에서의 첫 일정은 화산과 온천으로 잘 알려진 '로토루아' 관광이었다. 뉴질랜드의 정부 방침은 남섬은 무위자연無爲自然의 유지, 북섬은 초현대적인 개발이라 한다. 연도 곳곳에 대규모의 토목공사와 고층 건물 공사가 진행 중이었다. 로토루아 관광단지에 들어서자 방귀 냄새 비슷한 역겨운 냄새가 코를 찔렀다. 활화산에서는 발생한 유황의 악취라 한다. 바위 틈새에선 모락모락 연기가 피어오르고 웅덩이에서는 개펄이 팥죽처럼 끓고 있었다. 이어 뉴질랜드 대표 민요인 '포카레카레아나'의 발상지라는 '모라이섬' 관광에 들어갔다. 안내자가 말하기를, '모라이섬은 선박을 이용해야만 하므로 많은 시간이 소요되고 별나게 볼 것도 없다, 대신 섬 전체가 한눈에 내려다보이는 로토루아공원 상단으로 가 조망하는 게 훨씬낫다' 하므로 그대로 따랐다. 과연이었다. 가이드는 일행을 한데 모은 다음 '모라이섬'의 역사를 얘기해 주었다.

모라이섬 안에는 '아레아'족이 살고 섬 밖에는 '흰스턴'족이 살았는데 두 부족은 견원지간이나 다름없어 충돌이 그치지 않았다. 아래하족 추장의 딸인 '히네모네'는 우연한 기회에 흰스턴족의 청년 '두타니카'를 만나 한눈에 반해 사랑하게 되었다. 밤이면 섬 밖에서 '두타니카'가 피리를 불면 그 소리를 들은 '히네모네'는 카누를 저어 육지로 나가 새벽까지 사랑을 속삭였다. 이 사실을 알게 된 아버지 추장은 진노하며 섬 안의 모든 카누들을 불태워 딸의 외출을 막아버렸다. 그러나 히네모네는 굴하지 않고 허리에 표주박을 찬 채 차디찬 밤 바다를 건넜다. 광폭의 바다를 건너느라 기진맥진한 히네모네는 저체온증세로 목숨이 위태로웠는데 두타니카의 헌신적인 노력으로 살아날 수 있었다. 목숨을 건 딸의 사랑에 감동 먹은 아버지 추장은 두 사람의 사랑을 허락하였고 이후로 두 부족은 화목하여 서로 돕고 지내는 사이가 되었다. 뉴질랜드의 대표 민요 '포카레카레 아나'는 이런 두 남녀의 순애보적인 사랑을 노래한 것인데. 한국전쟁 때 참전한 뉴질랜드 마오리족 병사들에 의해 널리 퍼졌고, 한국에서는 '연가戀歌'로 번안되어 송창식, 윤형주의 2인조 밴드인 '트윈폴리오'가 널리 유행시켰다. 얘기를 끝낸 가이드는 일행 중 젊은이들을 향해,

"재밋죠? 여러분 가운데 이런 뜨거운 사랑 해보신 분 있으면 손 한번 들어 보세요."

조크로 설명을 마감하고 있었다. 나는 그동안 잊고 살았던 첫사랑 순정이 생각났다. 순정도 히네모네처럼 굳세고 당찼더라면 우리 두 사람은 헤어지지 않았을 텐데. 그러고 보니 곁에 있는 아내에게 미안한 생각이 들었다. 내 운명을 바꾸어준 아내가 한없이 고마웠지만 숨겨진 솔직한 심정의 발로는 그 무엇으로도 억제할 수 없었다.

그동안 절교 사태였던 순돌이도 생각났다. 몇 차례나 걸려 온 전화도 받지 않았던 내 잘못이 컸다. 한때, 불가에 몸담았던 사람으로서 할 짓이 아니었다는 자각도 하였지만 내키지 않아 망설였는데 갑자기 생각난 것이었다. 사실, 엊그제 밀포드사운드에서 본 순정의 존재도 미심쩍었다. 사람을 잘못 본 착시 현상은 아니었는지 헷갈리기도 했다. 몇 년 전, 풍문으로 순정이 이

세상 사람이 아니라는 소문도 접한 터라 더욱 의문이 들었다. 겸사겸사 순돌에게 안부 전화를 하다 보면 정확한 순정에 대한 정보도 취득할 수 있을 것 같았다. '내가 여태 왜 그 생각을 못했을까?' 혼잣소리로 웅얼거리다 말고 공원 한 귀퉁이 조용한 곳으로 자리를 옮겨 순돌의 전화번호를 텃치했다. '누구세요?' 태평양을 건너온 귀에 익은 순돌의 목소리가 생생하게 들리고 있었다.

어느 하루

"쿵!" 둔탁한 소리가 들린다.
 위에서 아래로 무언가가 굴러떨어지는 소리 같다. 곧이어,
 "아이고메나!"
 "이 노릇을 어쩔끄나!"
 비명이 나는 주변으로 사람들이 모여든다. 웅성거리는 인파로 장내는 한순간에 아수라장이 된다. **식당 2호실에서 찰나에 벌어진 사건이었다. 주문한 식사를 채 반도 들지 않았는데 소동이 벌어진 터라 수저를 놓고 몸을 일으켜 입구 쪽으로 시선을 던진다. 인파 때문에 제대로 볼 수 없다. 우두커니 서서 사태를 관망하던 나는 다시 숟가락을 들 기분도 아니고 밖으로 빠져나갈 수도 없어 망부석처럼 멍청해져 있었다. '빨리 119 불러요!' '어서요! 여기저기서 고함이 터져 나오고 장내는 어수선

했다. 통제가 필요한 시점이었다. 군에서 군사경찰로 복무했던 터라 팔을 걷었다. 큰소리로 질서! 를 외치며 사고 현장으로 접근, 필요 없는 인파부터 내보냈다. 이어 홀을 비롯한 각 호실을 돌며 의사와 간호사를 찾았으나 선뜻 나서는 사람이 없었다. 112에도 신고한 다음 사고 현장으로 다시 갔다. 비로소 환자의 얼굴을 볼 수 있었다. 그런데 웬걸! 식탁 아래에 쓰러져 있는 환자는 예측과는 다르게 새파랗게 어린 중학생 정도의 여학생이었다. 휴일이라서 온 가족이 모였는지 두 개의 테이블에 10여 명 가까운 일행이 모여 있었다. 아버지는 딸의 가슴팍을 압박하며 서투른 심폐소생술을 시행 중이고, 울부짖으면서 마사지에 올인하는 여인들은 어머니와 자매들 같았다. 온 가족이 달려들어 힘을 다 쏟는 가족애에 눈물이 날 지경이었다. 환자의 얼굴은 백짓장처럼 창백하였고 뒤집힌 두 눈알과 확대된 하얀 동공은 얼굴보다 더 커 보였다.

  나이 든 노인네가 가족들과 식사하러 왔다가 심장 발작을 일으킨 걸로 짐작했는데 예상 밖이었다. 목이 빠지게 구급차를 기다리는데 삐용! 삐용! 구급차 특유의 음향이 들리고 구급대원들이 들어서고 있었다. 나는 자신도 모르게 후유! 안도의 한숨을 내쉬었다. 빠른 동작으로 응급처치를 마친 구급대원들은 환자를 들것에 옮겨 구급차에 태우고 떠났다.

  구급차가 떠나고 얼마 안 있어 경찰이 왔다. 좀 전에 112에 신고한 내 전화를 받고 경찰 지구대에서 출동한 모양이었다. 누구나 사고가 터지면 119만 찾는 데 사건에 따라서는 112에도 신고해야 한다. 혹시 음식물 사고를 염두에 두어야 하는 때문이다. 아니나 다를까. 경찰들은 사고의 경위를 청취하는 한편, 식탁에 널브러져 있는 환자가 먹다 만 음식물의 샘플을 수거한 다음 신고자인 내게,
"투철한 신고 정신에 경의를 표합니다."
거수경례로 예를 표한 후 돌아갔다. 식당은 언제 그런 일이 있었느냐 싶게 정상적으로 돌아가고, 줄을 서는 인파는 계속 이어지고 있었다.

광주 교외에 위치한 음식점은, 주차장이 넓고 시중 식당에 비해 가격이 저렴하며, 음식이 맛깔스럽다고 소문나 있었다. 이곳에서 자동차로 이십여 분 거리에 무등산이 있고, 무등산 산기슭 충효 마을에 자연생태원과 푸른 물결 넘실대는 광주호, 가사문학관, 식영정, 소쇄원, 환벽당 등 명소들이 모여 있어 두루 구경할 수 있는 천혜의 조건이었다. 광주호의 상류 습지대는 광대하였고 호반의 남쪽 기슭에 테크길이 설치되어 있어 산책하기 좋았다. 또, 식당에서 자동차로 불과 5분 거리에 5.18 국립묘지와 망월동 민주열사묘역이 위치하므로 참배객들도 즐겨 이용하여 항상 문전성시를 이루고 있었다. 우리 가족 역시

이 식당에서 점심을 먹고 가족 묘원으로 마련한 시립망월동묘원을 자주 찾는 단골 식당이었다.

　시립망월동묘원을 관리하는 광주도시공사에서 획기적인 사업을 벌인 바 있었다. 기존의 1인 1묘역 제에서 8구까지 안장이 가능한 가족묘지 형태로 분양을 한 것이었다. 날로 심각해지는 묘지난도 해소하고, 모두들 어려움을 호소하는 묘지 관리도 책임지며 분산된 조상의 유골을 한곳에 모으는 1석3조의 정책이어서 인기리에 분양 완료되었다. 내가 분양받은 시립묘원 제6단지는 민주열사묘역과 마주하며 바로 그 뒤편에 5.18국립묘원이 위치하는 목 좋은 곳이었다.

　나는 숙명적으로 망월동과 불가분의 인연이었던 것 같다. 왜냐하면 나의 등단작이 바로 이곳 망월동을 배경 삼은 소설이었는데 유택까지 이곳에 정했으니 하는 말이다. 졸작 '운명에 관하여'의 서두는 시립망월동묘역 묘사로부터 시작된다.

　시립공원묘지 상단, 제8묘원에 올라서자 광대한 묘역이 눈앞에 펼쳐졌다. 사방으로 사통팔달 포장도로가 뚫리고 군데군데 대형 주차장도 갖춰져 있는 단지는 빼어난 산세를 배경으로 자연 경관을 최대한 살려 조경한 듯, 바둑판처럼 질서정연하여 편의성은 물론 시각적인 미를 제공하는데도 부족함이 없어 보였다. 질서의 미는 어느 미보다도 아름답다'더니 과연! 나는 감탄사를 내뱉고 말았다.

그날도 **식당은 11시가 조금 넘었는데도 이미 만원이었다. 줄을 섰다가 배정된 방이 바로 2호실이었다. 식당 중앙에 거대한 홀이 있고 대여섯 개의 작은 방에 십여 개의 테이블이 비치되어 있었다. 우리 부부는 이 식당의 주요 메뉴인 생고기 비빔밥을 주문했다. 이 음식은 질이 좋고 가격도 저렴하여 인기 상품이었다.

사태는 일단락되었으나 식사를 계속할 수 없었다. 음식은 다 식어버렸고 놀란 나머지 밥맛까지 달아나 버렸기 때문이었다. 그뿐만은 아니었다. 구급차로 실려 간 어린 학생의 안위가 걱정되고 자꾸 눈에 밟혀 제대로 된 밥이었어도 목으로 넘어갈 것 같지 않았다. 식사를 포기하고 밖으로 나오는데 모였다가 흩어지는 인파 속에서 별의 별 소리가 들리고 있었다.

"혹시 간질병 환자 아냐?"

"간질이면 지랄병?"

"비도 안 오는데 무슨 소리야?"

"어쩌다 그런 병에 걸렸으까?"

"어린 것이 안 되었네 그랴!"

그러나 나는 이번 사고가 간질과는 관계없는 병증일는지도 모른다는 의구심을 갖고 있었다.

"전에도 이런 일이 있었는가요?"

묻는 구급대원에게,

"아뇨, 생전 처음 당하는 일인 걸요. 어제 감기로 병원에 간 일이 있는데 처방 약을 먹은 뒤로부터 컨디션이 안 좋은 것 같았어요."

펄쩍 뛰는 가족들의 진지한 태도로 보아 거짓이 아닌 듯싶기도 하고 내가 경험한 한 사건도 연상된 때문이었다.

까마득한 옛날, 시골 초등학교 재학 중에 목격한 일이었다. 교정 한 귀퉁이에 교장선생님 사택이 있었다. 타지에서 부임한 교장선생님과 그 가족을 위해 거처로 마련한 시설이었다. 새 교장선생님이 부임한 지 며칠 후 그날은 오전부터 비가 부슬부슬 내리고 있었다. 동쪽 하늘 한 귀퉁이에서 으르렁! 으르렁! 벼락이 치고 천둥이 울리더니 소슬바람이 몰려오면서 비를 뿌리는 것이었다. 쏟아져 내리는 빗발 사이로 한 젊은이가 나타나 짐승처럼 괴성을 내지르며 교정을 쏘다니고 있었다. 그 뒤를 나이 든 여인이 따라 나와 수습에 애를 먹고 있었으나 역부족이었다. 한동안 교정을 쓸고 다니던 젊은이는 기진하였는지 사지를 추욱 늘어뜨린 채 운동장에 그대로 드러누워 버리는 것이었다. 놀란 선생님들이 수업을 중단한 채 모여들고 경찰까지 출동했다. 호기심이 남다른 나는 선생님을 뒤따라 현장으로 달려가 보았다. 그런데 막상 당사자는 쿨! 쿨! 코를 골며 깊이 잠

들어 있었다. 젊은이의 입 언저리에 비눗방울 같은 거품도 보였다. 나이 든 여인이 "야갸, 천병을 앓고 있단 말이요! 놀라지 마시랑게라." 연신 하늘이 무너지는 소리를 내뱉으며 흐느끼고만 있었다. 교장선생님 사모님이라 했다. 상황을 판단한 사람들은 뿔뿔이 흩어지고 상황은 종료되었다.

"엄마 천병이 뭐야?"

하교 후 나는 처음 듣는 천병에 대해서 어머니에게 물었더니,

"간질을 천병이라고 한단다. 어린 것이 너무 깊이 알려 하지 말거라."

어머니의 대답은 매우 매정하여 더 이상 물어 볼 수 없었다. 옛날부터 간질병은 난치병이었으므로 하늘이 내린 병이라는 의미에서 천병天病이라 불렀고 세간에서는 '지랄병'이라고 부르며 혐오했다.

나는 전역 후 손해보험회사에 취업했다. 손해보험사 자격증이 있어 유관 기업체에 입사하기 수월했다. 보상 파트에 보직되었다. 보상 업무는 병원과 밀접하였으므로 보상 업무를 오래 수행하다 보면 어느 정도의 의학 상식을 습득할 수 있었다. 지인들은 그런 나를 보고 '반의사'라 부르며 우스갯소리도 했다. 고객이 낸 교통사고가 접수되면 입원한 사고 환자가 입원한 의료기관을 찾아가 확인 후 치료비 보증을 서고 진단서를 징구하

는 게 기본 절차였다. 환자를 수시로 방문 위로하고 상태를 파악하며 완치되면 합의금 산출, 치료비 사정, 사망 사고 발생 시에는 장례 절차까지 신경 써야 하는 막중한 업무였다.

이런 전력의 나였지만 까딱 잘못 대처하였더라면 간질병자가 될 뻔한 적이 있었다. 2006년 어느 초여름 날의 일이었다. 광주에 거주하는 시골 초등학교 동기생이 꽤 되었으므로 친목 모임을 가졌다. 일 년에 한두 차례 정도 관광 여행도 하는 처지였다. 양산 통도사 탐방이었다. 회원이 12명이었으므로 단독으로 전세를 부르지 못하고 여행사에 의뢰했다. 애주가가 많은 우리 회원은 좌석 맨 뒤쪽에 자리 잡았다. 떠들썩거리며 술 한 잔이라도 하려면 눈총을 덜 받는 뒷좌석이 적당했다. 철저한 비주당파인 나였지만 분위기 유지를 위해 출발한 지 십여 분도 채 안 되어 벌어진 술잔치에 어울렸다. 임원진이 준비한 국산 술 외에 고급 양주를 준비해 온 친구들도 있었다. 한 잔 술에도 불콰해진 나는 자리를 피해 운전석 옆으로 옮겼다. 그런데 컨디션이 좋지 않았다. 음주 때문일 거라, 대수롭잖게 여기며 한숨 푹 자고 나면 괜찮겠지, 잠을 청하는데 잠이 오기는커녕 속이 메슥거리고 등허리께서 식은땀이 흘러내리는 것이었다. 온몸이 오싹거리고 변소에만 가고 싶었다.

나는 이런 증상을 이미 경험한 바 있었다. 싱가폴 여행 때의 일이었다. 싱가폴행 여객기가 인천국제공항을 이륙한 지 채 30

분도 안 되었는데 예의 증상이 나타난 것이었다. 동승한 아내가 서빙 중인 승무원에게 약을 달라고 요청했지만 싱가폴 승무원은 도통 알아듣지 못하는 것이었다. 아내의 만국공용어로 사태를 파악한 승무원은 동료를 데리고 나타났다. 한국인 승무원이었다. 아내가 병증을 얘기하자 곧 알아듣고는 약을 가져왔다. 즉시 복용했더니 신통하게도 바로 가라앉던 거였다. 그렇게 해서 3박 4일의 여행에 차질이 없었는데 이번에도 그런 증상이 찾아온 성싶었다. 화장실 가고 싶어 운전기사에게 큰 소리로 말했다.

"기사님 차 좀 멈추세요! 급한 용무예요."

방금 전 사천휴게소에서 쉬었으므로 통도사까지 직행할 판인데 난감하게 된 것이었다. 위급을 감지하였는지 운전기사가 말했다.

"5분 후면 진영휴게소에 도착하겠습니다. 조금만 참으셔요"

나는 버스가 정차하면 맨 먼저 내릴 요량으로 승강구 계단에 서서 대기 중이었다. 버스가 정차했다. 승강구에서 내리자마자 제정신이 아니었다. 나중에 친구들한테 들은 얘기인데, 급히 차에서 내린 내가 한참을 휘청거리고 걷더니만 갑자기 푹 고꾸라지더라했다. 돌멩이에 발부리가 걸렸나 싶었는데 그게 아니고 아스팔트 바닥에 얼굴이 박살이 난 채로 엎어져 있더라는 것이다. 놀란 친구들이 내 몸을 근처 잔디밭으로 옮기고 119에 신고 후 수습하는데 빙 둘러싼 인파 중에 별의별 사람이 있어 허리띠를 풀고 양말을 벗기는 기본 조치에서부터 열 손가락 열 발가락에 수지침을 놓는 사람, 무릎 꿇어 심폐소생술을 시행하는 사람 그런 북새통이 없더라는 것이었다.

곧 **병원의 구급차가 도착하였는데 **병원은 휴게소 근처에 있는 준 종합급 병원으로 부엉이바위에서 투신한 노무현 대통령이 응급치료를 받았던 병원이라 했다. 지금 생각해 보니, 의식을 잃었을 순간부터 병원응급실에 도착할 때까지의 사이에 잠깐 의식이 되살아났던 적이 있었다. 두런거리는 사람 소리가 들리고 곧이어 심장 부위에서 청량한 그 무언가가 지나가는가 싶었는데 알고 보니 누군가가 시행한 심폐소생술이 효력을 발휘한 것 같았다. 그 외의 기억은 전혀 없다.

내가 의식을 회복한 것은 오후 2시경이었다. 벽면이 온통 하얀 병실에 내가 누워 있는 것이었다. 그러니까 오전 11부터 오후 2시까지 3시간 동안 나는 의식을 잃고 있었던가 보았다. 침대 모서리에 걸린 링거병에서 수액이 뚝뚝 떨어지는 게 바라다보였다. 주변에 아무도 없어 두리번거리고 있는데 두 친구가 들어 왔다.

"이제 정신이 드나?"

깨어 있는 나를 보고 친구들이 말했다.

"응, 그런데 내가 왜 여기 있는 거지?."

두 친구는 통도사 관광을 포기한 채 나의 보호자 역할을 수행 중이고, 그 나머지는 일행들과 함께 여정을 계속 중이라고 말했다. 수시로 친구가 전화를 받는 것으로 보아 일행들도 내 안위가 걱정되어 안부를 살피는 듯싶었다. 나중에 들은 이야기지만 내가 깨어났다는 소식을 들은 일행들이 박수로 환호성을 내질렀다는 것이다. 나의 보호자 역할을 자임한 두 친구는 학창 시절 막역한 사이였다. 법조계에서 퇴직한 한 친구는 동양 고전에 관심이 많았으므로 삼국지를 줄줄 외는 내게 들러붙어 시도 때도 없이 조르는 통에 공부 시간에도 얘기해주다가 선생님에게 들켜 회초리를 맞았던 사연이 있었고, 또 한 친구는 시골에서 부부 교사로 근무하던 아내가 출근 중 교통사고로 중상을 입었는데 2백여 리 상거인 전남대병원에 후송된 일이 있었다. 나는 그 당시 전대병원 출입이어서 근무 중인 친구를 대신하여 지극정성으로 보살핀 바 있었으므로 그 은혜 갚음으로 잔류를 자원했다고 한다.

"집에 연락했으니 곧 가족이 도착할 것이다. 뭘 좀 먹어야 할 건데 뭐가 먹고 싶니?"

나는 배고픔을 전혀 느끼지 못했으므로 고개를 가로젓고만 있었다. 이윽고 나이 지긋한 의사가 곁으로 다가왔다. 의사는 내 몸 상태를 꼼꼼히 살피고 나서 '괜찮냐?'는 말만 되풀이하고 있었다. 나는 정말이지 아무렇지도 않았다. 언제 어디가 어떻게 아팠는지 기억이 나지 않고 이제껏 환자였다는 사실이 정말 믿어지지 않았다. 의사는 연신 고개를 갸우뚱거리면서 병실을 나갔다. 한참 후에 창원에 거주하는 인척이 찾아왔다. 아내가 연락을 취한 모양이었다. 통도사 구경을 마치고 귀로에 오른 일행들이 반대편 진영휴게소에 도착한 모양이었다. 나는 두 친구에게 곧 아내가 도착할 테니 염려 말고 그 차편으로 귀가하도록 종용하며 인척에게 휴게소까지 태워다 달라고 부탁했다. 퇴근 시간이 임박해서야 아내가 도착했다. 그날따라 억수로 비가 쏟아져 2시간이면 족할 거리를 갑절이 소요되었다 했다. 가족이 도착했다는 전갈을 받은 의사가 병실로 왔다. 의사의 경과 설명에 이어 아내와 일문일답이 있었다.

"입원 하실겁니까?"

"지금 같아서는 입원할 필요가 없을 것 같습니다. 집으로 돌아갔다가 내일 광주의 큰 병원으로 가볼까 합니다."

아내의 의사를 확인한 의사는 입맛을 쩝쩝 다시더니만 퉁명스럽게 말했다.

"알아서 하십시오. 그러나 꼭 뇌파 검사를 받아 보셔야 합니다. 꼭 입니다."

의사는 뇌파 검사에 방점을 찍으며 다짐하고 또 다짐했다. 다음 날 **종합병원으로 가 기초 검사며 뇌파검사, MRI 촬영을 하였는데 특별한 징후가 없다는 진단이었다. 치료비가 꽤 나왔다. 질병보험에 가입했으므로 치료비를 청구하자면 진단서가 필요했다. 병원에 진단서 발급을 요청하였더니 팩스로 보내왔다. 보내온 진단서를 받아 본 나는 기겁하고 말았다. 진단서에 '간질'이라고 적혀 있는 것이 아닌가. 깜짝 놀란 나는 어제 진찰받았던 병원으로 가 의사를 만났다. 나는 의사를 만나자마자 격앙된 소리로 물었다.

"선생님! 간질이 맞습니까?

"아닙니다. 검사 결과 이상이 없는 걸로 판명되었습니다. 초진에 오류가 있는 듯싶습니다."

나는 안도의 한숨을 내쉬었다. 차근차근 복기하며 그간의 상황을 유추해 보았다. 짐작이 갔다. 갑자기 의식을 잃고 구급차로 이송된 사람이 하도 멀쩡하고, 마침 비가 쏟아지므로 날씨와 연관된 병증, 즉 간질이 아닐까? 육감적으로 진단한 듯싶었다. 그래서 퇴원할 때 그토록 뇌파 검사를 강조한 것 같았다. 그렇게 해서 오류를 바로잡은 일이 있었다. 내가 병원 출입할 때 의사들이 진단을 내는 걸 여러 번 목격하였는데 증상이 애매하다 싶으면 진단서에 반드시 〈**의심 증세〉라고 표시하던 거였다. 내가 의학에 문외한이었다면 억울하게 당하고 말았을 해프닝이었다.

몇 달 후 드디어 올 것이 오고 말았다. 그간의 여러 병중들이 심장병의 전조 증상이었는데 그걸 간과하고 병을 키웠다고 의사는 말했다. 심한 심장병은 자각증세로도 감지할 수 있었다. 조금만 움직여도 숨이 차오르고 호흡이 가빠졌다. 조석으로 산책하던 집 뒤 오솔길의 산책도 버거워졌다. 세수하기도 힘들고 머리를 감는 일은 더 힘들었다. 동네 내과에 들러 심전도 검사 같은 기초 검사를 한 결과 심혈관 질환으로 의심된다며 상급 병원에 보내는 의견서까지 써 주었다. 대학병원 심장내과로 가 모든 검사를 다시 했다. 마지막으로 심혈관조영술이 필요하다고 말했다. 조영제 복용 후 혈관 촬영에 들어가기 전, 의사가 말했다.

"이 과정은 사타구니의 혈관을 절단하여 기구를 삽입, 심장의 박동은 물론 관상동맥을 촬영, 증상을 확인하는 의료 행위입니다. 촬영 중 이상이 발견되면 삽입한 기구를 이용, 즉석에서 시술해야 하므로 다른 병증처럼 진단 먼저 나중 수술이 아닌 동시 시술임을 유념하시기 바랍니다. 먼저 수속부터 하셔야 합니다."

아내가 동의서에 날인하자 의료 행위가 진행되었다. 환자 본인도 병실 모니터를 통해 수술 장면을 볼 수 있다기에 모니터에 시선을 집중했다.

"자, 시작합니다."

의사와 보조자들의 손이 바삐 움직이고 있었다. 이윽고 모니터에 쉼 없이 불뚝거리는 심장과 주변으로 뻗어있는 미세한 혈관이 나타났다. 심장에서 뻗어나간 사슴의 뿔처럼 생긴 3개의 굵은 혈관이 바로 관상동맥이라 했다. 그런데 그중에 한 개의 혈관이 막혀 있는 것이었다. 코레스테롤이 혈관 벽에 쌓여 협착증세가 진행되다가 막혔다는 것이었다. 마침내 혈관에 삽입된 기구가 작동을 시작한 모양이었다. 한참 후 심장 부위에서 시원한 바람이 지나가면서 기분이 상쾌해졌다. 방금 전까지 보이지 않던 혈관이 색칠한 것처럼 이어져 있었다. 시술은 성공적이었다. 뚫린 혈관 부위에 스탠트를 삽입, 고정하자 시술 끝이었다. 3일 후 퇴원했다. 이후 모든 병증이 사라지고 정상적인 활동이 가능해졌다. 매일 조석으로 약을 복용하며 두 달에 한 차례 병원에 다니며 오늘에 이르고 있다. 얼마 전, 2년 주기로 시행하는 건강보험 검진에서 심장 나이가 10년이나 젊게 나왔다는 통보를 받았다.

예정한 대로 5.18 국립묘지 경내로 차를 몬다, 단체 참배객이 입장했는지 국민의례와 진혼곡이 앰프를 통해 울려 퍼지고 있다, 주차장을 지나 나만의 길로 핸들을 꺾는다. 담장 옆으로 나 있는 구내 통행로를 따라 조금 가면 묘역 조성 기념탑에 다다른다. 김영삼 대통령 시절 조성한 기념탑의 탑신에 당시 정부 관료들의 이름이 빼곡하게 적혀 있다. 바닥은 5.18 당시 도움을 준 유관 단체들의 방명록으로 빈틈이 없다. 언덕배기 산길 5.18묘역과 민주역사묘역을 잇는 통행로에 이르면 통로 양쪽으로 여러 개의 조형물이 늘어서 있다. 얼마 전까지도 보지 못한 것들이다. 일종의 시비(詩碑)라고나 할까? 석재가 아닌 원통형 구조물에 사선으로 면을 만들어 5.18에 관한 어록이나 싯구를 인쇄하여 붙인 것들이다. 면면을 살핀다. 민주화에 크게 공헌한 문익환 목사, 저항 시인 김지하, 농민 시인 신경림, 섬진강 시인 김용택, 광주의 별 문병란, 그리고 황지우, 조태일, 김남주 시인들이 그 주인공이다. 민주열사의 묘역으로 들어선다. 이 묘역은 광주 5.18에 직접 참가하지는 않았지만 민주화 투쟁의 불꽃을 지피고 산화한 민주 영령들을 모신 유택이다. 조성 초기에는 '망월동묘역'이라고 불렸지만 지금은 '민주열사묘역' 혹은 '망월동 구묘역'이라 부른다. 오늘따라 묘역은 인파로 넘실거렸다. 가는 날이 장날이더라고 오늘이 바로 이한열 열사의 기일이라 한다. 그런데 묘원에 변화가 있었다. 배치가 달라진 것이었다. 묘역에 모셔진 유명 인사들의 면면을 살핀다. 이한열 열사 외에 이한열 열사의 어머니 배은심 여사, 김홍일 전 국회의원. 물 대포에 희생된 보성 출신 농민운동가 백남기 열사, 명지대 시위의 주동 인물 강경대 열사, '위르겐 힌츠페터' 그는 5.18 당시 일본 도쿄에 주재원으로 있다가 광주의 5.18 민주항쟁 소식을 듣고는 광주에 몰래 잠입하여 전두환 군사독재의 만행과 인권 유린의 참상을 전 세계에 알린 독일 기자다. 힌츠페터는 독일에서 생을 마쳤지만 그 유해는 이곳에 모셔져 있다. 바로 건너편에 일반 광주시민들의 안식처인 시립망월동묘역이 위치한다. 수십만 평의 광대한 묘역은 12개 묘역으로 나뉘어져 있다. 우리 가족의 묘원인 제6묘원으로 향하는데 핸드폰이 요란하게 울린다. 지구대에서 온 전화다.

"**지구대 **경위입니다. 오전에 신고해 주신 **선생님이시죠?"

"네, 그렇습니다."

"오늘 수고 많으셨습니다. 선생님께서 염려해 주신 그 학생은 지금 **병원에 입원 치료 중입니다. 큰 병증이 아니므로 수일 내로 퇴원이 가능하다 합니다. 오늘 즐거운 하루 되십시오."

한때, '민중의 몽둥이'라고 지탄받던 경찰에서 이런 친절을 베풀다니! 참으로 살맛 나는 세상이다. 이렇게 기분 좋을 수가 없다. 내 몸은 두둥실 훨훨 창공을 나는 한 마리의 새가 된다. 오늘은 정말이지 기분 좋은 하루였다.

평설

난해한 작품 읽기, 캐릭터 선정의 중요성

　우리문단에서는 흔히들 난해한 작품의 효시로 이상(李箱)을 꼽는다. 이상은 신문학과 현대문학의 과도기에서 운문과 산문의 경지를 넘나들며 종횡으로 활약했다. 대표작으로는 단편 〈날개〉와 시 〈오감도〉가 있다. 필자 역시 문청 시절 한 때 평론에 뜻을 두어 이상의 작품들을 섭렵하였으나 생소하고 난해하여 흥미를 잃고 만 적이 있었다. 당시에 좀 더 천착하고 분발하였더라면 소설가로서보다 문학이론을 장착한 평론가로서 첫발을 내딛었거나 해질 무렵에야 들녘에 나오는 어리석음을 범하지 않았을 텐데 말이다.

　그 무렵인 1958년에 러시아의 작가 '보리스파스테르나크'의 〈닥터 지바고〉가 노벨문학상을 수상한 바 있었다. 필자는 한달음에 서점으로 가 책을 구입하여 펼쳤는데 놀란 점이 한두 가지가 아니었다. 먼저, 백과사전 두께의 방대한 분량에 놀랐고 두 번째 한 문장만큼이나 긴 배경 지명이며 등장인물들의 이름에 놀랐으며 마지막으로 정독에 정독을 하여도 쉽게 이해되지 않는 문장에 질리고 말았다. 월탄 지음 10 권짜리 삼국지를 하루 저녁에 한 권씩 독파하였던 독서광인 필자였지만 이 작품 앞에서는 속수무책이었다. 읽다 말다를 반복하면서 몇 달에 걸쳐 읽긴 읽은 것 같은데 지금은 책의 타이틀과 작가 이름 말고는 세세한 것은 외고 있지 못하다.

한 때 한국시단(詩壇)에도 난해시(難解詩) 바람이 일이 있었다. 산문시라고 하여 분량이 엄청나고 글쓴이 자신도 이해할 수 없는 난해한 시어(詩語)를 나열해놓아야만 대접받는 풍조가 만연한 것이었다. 소월의 '영변의 약산 진달래꽃' 박목월의 '구름에 달 가듯 가는 나그네' 등 짧고 음송하기 좋은 서정적인 시어에 매료돼 있던 독자들이 이에 등을 돌린 것은 당연한 귀결이었다. 독자들이 멀어지자 이에 경각심을 가진 뜻있는 시인들의 자성의 목소리가 분출되고 새로운 시풍(詩風)이 밀물처럼 밀려오자 그간 혼돈의 늪에서 허우적거리던 시단을 비로소 정상화 되었다.

소설 쪽에서는 다행스럽게도 시단의 경우처럼 파격적인 시도는 없었지만 전통적인 리얼리즘의 작풍에서 탈피하려는 시도가 전개되긴 했었다. 소위 관념적인 작품을 위주로 문단활동을 하는 몇몇 작가들이 등장한 것이었다. 그 대표적인 인물로 〈광장〉〈회색인〉등 분단 문제를 이슈로 작품을 쓰는 최인훈, 〈요한시집〉〈원형의 전설〉등 근친상간 같은 반인륜적이고 외설적인 소재들을 훌륭한 문학작품으로 승화시킨 장용학 그리고 〈암사지도〉〈마록열전〉의 서기원, 〈잉여인간〉의 손창섭 그 외 이범선, 등등이 그들이었다. 이 작가들의 작품들은 실험적인 범주에서 탈피하지 못했으므로 작품성에서는 우수한 평가를 받았으나 대중성 및 보편성에서 뒤져 베스트셀러의 반열에도 오르지 못하고 각종 문학상 선정에서도 밀리는 공통점이 있었다. 필자 역시, 하근찬의 〈수난이대〉를 비롯하여 오유권의 흙냄새 풍기는 리얼리즘 농촌소설들에 맛 들여 있던 터라 구미에 맞지 않았었다.

  그로부터 등단 이후까지 이렇다 할 난해한 소설을 접하지 못하다가 최근에 이승우의 장편 '캉탕'을 읽고는 단박에 이 범주에 넣어도 좋겠다는 생각을 하게 되었다. 난해한 축에 드는 이승우의 작품을 술술 읽고 이해하는 걸 보면 등단 20여 년이라는 녹록치 않은 관록이 한 몫 한 듯싶다. 〈현대문학〉의 특집 〈핀시리즈〉에 전재(全載)되었다가 2019년 8월 현대문학사에서 단행본으로 출간된 이 장편은 그 작품성을 인정받아 베스트셀러의 반열에 올랐으며 그해에 〈오영수문학상〉을 수상하였다.

'캉탕'은 '허먼 멜빌'이 1851년에 발표한 장편 〈모비딕〉(우리나라에서는 백경(白鯨)이라는 타이틀로 번역 출판되었다.)을 밑바탕에 깔고 있다. 〈모비딕〉은 포경선의 유일한 생존자인 〈이슈멜〉이 고래와의 목숨 건 싸움을 술회한 것을 회상 형식을 빌어 집필한 서양고전의 진수이다. 이 소설은 포경선 '피쿼드'호의 선장 '에이허브'가 고래 사냥을 나갔다가 길이가 27m 정도나 되는 대형 유향고래에 물려 한 쪽 다리를 잃는 사건으로부터 시작한다. 복수의 일념에 불탄 그는 원수인 〈모비딕〉을 찾아 태평양, 인도양, 대서양을 누비며 만나는 족족 포획하지만 〈모비딕〉은 씨가 마르지 않는다. 고된 여정에 시달리는 선원 모두는 자신의 복수에만 혈안이 되어 자신들을 혹사하는 '에이허브' 선장에게 반기를 들려 한다. 선원 중에 '스타벅'이라는 1등항해사가 있었다. 그는 그런 선원들을 설득하여 '에이허브' 선장에게 협조하도록 분위기를 조성한다. 그로부터 얼마 후 마침내 '피쿼드' 호는 적도 부근에서 초대형 〈모비딕〉을 만나 사투를 벌였는데 그 결과는 너무 참담했다. '에이허브' 선장은 고래잡이 작살에 자신의 목이 찔려 죽고 스타벅을 비롯한 선원 모두는 '피쿼드'호와 운명을 함께하고 만다는 줄거리이다.

유난히도 커피를 좋아하였다는 '스타벅'의 정신을 기리기 위해 미국의 독지가가 그의 이름을 딴 〈스타벅스〉라는 상호의 커피전문점을 열었다고 한다. 브랜드 스타벅스의 유래이다.

이 작품은 발표 당시에는 단순한 포경선의 생태를 그린 해양 소설로만 인정받았으나, 지금은 인간이 저지르는 무분별한 살생에 대한 신의 응징과 끊임없이 돋아나는 악을 상징하는 사회 고발 형식의 수작으로 재평가 되고 있다는 것이다.

이승우의 소설 '캉탕'을 살펴볼 차례다. 사회적으로 큰 성공을 이루었으나 정신적인 질환에 시달리는 주인공 한중수는 정신과 의사인 친구 j의 권유로 대서양 연안의 작은 항구 '캉탕'으로 치료차 떠난다. 한중수가 웬만한 지도에는 나타나지도 않은 '캉탕'을 목적지 삼은 까닭은 j가 그곳에 거주하는 그의 외삼촌 '핍'을 한중수에게 소개한 때문이었다. '핍'은 소설 〈모비딕〉을 동경하여 오랫동안 고래잡이 어선을 타다가 '캉탕'에서 '나야'라는 여인에게 첫눈에 반해 정착하기로 마음먹고, 〈모비딕〉에 등장하는 포경선 '피쿼드'호를 상호로 내걸고 선술집을 차린 터이다. '핍'의 집에 둥지를 튼 한중수는 '핍'이 전형적인 쾌활한 뱃사람이라고 내심 기대했으나 '핍'은 아픈 아내 '나야'를 돌보느라 이미 지쳐 있었고 항상 어두운 방안에 틀어 박혀 있다가 하루 한 번 아내에게 책을 읽어 주기 위해 잠깐 병원에 외출하는 게 하루 일과의 전부였다.

한중수는 이곳에서 또 '타나엘'이라는 선교사를 만난다. 그는 살인을 하고 이곳 '캉탕'으로 숨어들어 신앙과 삶의 궤도를 이탈한 채 실패한 자기 인생을 글로 쓰고 있는 특이한 인물이다. '타나엘'은 이미 선교사직에서 해임된 상태에서 세상이 무너지기만을 바라고 있는 엇나간 인생이었다. 이처럼 음울하기만 한 전력의 세 사람은 동병상련의 처지에서 쉽게 의기투합 한다. 염세주의자였던 '타나엘'은 한중수와 '핍'을 만나고부터 심경의 변화를 일으켰는지 한 해의 풍어와 잔잔한 바다를 기원하기 위해 사람을 제물로 바치는 풍습을 재현하는 마을 축제에서 몸소 제물이 되기를 자청하며 바다에 몸을 던짐으로써 잿빛 같은 음울의 경지에서 헤어나고 비로소 진정한 내적인 자유를 얻는다' 는 줄거리이다.

한중수. 핍. 타나엘, 이 세 사람을 '캉탕'으로 이끈 것은 과연 무엇인가? 그건 '세이렌'의 노래였다고 작가 이승우는 말하고 있다. 로마 신화에 등장하는 '세이렌'은 상반신은 여자이고 하반신은 새의 모양을 한 채, 바다 위로 솟은 바위에 걸터앉아 아름다운 노랫소리로 뱃사람을 꾀어 죽게 만든다는 바다의 요정이다. 평론가 서희원의 말을 덧붙인다.

'그것은 누군가에게는 귀를 틀어막고 지냈던 과거의 죄책감이었고, 누군가에게는 들뜬 사랑의 목소리였으며, 누군가에게는 실연과 살인의 핏빛 어둠을 세계의 운명으로 치환 시켜준 종교의 종말론이었다.'

'인간은 무슨 일이 일어나도 일어나지 않은 것처럼 캄캄하고 조용하기만한 배의 갑판을 거닐고 있는 영혼 없는 육체, 혹은 육체 없는 영혼에 지나지 않는다. 이승우는 심연을 오래 바라본 고래의 시선으로 소설을 쓰는 드문 작가이다.'

'광주문학'2019 가을호에 실린 조수웅 작가의 단편 〈가상세계〉를 해부해 본다. 이 작품은 요즘 대세인 노인 소설로서 사람은 누구나 '메멘토 모리'(memento_mori −사람은 반드시 죽는다는 것을 기억하라)의 경지에서 자유스러울 수 없다는 교훈을 주는 작품인데 내용이 난해하여 철학개론 정도는 마스터한 독자라야만 범접할 수 있는 고난도의 소설이다.

예전 사람들이 어떤 삶을 살 것인가에 주안점을 두었다면, 지금 사람들은 어떻게 최후를 맞을 것인가에 방점을 찍고 있다 한다. 〈가상세계〉의 작가는 그 해법을 철학이라는 학문을 통해 찾아보고 있는 듯싶다. 전문 학술지에 실려야만 마땅할 소재를 애써 문학작품으로 선보인 작가의 의도가 자못 궁금하지만 철학을 '접근하기 어려운 학문이라'며 지레 겁을 먹고 기피하는 문학도들에게 길라잡이를 자처하는 고육지책이 아니었는지? 필자만의 생각이다.

 작품의 내용을 간추려 본다. 작중 화자인 종철은 80의 노인이다. 철학교수 출신인 그는 노년기에 접어들어 각종 퇴행성 병마에 시달리고 있다. '근감소증'에다가 안구 질환, 요통 더 나아가 정신마저 혼미해 지는 치매 전조 증상도 감지된다. 그런 종철은 하루하루 달라지는 자신의 건강 상태를 감지하며 죽음의 그림자가 눈앞에 얼씬거리는 환상에 젖혀 있다. 얼마 남지 않은 여생을 '자신의 실존이 불안을 전제로 한다'는 철학 이념에 매달리다가 순간 '니체'를 떠올려 그 대안을 삼고자 한다. '운명을 사랑할 줄 아는 자는 춤을 출 수 있다.'는 아모르파티(am0rfati) 의 의미를 실천에 옮기고자 하는 것이다. 여기까지 읽은 독자라면 김연자의 히트곡이 된 '아모르파티' (運命愛)가 '신은 죽었다' 로 대변되는 '니체'의 철학 사상에서 근거를 두고 있다는 새로운 사실을 새삼 깨달았을 것이다. 종철의 대안은 '니체'의 명작 '짜라투스트라'는 이렇게 말했다'로 비약한다. 허구헌날 반복된 대안 강의에 식상한 유일한 청강생인 아내는 듣는 둥 마는 둥 하다가 이내 잠이 든다. 누가 듣거나 말거나 종철은 '니체'가 강조한 정신세계의 세 단계 변화를 화두로 입에 게거품을 문다. 무거운 삶의 짐을 묵묵히 지고 가는 낙타– 포수의 총 앞에서도 용맹함을 잃지 않는 사자– 어떤 것에도 얽매이지 않는 자유로운 존재인 아이– 이 세 단계 변화에서 장시간을 할애한 종철 씨는 이번에는 서양에서 동양으로 무대를 옮겨 공자(孔子)의 영역까지 침범한다. 발분망식 (發憤忘食) 낙이망우(樂以忘憂) 부지노지장지운이(不知老之將至云爾). 논어 '술이편.에 나오는 유명한 말이다. 원활한 연결을 위해 위 구절의 전후 원문을 첨가하고 해설해 본다. 섭공이 친구인 자로에게 공자의 사람됨을 물었으나 자로가 대답하지 않았다. (葉公 問 孔子於 子路 子路 不對) 이에 공자가 말하기를 '너는 어찌하여 우리 스승님은 이치를 깨우치지 못하면 식사도 거르며 발분하였고 이치를 깨달으면 즐거워하며 근심을 잊고 장차 늙음이 닥쳐오는 줄도 모르시는 분이다.' 라고 말하지 않았느냐? (子曰 女奚不曰其 爲人也 發憤忘食 樂以忘憂 不知老之將至 云爾) 공자께서는 덧붙여 말하기를 '나는 태어나면서부터 아는 사람이 아니고 옛 것을 좋아하여 급급히 구한 사람이니라." (子曰 我非生而知之者 好古敏以求之者也)

혼자서 신바람 난 종철은 '시뮬라크르'의 경지로 넘어간다. 시뮬라크르'는 풀라톤의 '소피스트'에서 연유한 말인데 쉽게 설명하자면, 실제 존재하지 않은 대상을 실제 존재하는 것처럼 만들어 놓은 인공물을 말한다. 우리말로 하면 가장(假裝) 혹은 위장이 되는데 본래 이미지와 차이가 나므로 원어 그대로 쓰고 있다. 시뮬라시옹은 시뮬라크르의 동사적 의미이므로 〈**하기〉

가 된다. 우리의 상용어가 된 '아이콘'이 '이데아'에서 연유되었다는 사실도 그의 독백으로 확인된다. 종철 씨는 '칸트'의 '순수이성비판'을 들먹이며 난이도를 최고도로 끌어 올린다. '시뮬라크르 시대는 오리지널이 없는 시대다.'를 열강 하는데 잠자는 줄만 알았던 아내가 부스스 잠에서 깨어나 "거참 공감되는 이야기인데요." 하며 추임새를 넣자 종철 씨는 더욱 신이나 계속 게거품을 문다.

종철은 '죽음의 철학'을 곱씹는다. 그러면서 맨 먼저 '죽음이란 피할 수 없는 한계사항이라'고 설파한 '야스파스'의 이론을 전개한다. 다음으로 '내세는 존재하지 않는다.' 그러므로 사람이 죽는다는 것은 슬픈 일이기 때문에 삼년상을 치르고 제사를 지낸다.'는 공자의 유교사상에 이어, 죽었다가 다시 태어나는 석가모니(釋迦牟尼)의 윤회설을 접목시킨다. 더 나아가 도가의 학설인 죽는다는 것은 '대자연의 순환과정'의 한 단면이라고 볼 때 '죽음은 애도의 대상이 아니며 기가 모이고 흩어지는 과정일 뿐' 이라는 이론도 전개한다.

조수웅 작가는 〈사람들은 목숨 줄을 놓는 순간만을 죽음으로 인정하려 들지만 사실은 생물학적인 죽음의 의미를 떠나서 진짜 죽음은 '삶다운 삶을 살지 못하는' 순간부터 카운트다운 되어야만 한다〉는 명제를 우리에게 던지며 이 작품을 마무리 하고 있다.

　아무튼 시종일관 철학적인 내용으로 서술된 작품 〈가상세계〉이지만 정독에 정독을 거듭하다보면 길을 찾을 수 있다. 기억력이 뒤죽박죽된 나이 80의 삶은 현실세계가 아닌 가상세계로서 의미 없는 삶이라고 설파한 종철의 독백이 전적으로 옳다고 볼 수는 없다. 이에 필자는 다음과 같이 항변한다. 지금이 어느 세상인가? 100세 시대가 아닌가. 도대체 무슨 소리냐? 김형석 선생을 보라! 선생은 나이 100세가 넘었는데도 정정하여 젊은이 못잖은 근력으로 초청 강의에 나서고 있지 않는가? 한 치의 흐트러짐 없이 장시간을 강의하는 선생을 보면서 나이는 숫자에 불과하다는 사실을 새삼 확인하지 않았던가.

　필자가 읽은 조수웅 작가의 작품은 부지기수이다. 그런데 그는 자신의 모든 작품에서 〈종철〉을 주인공 삼는 특성을 내보이고 있다. 소설의 캐릭터가 소재와 맞는 지의 여부를 도외시하고 농부, 상인, 도시민, 교수 등등 그 모두가 종철로 귀결된다. 〈가상세계〉에서도 예외는 아니다. 이 작품에서는 종철이 고매한 철학자로 등장한 것이었다. 그러다 보니 내용과 이미지가 걸맞지 않는 등 혼돈이 뒤따른다. 소년도 종철, 중년도, 종철 거지도 종철, 왕후장상도 종철,,,어느 한 작품에서 종철이 세상을 떠나게 되면 주인공 종철을 저승소설에서나 써먹을 수

밖에 없을 것 아닌가? 〈가상세계〉에서도 촌티 나는 종철 대신, 〈닥터종철〉이라고 명명 하였으면 더 좋았을 것이라는 필자 나름의 생각이다.

　이름 석 자가 던지는 이미지는 우리가 생각하던 그 것보다 더 한 위력을 지닌다. 한 실례를 들어 본다. 1999년 김대중 정부 시절, 정계 옷 로비사건이 있었다. 그 사건에 국무위원 배우자가 연루되어 국회에서 청문회가 열린 바 있었다. 당시 세계적인 활동으로 국내외 패션계의 거목으로 추앙받으며 신비의 삶을 살고 있던 〈앙드레. 킴〉이 참고인 신분으로 출석하게 되었다. 회의 벽두 인정 심문이 있었다. "본명이 김봉남 맞습니까?" 어느 야당 청문위원이 던진 이 말에 '네' 모기 울음소리로 대답하는 앙드레. 킴을 본 순간 우리 모두는 경악하고 말았다. 우리가 우상 삼았던 앙드레. 킴의 신비스런 성역이 한순간에 우르르 무너지는 천둥소리였기 때문이었다. 알드레.킴= 김봉남. 이 어울리지 않는 등식에 우리 모두는 아연실색하였고 본인 역시 무척이나 곤혹스러워 했다 한다. 그 충격 때문이었는지는 모르지만 김봉남 아니 앙드레 킴.은 장수하지 못하고 한창 일할 나이에 유명을 달리하고 말았다.

老子의 思想
― 道德經을 중심으로

1.

노자(老子)는 중국 춘추시대(春秋時代)의 사상가이며 도가(道家)의 시조(始祖)이다. 그는 유가(儒家)의 체제(體制)나 실천도덕(實踐道德)은 쓸데없는 것으로서, 세상이 어지러워지는 것은 사람들이 지식을 지나치게 구하는 때문이라고 하였다. 또한 자아(自我)를 버리고 무위자연(無爲自然)의 도(道)를 따르면 사회는 평화롭게 되며 사람들은 행복하게 된다고 설파(說破)하면서 자급자족(自給自足)하는 나라를 이상향(理想鄕) 삼았다.

사마천의 사기열전에 의하면, 노자는 초(楚)나라 고현(苦縣) 여향(厲鄕) 곡인리(曲仁里)사람이다. 성은 이(李) 이름은 이(耳) 자는 백양(伯陽) 시호는 담(聃)이다. 주(周)나라 수장실(守藏室) ― 오늘날 국립도서관― 사(史)를 지냈으며 그때 공자(孔子)가 찾아와 예(禮)

를 물은 일이 있었다. 이에 노자가 대답하기를,

'그대가 높이는 사람들은 이미 죽어 뼈조차 썩어 없어졌으며, 오직 말만 남아 있을 뿐이다. 군자는 때를 만나면 올라타지만 때를 못 만나면 들에 묻혀야 한다. 좋은 상인은 깊이 숨기고 없는 것 같이 한다.(良買深藏若虛)고 들었다. 군자 역시 속에 많은 덕을 지니고 있더라도 밖의 표정은 어리석은 척 해야 한다.(君子盛德 容貌若愚) 그대는 교기(驕氣)와 다욕(多欲), 태색(態色), 음지(淫志)를 버려라. 그것들은 그대에게 이로울 것이 없다. 내가 그대에게 할 말은 이상이다.'

공자가 돌아와 제자들에게 말하기를,

'새는 날고, 물고기는 물에 놀고, 짐승은 뛴다. 뛰는 짐승은 망으로 잡을 수 있고, 물고기는 낚을 수 있고, 훨훨 나는 새는 활로 떨어뜨릴 수 있다. 그러나 용은 바람이나 구름을 타고 하늘로 올라가기 때문에 그 정체를 알 수 없다. 내가 오늘 만난 노자가 바로 용 같은 분이다.'

고 말하며 숭앙해 마지않았다.

노자는 주(周)나라의 녹을 먹다가 주나라가 쇠퇴하고 온 천지의 군웅이 활거하며 부국강병, 약육강식의 험한 세상으로 변한 춘추시대 사람이다. 그는 벼슬을 버리고 서쪽 함곡관(函谷關)으로 가 난세를 피하기로 하였다. 그가 함곡관(函谷關)에 이르렀을 때 노자의 비범함을 알아본 수문장 '윤희'(尹喜)의 부탁으로 5천여 자 분량의 노자 상. 하 편을 썼다. 그게 바로 세상에 잘 알려진 도덕경(道德經)이라는 서책이다. 이 책은 상 .하 2권 81 장으로 이루어져 있다. 경묘(輕妙)한 필치로 인간존재의 지고(至高)한 경지인 허정염담(虛靜恬淡)한 도(道)의 본질과 그 무위자연한 세계를 집약적으로 취급한 것이 특색이다.[1] 5천여 자의 짧은 분량이지만, 우주론, 인생철학, 정치, 군사를 아우르는 방대한 내용을 담아 후대에 널리 영향을 끼쳤다. 노자가 덕을 닦으며 심신 보양의 삶을 산 덕에 장수했다고 전해질 뿐 은둔(隱遁) 길에 오른 이후의 행적에 관해서는 알려진 바가 없다.

앞서 언급한 대로 춘추시대의 중국은 마치 오늘의 세계와 같았으며 그 결과 제자백가(諸子百家)라 불리는 많은 사상가(思想家)가 출현했다. 노자도 그 중의 한 사람이었다. 그는 혼란한 당시의 인류 사회의 꼴을 보고 통탄한 나머지 도덕경을 저술하여 절망에 허덕이는 인류에게 구제의 예지를 부여했던 것이다.

노자의 생각은 이랬다. 인간은 절대로 자연을 정복할 수 없다. 자연은 누구의 손으로 만들어진 것이 아니다. 이른바 신이 만든 것도 아니다. 그저 스스로 그렇게 밖에 될 수 없어서 그렇게 되고, 그렇게 존재하고 그렇게 변화하는 것이다. 스스로 그렇다 자연(自然). 그것이 바로 진리이자 원리이다. 아무리 뛰어

---

1) 삼성출판사 간행, 세계사상전집 표지에서 따옴.

난 과학적 성과를 거두어도 그것은 바로 자연의 도 속에서 그렇게 되는 것이다. 인간이나 만물은 도 밖에 있을 수도 없고 도 밖에서 행동 할 수도 없다. 그러나 인간은 자신의 힘으로 무엇이든지 할 수 있다고 착각하고 온갖 잘못을 저지름으로써 영원과 전체의 삶을 파괴하고 있다. 인간이 이기적이고 자의적으로 저지르는 가장 큰 잘못은 인위적인 정치와 전쟁이다. 따라서 노자의 화살은 이 두 가지에 집중되었다.

  당시 동양과 서양의 사상가들은 사유(思惟)의 궤가 달랐다. 자연을 대하는 태도에서 그 본보기를 찾을 수 있는 것이다. 즉, 동양 사람들은 자연에 묻혀 조화를 이루는 속에서 안주를 찾고자 하는 반면 서양 사람들은 자연을 정복함으로써 발전하고 더 잘 살고자 하는 데 의의가 있었다. 그 결과 오늘날의 세계는 서양의 물질문명과 과학기술이 지배하여 우주 원리를 무너뜨리고 있는 것이다. 인간 소외, 인간 상실, 정신과 신의 상실, 자원 고갈과 대기오염, 무력 위주의 분열, 등등 위기에 처한 인류는 이러한 현실에 대해 만세를 부르고 과학의 승리를 계속 구가해도 좋을 것인가? 한번 곰곰이 생각해 보아야 할 일이다.

2.
  도는 원리이고 덕은 원리에 입각한 행동이다.'라고 주창하는 서책 〈老子〉는 81장으로, 전편을 도경(道經), 후편을 덕경(德經)

으로 분류하고 있다. 그렇다면 도덕경은 어디서 지어졌는가? 그 도덕경의 산실인 바로 함곡관(函谷關)이었다. 함곡관은 전국시대 진(秦)나라에서 산동 6국으로 통하는 관문이었다. 낙양(洛陽) 서쪽에 위치하는데 천험(天險)이어서 '천하제일관'이라 명명되었다. 제(齊)의 맹상군(孟嘗君)이 진나라에서 탈출한 통로라 하여 '함곡계명'(函谷鷄鳴)-함곡관에서 거짓 닭이 울다.-이란 말도 생겼다. 2명의 병사로 1백 명을 당해 낼 수 있다는 요새 중의 요새였다.

노자 연구에서 불가분의 관계인 '윤희'[2]와 함곡관에 대해서 살펴본다. 여기서 나오는 함곡관은 진나라 이전부터 있어 온 '구함곡관'을 칭한다. '신함곡관'이라 불리는 근처의 함곡관은 전한(前漢) 5대왕 무제(武帝) 이후에 옮긴 것이며 현재, 관광객 유치를 위해 조성한 '함곡관풍경지구'는 구함곡관 자리이다. 험준한 '태항산맥'이 중원과 서역 사이를 가로막고 있어 함곡관을 중심으로 양쪽 어느 곳이 건 다를 쪽을 가자면 이곳을 경유해야만 하였다. 그래서 이곳은 천하를 다투는 전투가 많았던 곳으

---

2) 함곡관을 지키는 직책의 수문장. 無上眞人이라는 칭호가 있다. 고전들을 특히 좋아하였으며 천문과 길흉화복 대한 예언서인 참위학(參緯學) 등에 능하였다. 천문을 보고 지리를 살펴서 통하지 않은 것이 없었다. 설사 귀신이라도 그의 눈을 피할 수 없었다 한다. 주나라 소왕 때 함곡관의 수문장으로 부임하였다.

로 유명하다. 초한지(楚漢志) 삼국지(三國志)에도 등장하는 격전지가 바로 이곳 때문이다. 사자성어 〈가도멸괵〉(假道滅虢)의 어원이 된 괵나라의 도읍지가 이곳이라 한다. 어느 날 함곡관 수문장인 윤희가 성루에 올라 바라보니 동쪽에서 상서로운 보랏빛 기운이 밀려오는 것이었다. 자기동래(紫氣東來), '보랏빛은 귀인의 도래'를 예시하는지라 심상치 않게 여긴 윤희는 동쪽 방향으로 시선을 돌렸다. 과연, 수염과 눈썹, 머리가 모두 하얀 늙은이가 푸른소를 타고 유유하게 다가오는 게 아닌가? 일찍이 윤관자(關尹子)라는 저서를 펴낸 바 있는 윤희는 그 노인이 노자라는 것을 알아차렸다. 그는 주(周)나라 수장실에 찾아가 자료도 찾아보고 노자에게서 가르침도 받은 적이 있었기 때문이었다. 윤희는 함곡관에서 노자를 만나리라고는 꿈에도 생각도 못했던 지라 기쁘기 한량없어 한걸음에 성루에서 내려와 노옹에게 엎드려 절하며 집으로 모셨다. 부랴부랴 기장으로 밥을 짓고 닭을 잡아 극진히 대접했다. 노자가 맛있게 식사를 마치자 윤희는 죽간(竹簡)을 한 아름 안고 나와 노자에게 보이며 이렇게 말했다.

"이건 제가 쓴 졸작 윤관자입니다. 감히 스승님의 지도와 가르침을 바랍니다."

노자는 죽간을 힐끗 쳐다보며 대답했다.

"내가 벌써 보았는데 자네 잊었나? 잘 썼더구만."

윤희는 그제서야 스승에게 인편으로 자신의 저서를 보낸 기억이 났다. 스승의 칭찬을 받은 윤희는 즐거운 마음으로 대화하다가 화제를 돌려 이렇게 말했다.

"스승님께서는 이번에 어디로 가실 예정이십니까."

노자가 머리를 극적거리며 대답했다.

"이번에는 서역으로 가서 다시는 돌아오지 않을 것이네."

깜짝 놀란 윤희는,

"스승님! 그러신다면 떠나시기 전에 무어라도 남기셔야 하지 않겠습니까?"

간곡하게 말하며 자신의 저서인 윤관자를 손짓했다.

노자는 한동안 생각에 잠기더니 이렇게 말했다.

"은둔과 무명을 제 일로 치는 나이지만 자네의 말을 들으니 일리가 있다는 생각이 들었네. 이곳에서 며칠 더 머물면서 기념으로 남길 무언가를 써야 겠네."

구름같이 제자를 몰고 다니는 공자와는 달리 노자에게는 제자가 별로 없었던 터라, 유일한 제자인 윤희를 위해서 흔쾌히 승낙하였던 것이다. 노자가 함곡관에 머무르면서 저술한 상. 하 오천어(五千語)로 된 유명한 저서가 바로 도덕경이다. 후세 사람들은 '도가도 비상도'(道可道 非常道)로 시작되는 체도(體道)를 상편, '상덕부덕이시유덕'(上德不德是以有德)으로 시작되는 논덕(論德)을 하편이라 분류하였고, 한(漢)나라 때 누군가가 이 상.하 편을 합하여 도덕경이라 이름 짓고 그 이름으로 오늘날까지 전해 온다는 것이다.

3.

노자에 생애는 설이 분분하다.[3] 160 세를, 또는 2백 세를 살았느니 하지만 그것은 아무도 알 수가 없다. 다만 도를 닦고 수(壽)를 잘 지켰기 때문에 생겨난 말이라고도 한다. 아무튼 노자는 은군자(隱君子)였던 건 만은 분명한 사실이라 하겠다. 같은 시대를 살았던 노자와 공자의 학설은 곳곳에서 부딪쳤는데 그 논쟁은 후세에까지 미쳐서 노자의 도학을 배우는 사람들은 유학 즉, 공자의 학설이 〈공리공론〉(空理空論)에 입각한 이름뿐인 거라고 폄훼하였고, 유학을 배우는 측에서는 노자의 '아무 것도 하지 말자'는 주장은 도피성 허무주의일 뿐이라고 격렬하게 비난했다. 주의와 사상이 다름으로 서로 통하지 않고 하나로 모이지 않았던 것이다.

모든 옛날의 역사가 그렇듯, 〈노자어록〉 역시 저자에 대한 설이 분분하다. 공자가 죽은 지 129년이 지난 후 태사(太史) 담(儋)

---

3) 그가 실제 인물인지 조차 의심스럽다.는 학자들도 왕왕 있다. 사마천의 사기열전을 보면 노자는 초나라 고현(苦縣) 여향(厲鄕) 곡인리(曲仁里) 살마이다. 성은 이(李) 이름은 이(耳) 자는 백양(伯陽) 시호는 담(聃)이다. 주(周)나라 수장실 관리를 지냈으며 공자가 찾아와 예를 물은 일이 있었다고 한다

불나방

이 지었다. 아니다, 장자의 제자들이 써 모은 것이다. 여불위(呂不韋)의 문객들이 편찬하였다. 심지어는 한나라 때 사람들이 추린 것이라'는 등이다. 그러나 서책 〈老子〉는 노자 자신이 저술한 것으로 보아야 타당하다는 설이 지배적이다. 장자(莊子), 한비자(韓非子)등의 책자에 노자가 많이 인용되었고 노자의 사상이 독창적임을 고려할 때 이는 후인들이 주워 모은 게 아님을 알 수 있다는 것이다. 다만, 노자의 내용이 고유명사를 배제한 추상적이며 간결한 격언 같은 표현으로 되었으므로, 오랜 세월 전해오는 동안 착간(錯簡)이나 오기(誤記), 오전(誤傳) 등으로 오늘과 같이 혼동되었지 않았을까 사료 된다는 것이다. 공자 사후에 그 제자들에 의해 논어가 책으로 엮어졌듯 노자도 그러했을 것이라는 추측이 정설이어서, 노자의 저술 역시 체계를 갖추게 된 것은 논어가 지어진 시기인 춘추시대 말이나 전국시대 초가 아닌가? 사료된다 하였다.

　노자를 읽다 보면 그의 주된 사상인 도라는 것이, 형이상학(形而上學)적 실체이며 만물의 근원이자 우주 운행의 원리임으로 노자의 도는 우주의 근원 즉 시원(始原)이라 하였다.
　'도는 그 무엇이 엉킨 천지보다 먼저 나왔으니, 천하의 어머니라 할 수 있다. 그러나 이름은 알 수 없고 글자를 붙여 도라

하고 억지로 이름을 지어 대(大)라 하였다.'[4] '인간 역시 이 천하 모(天下母)에서 나온 피조물이므로, 만물의 근원은 도이다, 대이다, 한 것은 방편적인 호칭에 불과하지 실제 그 자체는 아니다. 도는 무형의 실체다. 시간과 공간을 초월한 절대이다. 따라서 시간과 공간의 제약을 받는 만물의 하나인 사람의 실체를 알 수 없다. 그러므로 노자는 '말할 수 있는 도는 실체적 도가 아니다'[5] 라고 하였다. 또 인간이 말로만 표현할 수 있는 것은 어디까지나 인간의 인식 안에 있는 것을 표상하는 것이지 인식을 초월한 절대적 실체에 대해서는 무어라 할 수 없다. 따라서 '이름할 수 있는 이름은 실제의 이름이 아니다.' 라고도 했다. 도는 보이지 않으니 이(夷)라고 하고, 들리지 않으니 희(希)라 하고, 만질 수 없으니 미(微)라고 한다.

한비자 역시 해로편(偕老)에서 이렇게 말하고 있다.

'도는 만물의 근원이고 모든 도리의 바탕이다. 즉, 도는 우주 만물의 근원이기 때문에 만물은 도에서 나왔다. 그런데 도는 인간의 인식을 초월한 존재이며 혼돈하고 황홀하고 그래서 이. 희. 미가 거론된다. 따라서 인간의 말로는 무(無)라고 할 수 있다. 그러므로 노자는 무는 천지의 시원이요 유(有)는 만물의 어머니다' 또 천하의 만물은 유에서 나오고 유는 무에서 나온다고

---

4) 노자 제 25장
5) 노자 제 1장.

했던 것이다. 물론 이때의 무는 공(空)이 아니다.'

4

　노자를 생각하면 제일 먼저 떠오르는 화두가 있다. 명심보감 등에 나오는 '상선약수'(上善若水)가 그것이다.⁶⁾ 천지 간 만물 중에서 가장 도를 잘 따르는 것은 물이다. 그래서 노자는 '최고의 선은 물과 같다'고 설파한 것이다. 또 '물은 만물을 이롭게 해줄 뿐, 일체 다투지도 않고 남이 싫어하는 낮은 곳에 처해 있으므로 거의 도와 가까운 존재다'(水善利萬物而 不爭處衆人之惡所 故幾於道)라고 설명했다. 만물을 이롭게 해주면서 자신이 아래에 있다는 일(處下)은 보통 사람으로서는 행하기 어렵다. 인간 사회에서는 자기에게 힘이나 공이 있으면 자랑하고 높은 자리를 독차지 하고자 한다. 그러나 도를 터득한 성인은 그렇지 않다. 물은 자기를 고집하지 않는다. 둥근 그릇에 넣으면 둥글고, 모진 그릇에 넣으면 각이 진다. 많이 모아도 물이요, 작게 갈라 놓아도 물이다. 뜨겁게 끓여 증발해도 물이요, 추위에 얼어도 물이다. 다시 말해서 물은 자기를 고집하지 않지만 그렇다고 해서 자기를 잃지 않는다. 또 물은 언제나 아래로 처진다. 낮은 곳을 향해 흐르는 물은 서로가 모여서 강이 되고 바다가 된다. 한 방울의 물은 아무 것도 아니지만 강물이나 바다는 그 위력

---

6) 노자 제 8장.

이 세다. 한 방울의 물은 약하지만 집결체인 노도는 무섭기 짝이 없다. 가장 유약한 것이 가장 강할 수도 있다. 사람들은 이런 영구불변한 철칙을 모르고 언제나 강하기만을 바란다. 강하면 꺾이고 굳으면 부서지기 마련이다. 노자 24장에는 이런 글도 있다. '강하고 포악한 자는 제명에 죽지 못한다' 또 36장에는 '유약이 강강을 이긴다'고 하였다. 무위자연의 도를 따라 자기를 완전히 버리는 것이 영원히 사는 길이다. 순간적인 나를 버리고 영원히 대자연과 더불어 생성화육하는 것이 바로 무위자연의 도에 복귀하는 뜻이다. 이것이 바로 그리스도에서 말하는 하느님과 하나가 되는 것이고 유교에서 말하는 천일합일(天一合一) 극기복례(克己復禮)-인 것이다.

지금까지 우주의 본체이자 운행의 원리인 도를 살펴보았다. 이번에는 형이하(形而下)의 세계는 어떻게 도를 따라야 하는가에 대해서 알아볼 차례다.

덕(德)에 대한 것이다. 덕(德)은 득(得)과 통한다. 우주 원리인 도를 따라 행함으로써 얻어지는 좋은 결과라는 뜻이다. 다음은 용(用)이다. 용은 활용, 즉 실용의 뜻이다. 도에서 나온 만물을 도의 원리를 벗어나서 살 수도 없고 있을 수도 없다고 하였다

다음은 허정(虛靜)과 무위의 사상이다. 도는 자연을 따른다고 하였다. 자연이란 스스로 있는 순박한 것이다. 따라서 인간도

순박하게 자연과 더불어 생성화육 해야 한다. 사람은 먹어야 생명을 유지하고, 남녀가 짝을 지어야 종족이 소멸 되지 않고 번성한다. 이 두 가지 즉, 식(食)과 색(色)은 인간이나 동물의 기본적 욕구다. 그런데 인간은 동물과 달리 집단생활을 문화적으로 할 수 있는 능력이 있다. 그러나 문화는 인류를 행복하게 만들어 주지만 동시에 타락시키기도 한다. 여기에도 도의 법칙이 적용되어야만 한다. 문화는 결국 인간의 욕심으로부터 비롯된다. 그래서 노자는 지나친 욕심을 버리라고 강조한다. 욕심 중에서 가장 크고 비극적인 것이 바로 '내가 임금이 되어야겠다'는 등의 지배욕이다. 노자는 그런 인간들에게 '위정자는 지배욕이나 공명심을 버려야 진정으로 백성을 다스릴 수 있다'고 일침을 가한다. 노자는 또 인간은 지식이나 학문을 버려야만 한다고도 말한다. 지식이나 학문이 간교하게 악용되어 백성들을 괴롭히기 때문이라는 것이다. 위정자들은 지식과 학문을 최대한으로 악용하여 권모술수를 쓰고 상벌이나 법령을 동원하여 백성들을 농락하기 때문이다. 노자는 '덕이 아닌 지혜로써 나라를 다스리는 자는 국적'이라는 말까지 서슴없이 하였다.

 노자는 또 '천도(天道)를 편애하지 않는다. 언제나 착한 사람 편을 든다'고.[7] 하였다. 결국 인간은 욕심, 지혜, 농간, 조작을 버리고 허정한 자연, 순박한 자연의 품에 안겨야만 다 같이 조

---

7) 노자 79 장.

화를 이루고 생성화육을 이룩할 수 있다.는 것이다. 이걸 가리켜 포일(抱一)과 복귀(復歸)라고 일컫는다는 것이다.

  노자는 정치에 관한 사상도 남겼다. 정치를 배제하고 순전히 무위자연을 노래한 같은 도가의 장자와 다른 점이었다. 그의 정치관은 무위, 무욕, 무지를 바탕으로 하였다. 노자는 백성을 다스리는 사람은 강과 바다 같기를 바랐다. 특히 노자는 군왕이 지녀야 할 세 가지 보배로 자(慈). 검(儉). 불감위천하선(不敢爲天下先)을 들었다. 자는 사랑이다. 검은 절약과 검소(節儉)이다. 불감위천하선은 함부로 나서지 않고 뒤로 쳐지다 보면 언젠가는 앞서게 된다는 뜻이다. 이상 삼보(三寶)는 유가에서 말하는 인(仁)과도 통한다. 삼보와 반대되는 것은 극단, 사치, 오만이라고 했다. 이렇듯, 임금의 올바른 몸가짐과 태도를 밝힌 노자는 임금이 백성에게 할 일은 오직, 백성을 천진난만한 소박한 상태에 있게 하는 것이라고 하였다. 위정자가 현인을 높이지 않아야 백성들이 다투지 않고, 귀중한 재물을 높이지 않아야 백성들이 도둑질하지 않고, 욕심을 보이지 않아야 백성들이 마음을 흩뜨리지 않는다 하였다. 위정자가 형이나 법을 엄하게 하면 범죄가 줄어들 것 같으나 실은 더 큰 범죄가 발생하고, 법을 더 강화하면 법망을 빠져 나가기 위해 더 교묘하고 악질적인 범죄를 꾸미게 된다. 범죄를 없애는 방법은 인간이 스스로 욕심을 버리고 꾀를 부릴 줄 모르는 순진한 사람이 되어야 하는 것이다. 결국 노자는 '큰 나라를 다스리되 작은 생선 조리하듯 가만히 놔두고 이리저리 뒤집거나 흔들지 말라'고 강조한다.[8]

　노자가 말하는 큰 국가란, 오늘날과 같은 나라가 아닌, 일종의 원시적 촌락을 연상시키는 소국과민(小國寡民)이다. 문명의 이기도 사용하지 않고, 무기도 내버려지고, 배나 수레 같은 교통수단도 쓸 필요가 없고, 편안하게 자기 고향에서 살다가 자기 고장에서 조용히 죽는 이상적인 나라[9]를 그렸던 것이다. 노자는 '무기는 상스럽지 못한 것, 군자가 쓸 것이 못된다. 부득이 쓰더라도 염담하게 써야 한다.'고 하여 철저한 반전(反戰)의식을 내세웠다. 어디까지나 평화를 지키라고 했다. 그렇다고 침략자에 대한 방위 전쟁마저 포기하지는 않았다. 부득이 싸울 때는 염담하게 할 것이며, 싸워 이겨도 기뻐하지 말고 상례(喪禮)로써 대하라고 했다.[10] 그렇다면 노자는 왜 전쟁을 싫어했을까? 전쟁은 만물을 양육하는 자연의 도에 어긋나기 때문이다. 노자는 '군대가 있던 곳에는 형극만이 나고, 큰 싸움이 있으면 반드시 흉년이 든다'고 하였다. 인간 전체의 영원한 삶은 자연의 도와 더불어 이루어진다. 이런 도가 바로 무위자연의 도라고 그는 설파했다.

　앞에서 언급한 대로 노자는 상편 37장, 하편 44장 총 81장

---
8) 노자 제 60장.
9) 노자 제 80장.
10) 노자 제 31장

으로 구성되어 있다. 상편의 첫 장이 체도편이고 상편의 마지막 장인 37장이 위정편이다. 하편은 38장 덕론으로부터 시작되어 81장 현질에서 끝난다. 분량이 방대함으로 이 란에서 전부를 소개할 수 없다. 제1장 체도와 마지막 81장 현질을 중심으로 살펴본다.

제1장 체도편.

1.말로 표상(表象)해 낼 수 있는 도는 항구불변한 본연의 도가 아니고, 이름 지어 부를 수 있는 이름은 참다운 실제의 이름이 아니다. (道可道, 非常道-名可名, 非常名)

2.무는 천지의 시초이고, 유는 만물의 근원이다. (無, 名天地之始-有, 名萬物之母)

3.그러므로 항상 무에서 오묘한 도의 본체를 관조해야 하고, 또한 유에서 광대무변한 도의 운용을 살펴야 한다. (故常無 欲以觀其妙 常有 欲以觀其徼)

4.무와 유는 한 근원에서 나온 것이고, 오지 이름만이 다르다. 이들 둘은 다 같이 유현하다. 이들은 유현하고 또 유현하며 모든 도리나 일체의 변화의 근본이 되는 것이다. (此兩者 同出而異名 同謂池玄 玄之又玄 衆妙之門)

마지막 81장 현질편을 본다.

1.진실한 말은 밖으로 꾸미지 않고, 꾸민 말은 속에 진실함이

없다. 착한 사람은 말을 잘 하지 않고, 말을 잘하는 사람은 착하지 못하다. 도를 깊이 아는 사람은 말단적인 지식에 넓지 않고, 말단적인 지식에만 넓은 사람은 도를 깊이 알지 못한다. (信言不美 美言不信 善者不辯 辯者不善 知者不博 博者不知)

2.성인은 자기를 위해 쌓아 놓지 않는다. 본래 남을 위하여 모두 줌으로 도리어 자기에게 더 많이 있게 되고, 본래 남을 위하여 모두 베품으로 도리어 자기에게 더 많게 된다. (聖人不積 旣以爲人 己愈有 旣以爲人 己愈多)

3.하늘의 도는 오직 남을 위하여 베풀기만 하고 다투지 않는다. (天地道 利而不害 聖人之道 爲而不爭)

필자는 생전 처음으로 노자의 도덕경 전체를 섭렵했다. 힘든 일이었다. 도덕경은 시종일관 단문(短文)으로 구성되었으므로 쉽게 풀이할 수 있을 것으로 예견, 도전해 보았으나 그게 아니었다. 사서(四書) 중에서 가장 난해하다는 맹자집주를 서너 차례나 섭렵한 바 있는 필자도 노자의 문장 앞에서는 속수무책이었다. 한학을 공부한 사람이면 이구동성으로 맹자집주가 가장 어렵다는 말을 하는데, 사실은 노자가 더 어려웠다. 맹자를 겁먹는 건 중국의 역사를 알아야 하는 어려움 때문인 것이지, 문장 자체가 어려운 건 아니다. 논어, 맹자 등 사서는 장문(長文)으로 구성되어 있지만, 한문법(漢文法)을 적용하여 직역으로 풀면 되고, 설사 한두 글자를 모른다고 해도 전체의 문맥으로 넘겨짚을 수 있었다. 그러나 도덕경은 단문 안에 심오하고 지대한 우주의 이치가 들어 있어서 주(註)를 보기 전에는 풀기 어려웠다.

도덕경을 구성하는 전체의 글자가 5천 자라고 한다. 그 5천 자를 천자문(千字文)같이 단문으로 쪼개면 1,250 구절의 4자성어가 된다.

비유(比喩)와 경세(經世)의 달인 孟子(맹자)
— 맹자집주를 중심으로

〈맹자집주〉는 사서(四書) '맹자'를 말한다. 전국시대(戰國時代)의 사상가인 맹자의 언행을 기록한 책이다. 남송(南宋)의 대유(大儒) '주희'(朱熹)가 유가사상의 정통을 밝히고자 하여 방대한 고증과 제가(諸家)들의 견해를 참작, 주석한 것이다. 맹자의 주된 사상인 '인(仁)과 의'(義)를 장려하고 나아가 만연된 강육약식의 패도(覇道)정치를 왕도(王道)정치로 변화시키고자 하는 의도가 다분히 담겨져 있다. 백성들을 선한 천성 그대로 인도하고자 하는 성선설(性善說)에 기초한 어록들은 패도정치를 청산하고 왕도정치를 실현하고자 하는, 강력한 민본, 민주정신이 스며져 있으므로 가히 혁명적인 발상이라 아니할 수 없다. 주희는 이러한 맹자의 사상을 공자(孔子) 증자(曾子) 자사(子思)등 유가들로부터 물려받은 계승된 사상이라고 보았다.

맹자는 성은 맹이고 이름은 가(軻), 자는 자여(子輿) 자거(子車)인데 기원 전 372년에 추(鄒)나라에서 태어났다.[1] 추나라는 지금 중국의 산동성 추평현을 말한다. 그의 고향은 노(魯)나라였지만 인근 추나라에서 성장하였다고 한다. 맹자는 노나라 공족인 맹손 씨의 후손으로써 제(齊)나라에서 벼슬을 하다가 기원 전 286년에 84세를 일기로 세상을 뜨자 노나라에 귀장(歸葬) 하였다는 설도 있다. 맹자는 일찍이 부친을 여의고 자모(慈母) 밑에서 엄하고 올바르게 성장하여 교과서에도 등장하는 '삼천지교'(三遷之敎), '단기훈계'(斷機訓戒)의 규범(規範)을 남긴 바 있는 입지전적 인물이다. 특히나 지엄한 군주나 권력자 앞에서도 할 말을 다하고, 그들과 대화할 때마다 해학과 비유로 경세의 교훈을 심어 주는 달변가이기도 하다. 상대의 비위를 건드리지 않고도 분위기를 제압하는 화술(話術)과 정확한 비유는 완벽한 것이어서 그 누구도 토를 달지 못했다.

사기열전(史記烈傳)[2] 의하면 맹자는 자사(공자의 손자)의 문인으로부터 수업하였다고 기록되어 있다. 맹자가 평생 사표로 삼은 공자

---

1) 맹자의 생졸 년 월에 대해서는 극히 번거롭고 일치점을 발견하지 못해서 향년을 대략 74세 84세 94세 97세 4가지 설이 있는데 84세 설이 가장 타당한 것으로 받아드려지고 있다. 생년은 주나라 열왕 4년인 기원전 372년이 비교적 널리 인정되고 있다.
2) 사마천이 지은 고대 중국의 역사서.이다.

불나방

는 기원 전 551년에 태어나 기원 전 479년에 향년 72 세로 사망하였으므로 맹자보다 179년 전에 태어난 셈이다. 공자가 태어날 당시는 쇠퇴하여 명맥만 유지 중인 주(周)나라를 가볍게 여기고 전국 각지에서 봉기한 영웅들이 군웅할거(群雄割據) 중인 무정부 상태였는데 이를 역사는 '춘추시대'(春秋時代)라고 칭한다. 우후죽순처럼 생겨난 많은 나라가운데 진. 초. 연. 제. 진,(秦楚燕齊晉), 소위 춘추오패(春秋五覇)로 불리는 다섯 나라가 가장 강성 했다. 이 5대 강국이 서로 힘겨루기를 하던 춘추시대는 300여 년을 지속하다가 전국시대로 재편되었는데 그 시절에 맹자가 태어난 것이었다. 춘추시대를 이어 받은 전국시대(戰國時代) 역시 진. 초. 연. 제. 한. 위. 조(秦 楚 燕 齊 韓 魏 趙) 소위 전국칠웅(七雄)이 각축을 벌이는 전쟁의 연속이었다 (춘추오패에서 2 개국이 불어나 7 개국이 된 것은 (晉)나라가 한. 위. 조 3국으로 분열된 결과였다) 그로부터 200년 후에 진(秦)나라의 시황 때에 이르러 비로서 통일되었다.

〈맹자집주〉 서설(序說)에 의하면, 맹자는 어려서부터 도를 닦아 이미 도가 통달하였으므로 그 뜻을 펼치기 위해 세상으로 나가 제선왕(宣王)3)을 섬기려 하였으나 선왕이 그를 등용하지 않

---

3) 제나라 2 대왕이다. 소진의 말을 듣고 조..위..한 3 진쯤과 연.초와 합종하여 진秦을 쳤으나 서로 간 의 이해 관계 때문에 제대로 성공하지 못하고 도리어 훗날 진(秦)을 키우는 꼴이 되고 말았다.

앉다. 맹자는 다시 양혜왕에게 갔으나 양혜왕(惠王)[4] 역시 맹자가 말한 바를 결단하지 못하고 우유부단으로 일관하므로 실망하고 말았다. 전국시대인 당시에 열강인 진(秦)나라는 상앙(商鞅)을 등용하고 초(楚)와 위(魏)는 오기(吳起)를 등용하고 제(齊)나라는 손자(孫子)와 전기(田忌) 등 현신과 명장들을 등용해서 천하는 바야흐로 소진(蘇秦)의 합종책(合從策)과 장의(張儀)의 연횡책(連橫策)에 의한 유 불리를 따져 공격과 정벌을 일삼던 시국이었다. 이러한 시기에 주유천하 하면서 시국에 걸맞지 않게 당.우(唐.堯. 禹.舜)와 3대(夏. 殷. 周)의 덕을 말씀하시니 맹자가 가는 곳마다 환영 받지 못함은 당연한 귀결이었다. 이에 뜻을 이루지 못하자 맹자는 향리로 돌아와 만장(萬章) 공손추(公孫丑) 등의 문도들과 함께 시경(詩經)과 서경(書經)을 서술하고 중니(仲尼-공자)의 뜻을 기술하여 〈맹자〉 7편을 지으셨다.

7편 14 장구로 구성된 〈맹자집주〉의 서두는 양혜왕 편[5]이다. 자신을 알현하는 맹자에게 양혜왕은 이렇게 묻는다.

"선생께서 천리를 마다 않으시고 오셨으니 장차 내 나라에 무슨 이로움이 있겠습니까? (王曰 叟 不遠千里而來 亦將有以

---

[4] 위(魏)의 제후인 양혜왕은 이름이 앵罃이다. 대량에 도읍하여 왕이라 참칭하고 시호를 혜라고 하였다.
[5] 양혜왕 35년 왕은 예를 갖추고 폐백을 후하게 하여 어진 사람을 초청함으로 맹자가 양나라에 가셨다.

利吾國乎?),"

이로움 먼저 따지는 양혜왕의 말에 맹자는 망설이지 않고,

"왕께서는 하필이면 이로움 먼저 말씀 하십니까? 신에게는 역시 인과 의가 있을 뿐입니다. (孟子 對曰 王何必 曰 利 亦有 仁義而耳矣)"

덧붙여 설명하기를, "왕께서 어떻게 하면 내 나라를 이롭게 할까만 생각 하시면, 대부들은 어떻게 하면 내 집을 이롭게 할까 생각할 것이며, 선비와 서인들은 어떻게 하면 내 몸을 이롭게 할까 생각 하여, 위와 아래가 서로 이익만을 취하게 되고 그러면 나라는 위태롭게 될 것입니다."

맹자는 또 말하기를, "어질면서 그 어버이를 버리는 사람이 없으며(未有仁而遺其親子也), 의로우면서 그 임금을 뒤로 하는 사람이 없습니다.(未有義而後其君者也). 왕께서는 또한 인과 의를 말씀 하실 따름이지 하필 이로움만 말씀하십니까?(王 亦 曰 仁義而已矣 何必王利)."

'어진 사람 중에서 어버이를 버리는 사람은 없고, 의리가 있는 사람 중에 임금을 배반하는 사람은 드물다'는 합리적이고 논리 정연한 맹자의 대답에 말문이 막힌 양혜왕은 결국 입을 다물고 말았던 것이다. 보통 사람 같으면 감히 왕 앞에서 내뱉을 수 없는 배짱 있는 응대가 아닐 수 없었다.

당(唐)나라 시절, '한자'(韓子— 한유韓愈를 높여 부르는 호칭)는 이렇게 말했다.

'고대 중국의 정통적인 도(道)는 요(堯) 임금이 순(舜) 임금에게 전하고, 순임금은 우(禹) 임금에게 전하고, 우임금은 탕(湯) 임금에게 전하고, 탕임금은 이것을 문왕(文王)과 무왕(武王)과 주공(周公)에게 전하고, 주공은 공자(孔子)에게, 공자는 맹가(孟軻)에게 전하였다. 맹가가 죽자 오랜 동안 그 전하는 바를 얻지 못하였다.'

이런 유가의 사상은 오랜 세월이 지난 송(宋)대에 이르러 '정호'(程顥 明道선생) '정이'(程頤 伊川선생) 두 형제와 주희(朱熹)에 의해 '정주학'(程朱學)[6]이라는 이름으로 새롭게 부활되었다.

맹자의 주된 사상은 오로지 인(仁)과 의(義)였다. 맹자는 이를 바탕으로 경세에도 탁월한 경륜을 펼쳐 〈항산과 항심恒産 恒心〉[7] 이라는 유명한 말을 남기기도 했다.

'일정한 직업이 없으면서도 떳떳한 마음을 가지고 있는 사람은(無恒産而 恒心者). 오직 선비만이 가능한 것이요(惟士爲能), 백성으로 말하면 떳떳이 살 수 있는 생업이 없으면 떳떳한 마음이 없어지는 것이다(若民 則無恒産因 無恒心). 만일 떳떳한 마

---

6) 송나라 때 일어난 새로운 유학, 정호, 정이 형제가 기초를 닦았고 주희가 집대성하였다.
7) 항산과 항심은 양혜왕 장구 상 범 7장에 기록되어 있다.

음이 없어진다면(苟 無恒心). 방탕하고 편벽되고 간사하고 사치하지 않음이 없을 것이니(放辟 邪侈 無不爲已). 그리하여 죄에 빠짐에 이른 뒤에야 따라서 이들을 형벌로 다스린다면 (及陷 於罪然後 從而刑之). 이는 백성들을 그물질하는 것이다(是罔民也). 어찌 인인의 지위에 있으면서(焉有仁人在位). 백성들을 그물질 할 수 있겠는가?(罔民而可爲也). 그러므로 현명한 군주는 백성의 생업을 지정해 주되(是故 明君制民之産). 반드시 위로는 족히 부모를 섬길 만하며(必使仰足以 事父母). 아래로는 족히 처자를 먹여 살릴 만하며(俯足以 畜妻子). 풍년에는 1년 내내 배부르고 흉년에는 죽음에서 면하게 해야 하는 것이다(樂歲 從身飽 凶年 免於 死亡). 그런 뒤에야 백성 스스로 선의 경지에 이르도록 다스리면(然後 驅而之善). 백성들이 군주의 명령에 쉽게 따르게 되는 것이니라.(故 民之從之輕)'

항(恒)은 항상의 뜻이다. 산(産)은 생업이다. 항산이라 하는 것은 항상 생산하는 직업이요, 항심(恒心)은 사람이 항상 가지고 있는 착한 마음이다. 선비는 일찍 학문을 하여 의리를 아는 고로, 비록 항산이 없어도 항심이 있지만 백성은 그렇지 못하다. 망(罔)은 그물을 편다는 뜻이니 그가 보지 못하는 것을 속여서 취하는 것이다.

시사 칼럼리스트인 '조용우'(동의대 교수) 역시 왕도정치에 관한 다음과 같은 글을 남겼다.

'임금이 신하 보기를 수족같이 하면(君視臣 如手足), 신하가 임금 보기를 몸과 마음같이 하고(臣視君 如腹心), 임금이 신하 보기를 개와 말 같이 하면(君視臣 如犬馬), 신하가 임금 보기를 길가는 사람 같이 하고(臣視君 如國人), 임금이 신하 보기를 흙과 쓰레기 같이 하면(君視臣 如土芥), 신하가 임금 보기를 원수 같이 할 것입니다(臣視君 如寇讐).
　뿌린 대로 거둔다는 속담이 생각나는 대목이 아닐 수 없다 하겠다.

　양혜왕 하편에 실린 왕들의 읽으면 등골이 서늘해질 한 대목을 소개한다.
　'제선왕이 맹자에게 물어 말하기를 '탕임금이 걸'을 치시고 무왕이 '주'를 쳤다고 하는데 그런 일이 있습니까?' (齊宣王 問曰 湯 放傑 武王 伐紂 有諸?) 맹자께서 대답하시기를 '옛 글에 있습니다. (於傳有之) 제선왕이 또 말하기를 '신하가 그 임금을 죽임이 옳습니까? (曰 臣弒其君)' 맹자께서 말씀하시기를 '어진 것을 해롭게 하는 것을 적(賊)이라 하고 옳은 것을 해롭게 하는 것을 잔(殘)이라 하며 잔적(殘賊)한 사람을 한 지아비라고 하니, 한 지아비인 주를 베었다는 말은 들었어도 임금을 죽였다는 말은 듣지 못하였습니다.(曰 賊仁者 謂之賊 賊義者 謂之殘 殘賊之人 謂之一夫 聞誅一夫紂矣 未聞弒君也).

말하자면, 은나라 마지막인 폭군 걸과 주나라 끝 왕인 역시 폭군 주를 임금으로 보지 않고 일개 잔적으로 취급함으로써 민의(民意)에 반(反)하는 폭군의 교체를 합리화한 혁명론적인 맹자의 민본주의 사상과 진보성을 잘 보여 주는 대목이라 하겠다. 또 맹자는 위 〈항산과 항심〉에서 보듯 백성들의 민생 문제에 지대한 관심을 기울였기 때문에 '백성들의 의식주가 넉넉하도록 해 주는 것이 왕도의 시작이며 의식주가 넉넉하고 예의범절을 알면 왕도는 저절로 실현 된다'를 경세의 기본으로 삼으라는 말을 입에 달고 살았던 것이다.

　왕도정치 구현을 구두선 삼는 맹자는 전쟁을 혐오했다. 될 수 있으면 전쟁을 피하고 평화로운 세상을 구가하고 싶어 했다. 전쟁을 만류하는 맹자의 간곡한 말을 소개한다. 연이은 패전으로 극심한 피해를 입고 오로지 복수의 일념에 불타 있는 양혜왕과 맹자의 문답 내용이다.
　양혜왕이 말했다.(梁惠王 曰) '진(晉)나라가 천하에 제일 강했음은 선생께서도 아시는 바입니다.[8](晉國 天下莫强焉 叟之所知也)" 그러나 그 화는 과인의 몸에까지 미쳐서(及寡人之身), 동으로는 제나라에 패하여 큰아들이 죽고(東敗於齊 長子 死焉)

---

8) 양혜왕의 위(魏)나라는 원래 진(晉) 나라였는데, 대부 위사가 한씨 조씨와 진 땅을 함께 나누어 호를 삼진이라고 하였다.

서쪽으로는 진나라에게 땅을 칠백 리나 빼앗겼고(西喪地於 秦 七百里) 남으로는 초나라에 욕을 보았으니(南辱於楚) 과인은 심히 부끄럽게 생각합니다(寡人恥之) 원컨대 죽은 사람(戰死 者)을 위하여 한 번 치욕을 씻기를 원하니 어떻게 하면 좋겠습 니까?(願比死者 一洒之 如之何則可)'

'맹자께서 대답하시기를(孟子 對曰) 영토가 사방 백 리라도 왕노릇을 할 수 있습니다(地方 百里而可以王).' (그러하니 제발 전쟁은 하지 말아 주십시오! 가 생략되었지 않나 사료 된다.)

아무리 좁은 영토라도 선정을 베풀면 얼마든지 왕 노릇을 할 수 있으니 무리하여 욕심 내지 말라는 뜻으로 말한 것이다. (그 후로(양혜왕이 설욕전을 벌였다는 기록은 찾을 수 없으므로 맹 자의 제지가 효과를 발휘했는지는 알 수 없다.) 이렇듯 맹자는 왕도(王道)정치를 주창하면서 전쟁없는 세상을 갈망하였으나 당 시의 호전적인 영웅들은 부국강병, 약육강식을 철칙 삼았기 때 문에 맹자의 말발은 한계에 부딪치고 말았을 것으로 짐작된다.

양혜왕이 죽자 그 뒤를 둘째 혁(赫)이 위를 이어 받았다. 첫 째 신(申)은 앞에서 말한 대로 제나라와의 전쟁에서 포로가 되 어 사망했으므로 우둔한 둘째가 왕위에 오른 것이다. 그가 바 로 양양왕(梁襄王)이다. 왕재(王材) 답지 못한 양양왕을 만나고 나 온 맹자는 왕을 이렇게 평가 절하했다.

맹자께서 양나라 양왕을 보시고 나와서 사람들에게 말씀 하시기를(孟子 見襄王 出於人語) '그를 보니 임금 같지 않고(望之 不似人君), 곁에 가까이 가 보아도 두려워 할 데가 보이지 않더니(就之而 不見 所畏焉), 갑자기 묻기를(卒然 問曰) '천하는 어떻게 정해질까요?(天下 惡乎定) 하기에, 내 대답하기를(吾 對曰), 하나로 통일될 것입니다(定于一), 라고 하였습니다."

맹자의 말대로, 후일 진(秦)나라가 전국을 통일하였으므로 맹자의 선견지명은 적중한 것이었다.

이렇듯, 천하의 왕과 제후들을 책망하는 것을 두려워하지 않는 맹자의 어록이 집대성 된 〈맹자집주〉를 접한 중국의 왕들은 이 책자의 내용이 백성들에게 전파될 것을 우려하여 금서(禁書)로 정하기도 했다. 진시황의 '분서갱유'(焚書坑儒)[9]도 그중의 한 예라 하겠다.

기원 전 221년 중국을 통일한 진시황은 춘추전국시대에 유행했던 유가, 묵가, 도가 등 다양한 사상의 영향력을 약화시키고 법가(法家)로 통일시킴으로써 황제 전제주의적 통일 국가를 구축하고자 했다. 이를 주도한 사람은 재상 '이사'(李斯)였다. 이

---

9) 학자들의 정치적 비판을 막기 위해 의약, 점복, 농업에 관한 제외한 민간의 모든 서적들을 불태우고 유생들을 매장한 사건을 말 한다.

러한 진시황과 이사의 신제도를 비판하는 신하와 학자들의 저항이 거셌다. 이에 굴하지 않은 이사는 진시황을 꼬드겨 과거로의 회생을 극력 반대하며 사학(私學)을 금지시켜 비방의 기회를 차단하는 방책으로 '분서'를 강력히 건의했다. 진시황은 이사의 제안을 받아들여 각종 고전과 문헌, 제자백가의 서적들을 모두 불살라 잿더미로 만들어 버렸다. 소각된 대부분의 서적은 대부분 진(秦)나라를 제외한 6국의 역사서와 제자백가의 저서들이었다. 그로 말미암아 중국의 모든 역사서와 명현들의 기록은 거의가 이 세상에서 사라져 버렸다. 진시황은 이에 항변하는 유생들을 땅에 묻는 조치도 서슴지 않았다.

    진시황의 만행은 그것으로 그치지 않았다. 불로불사(不老不死)의 허황된 꿈에 현혹된 왕은 불사약, 불로초 등 세상에 있지도 않는 선약(仙藥)을 구해오도록 신하들에게 명령했다. 전국의 방사(方士- 신선의 술법을 닦는 사람)들을 비롯한 관계자들은 그 대책 마련에 고심했다. 그 중에 36세가 된 '서복'(徐福)[10]이라는 방사가 있었다. 서복은 진시황의 명령에 따라 어린아이 3천 명

---

10) 사기(史記)에는 서복을 서불(徐市)로 기록되어 있다. 거제도 와현해수욕장에 서불 유숙지라 새겨진 돌비가 있고 서귀포시 정방폭포에 서불과지(徐市過之) 라는 글자가 폭포 옆에 새겨져 있으며, 바로 그 지근에 서복 전시관이 조성되어 있다. 그 외 서복이 다녀간 곳으로는 부안의 적벽강, 함양 마천의 삼봉산, 남해 양하리의 석각, 통영 매물도 글썽이굴, 해금강 우제봉등이라는 설도 있다.

과 보물로 선단을 꾸려 선약을 구하는 장도에 올랐다. 그는 황해를 건너와 한반도 일대와 울릉도 제주도 등 선약이 있을 만한 지역을 전전했으나 선약을 구하지 못하자 멀리 일본까지 진출하였다. 그러나 그곳에서도 선약을 구하지 못하자 빈손으로 돌아가면 진시황에게 죽임을 당할 것으로 예견한 서복은 중국으로 돌아가지 않고 일본에 정착하여 왕이 되었다는 설화가 전해온다. 일이 이렇게 되자, 자신들에게 불똥이 튈 것을 우려하고 진시황의 괴팍한 성정에 불만을 품은 방사들과 일부 유생들은, 국면 전환을 위한 방편으로 왕을 비방하는 유언비어를 퍼뜨리기 시작했다. 이 사실을 알게 된 진시황은 불평분자들을 잡아들였는데 그 숫자가 무려 460여 명에 이르렀다. 진시황은 그들은 모두 생매장시켰는데 그 사건을 가리켜 역사에서는 〈갱유〉 사건이라 칭한다.

아무튼 이와 같은 파동으로 공자와 맹자의 사상서들도 수난을 당해 후세의 사학가(史學家)들이 이를 복원하는데 매우 힘이 들었다고 한다.

맹자의 기지는 곳곳에서 발견되는데 아래의 글에서 엿볼 수 있다. 맹자의 이러한 임기응변적 행위 즉 임시방편을 그는 권도(權道)라고 말하며 자신의 말에 정당성을 부여하고 있다.

'순우곤이 말하기를 사내와 계집이 주고받는 것을 친히 하지 않는 것이 예입니까?'(淳于髡 曰 男女 授受不親 禮與) 맹자 왈, '그렇다. 예이니라. (孟子 曰 禮也) 순우곤 이 또 물었다. '형수가 물에 빠지면 손으로 구원하오리까?' (嫂溺則手之以手乎) 맹자 왈, '형수가 물에 빠진 것을 구원하지 아니하면 이것은 시랑이니 사내와 계집이 주고받음을 친히 하지 않는 것은 예요, 형수가 물에 빠져 손으로 구원하는 것은 권도이니라.'[11] 孟子 曰 禮也 曰 水溺不援 是 豺狼也 男女 授受不親 禮也 水溺援之以手 權也). 맹자는 남녀 7세 부동석의 고루한 세태에서도 어쩔 수 없을 경우, 예를 무시하는 경우가 생긴다는 의미의 말이었다. 또 다른 예를 든다.

제선왕이 말하기를, '과인 같은 사람도 백성을 사랑하고 보호할 수 있겠습니까?'(寡人者 可以 保民乎哉) 맹자가 말하기를, '할 수 있습니다'(曰 可). 왕이 또 말하기를 '무슨 이유로 내가 가능함을 아십니까? (王曰 何由 知吾可也). 맹자가 말하기를 '신이 호흘에게 들으니 왕께서 당상에 앉아 계시는데 소를 끌고 당 아래로 지나가는 사람이 있더니, 왕께서 그것을 보시고 소가 어디로 가는고? 묻자 소를 끌고 가는 사람이 말하기를 '장차 종의 틈을 바르려고 도살하러 가는 길입니다 대답하자 왕께서 말하기를 그걸 놓아 주어라. 죄도 없으면서 죽지 않으려고 벌벌 떠는 소를 차마 두 눈으로 볼 수 없느니라' (臣 聞知 胡齕 曰

---

11) 남녀 내외에도 예외가 있다는 뜻 .맹자집주 이루장구 상.

王 坐堂上 有牽牛而過堂下者 王 見之 牛何之? 對曰 將以釁鐘 王曰 舍之 吾不忍其觳觫 若無罪而就死地) 그러자 소를 끌고 가는 사람이 대답하기를 '그러면 흔종을[12] 폐하리까?'(對曰 然則廢釁鐘歟) 왕이 대답하기를 '어찌 흔종을 폐할 수 있겠느냐? 그것을 양으로 바꾸어라.'(何可廢也 以羊易之)하였다. 맹자가 말하기를 '신이 알지 못합니다. 왕께서는 그런 일이 있었습니까? (不識 有諸?') 왕이 대답하기를 '그런 일이 있습니다.' (王曰 有之) 맹자가 말하기를 '왕께서 이러한 마음이면 족히 왕노릇을 할 수 있습니다. 백성들은 모두 다 왕께서 인색하다고 하지만 신은 진실로 왕이 차마 못하심을 알고 있습니다.'(曰 是心 足以王矣 百姓 皆以 王爲愛也 臣 固知王之不忍也)

　　제선왕의 이 같은 선한 행동을, 이미 호흘이라는 사람으로부터 들은 맹자는 왕의 면전에서 그 말을 들먹이며 칭송하였다. 백성들은 말하기를, 소와 양은 같은 생명인데 측은지심에 차별이 있고, 또 소는 값이 많이 나가고 양은 값이 적으므로 재물을 아끼려는 인색한 처사라며 비난하지만 맹자 자신은 왕의 마음을 이해할 수 있다는 뜻의 말이었다. 선을 좇아 진심으로 행한 행동에 오해를 받게 된 제선왕은 난처한 입장에 처하게 되었다. 이때 맹자가 기지를 발휘하여 이렇게 말했다. '왕께서는 벌벌 떠는 소를 보았을 뿐이고 양은 보지 못하였기 때문에(王 見牛

---

12) 흔종-종을 만들어 소의 피로 틈을 메우는 작업.

未羊見) 그런 말을 하신 것입니다. 왕께서 소와 양을 차별한 것도 아니고 결코 재물이 아까워서 하신 말씀이 아닐 것이니 마음을 놓으소서.'

왕이 매우 기뻐하며 말하기를 '시경에 이르기를, 다른 사람의 마음을 나는 헤아릴 수 있노라.'고 하더니 선생을 두고 이름이로소이다.'(詩云 他人有心 予忖度之 夫子之謂也)하며 치하해 마지않았다.

한강의 소설 『작별하지 않는다』 쉽게 읽기

    한강 소설가가 2024년도 노벨문학상을 수상했다. 수상작은 장편소설 『작별하지 않는다』이다. 2024년 10월 10일 발표되었고, 동년 12월 11일에 시상식이 열렸다.
    1970년에 광주에서 태어난 한강 작가는 서울 풍문여고와 연세대 국문과를 나왔으며, 1993년 계간 『문학과사회』에서 시가, 그 이듬해인 1994년 서울신문 신춘문예에 단편소설 「붉은 달」이 당선되어 등단했다. 2016년에 장편소설 『채식주의자』로 영국의 맨부커상을 수상했다.
    한강 소설가의 노벨문학상 수상 소식이 보도되자 그동안 침체 상태이던 국내 출판계는 활기를 되찾았고 앞다투어 책을 읽는 붐이 일었다. 이 추세대로라면 우리 문학이 세계적인 훌륭한 먹거리가 되어 국위선양과 경제도약에 큰 도움이 될 것으로 기대하였으나 뜻 아닌 12·3 계엄으로 물거품이 되고 말았다.

한강 소설가의 많은 문학작품 가운데서 『채식주의자』 『소년이 온다』 그리고 『작별하지 않는다』 세 장편을 3대 작으로 꼽는다.

필자는 그중에서 『작별하지 않는다』를 골라 독자 여러분과 함께 독서 여행을 떠나 볼 생각이다. 이 소설은 무대와 역사적 배경을 이해하여야만 쉽게 접근할 수 있을 것으로 생각되어 겁 없이 나서게 되었다. 필자가 어렸을 때, 장형이 국군 제14연대에 입대하였는데 그 부대가 파병을 거부하며 반란을 일으켰으므로 우리 집은 반란군의 집으로 지목되어 온갖 고초를 겪은 바 있었다. 더군다나 호남정맥 중심부인 산골 마을이었으므로 반란군 패잔병들이 자주 출몰해 그 고통은 더욱 심했다. 이해를 돕기 위해 연보를 중심으로 고찰해 보고자 한다.

1945. 08. 15	일제의 압제에서 광복. 38 이남 미국 신탁통치. 환국한 애국지사들의 분열로 좌우 이념 투쟁 극심
1946. 06. 15	국군의 전신인 국방경비대 창설(전국 대도시를 중심으로)
1947. 03. 01	제주시에서 3.1절 기념행사 후 시민 가두행진. 경찰과 충돌

불나방

1948. 04. 03	한라산 은거 남로당 무장대, 제주 시내 12개 경찰관서 습격
1948. 04. 19	김구, 북한 방문. 남북한 동시 총선거 협상 실패
1948. 05. 10	남한만의 총선거 실시. 이에 대한 불만으로 제주 폭동 확대
1948. 08. 15	대한민국 정부 수립. 이승만 정부 출범
1948. 10. 19	국군 제14연대 제주 출동 거부, 반란
1948. 11. 17	제주 전역에 비상계엄 선포. 중산간 지역 소탕 작전 전개
1950. 06. 25	북한군 남침. 한국전쟁 발발
1953. 07. 27	휴전, 3년 동안의 한국전쟁 종료

제주 소요의 발단

1947년 3·1절 기념식 때 제주시에서 노조를 중심으로 한 시민들의 시위성 시가행진이 있었다. 이를 진압하기 위해 출동한 기마경찰의 말발굽에 어린아이가 크게 다친 사건이 발생했다. 이를 방관한 채 지나치는 기마경찰을 향해 성난 군중들이 야유, 투석하며 경찰서까지 쫓아갔다. 시민들의 항의를 경찰서 습격으로 오인한 경찰은 사격을 가해 사망 6명, 부상 8명의 불상사가 발생했다. 이 사건을 계기로 남로당 제주도당을 비롯한 좌파 세력들이 그해 3월 10일 민관 총파업에 돌입하는 초강수를 두며 반정부 투쟁의 막을 올렸다. 제주 4·3 사건의 서막이었다. 소극적인 투쟁이 계속되다가 1948년 4월 3일 새벽 2시를 기해, 한라산에 은거 중인 김달삼 휘하 350여 명의 남로당 무장대가 도내 12개 지서를 동시에 습격, 그 결과 경찰 4명이 죽고 6명이 다쳤다. 정부에서는 제주 자체의 치안 병력으로는 수습이 어렵다고 판단, 여수 주둔 국군 제14연대의 1개 대대를 파병하려 하였으나 부대의 반란으로 수포로 돌아갔다. 이의 대체 수단으로 탈북 청년단체인 '서북청년단'이 서울로부터 파견된다.

주요 등장인물

경하   잡지사 여기자. 슬하에 딸 하나를 두고 있다. 5·18 소재 소설 출간 후, 악몽에 시달리며 평온한 일상을 이어 가지 못한다. 설상가상으로 다난한 가정사에 겹친 상실감에다 위장병을 심하게 앓았다. 정상적인 활동을 할 수 없게 되자 유서까지 써 두었으나 마음을 고쳐먹고 재기에 노력한다.

인선　사진작가. 경하의 20년 지기. 한라산 중산간 마을에서 태어나, 9살에 아버지를 여의고 어머니 강정심 씨가 들려주는 생생한 4·3 체험담을 들으며 성장했다. 사춘기 무렵 서울로 가출, 독학으로 대학의 사진과를 졸업, 출판사에 취업하여 경하와 조를 이루며 광주의 5·18, 한국군의 베트남 성폭행, 태평양전쟁 당시 만주 등지의 일본군 만행을 취재하는 등 많은 다큐 작품 연출했다.

강정심　인선의 어머니. 유소년 시절에 4·3을 체험했다. 중산간 마을 소탕 작전 때 17세 된 언니를 따라 해안에 있는 친척 집으로 심부름 가 참변을 모면했다. 이때, 집이 불타고 오빠가 잡혀가는 등 집안이 박살 났다. 결혼하여 딸 인선을 낳았다. 독거노인으로 치매를 앓다가 세상을 떴다.

아미·아마 앵무새 한 쌍　어머니 치매 간병을 위해 귀향한 인선이 오일장에서 구한 앵무새 한 쌍. 아미는 사람 흉내 가능. 아마는 허밍 정도.

작품의 줄거리

한강 작가의 작품에서는 곧잘 꿈이 나온다. 꿈으로 시작해서 꿈으로 끝난다 해도 지나친 말이 아닐 듯싶다. 이 작품 역시 예외가 아니다. 한마디 덧붙일 것은, 이 작품의 모티브는 5·18 소설 『소년이 온다』이므로, 먼저 그 작품을 읽고 독서 여행에 임하면 도움이 될 것 같다.

소설 『작별하지 않는다』의 도입부다.

    성근 눈이 내리고 있었다.
    내가 서 있는 벌판의 한쪽 끝은 야트막한 산으로 이어져 있었는데 등성이에서부터 이편 아래쪽까지 수천 그루의 검은 통나무들이 심겨져 있었다. 여러 연령대의 사람들처럼 조금씩 다른 키에 철길 침목 정도의 굵기를 가진 나무들이었다. 하지만 침목처럼 곧지 않고 조금씩 기울거나 휘어 있어서 마치 수천 명의 남녀들과 야윈 아이들이 웅크린 채 눈을 맞고 있는 것 같았다.
    묘지가 여기 있었나. 나는 생각했다.
    이 나무들이 다 묘비인가.
    우듬지가 잘린 단면마다 소금 결정 같은 눈송이들이 내려

앉은 검은 나무들과 그 뒤로 엎드린 봉분들 사이를 나는 걸었다. 문득 발을 멈춘 것은 어느 순간부터 운동화 아래로 자작자작 물이 밟혔기 때문이었다. 이상하다, 생각하는데 어느 틈에 발등까지 물이 차올랐다. 나는 뒤를 돌아보았다. 믿을 수 없었다. 지평선인 줄 알았던 벌판의 끝은 바다였다. 지금 밀물이 밀려오는 거다.

  나도 모르게 소리 내어 물었다.

  왜 이런 데다 무덤을 쓴 거야?

  점점 빠르게 바다가 밀려 들어오고 있었다. 날마다 이렇게 밀물이 들었다 나가고 있었던 건가? 아래쪽 무덤들은 봉분만 남고 뼈들이 쓸려가 버린 것 아닌가?

  시간이 없었다. 이미 물에 잠긴 무덤들은 어쩔 수 없다 하더라도 위쪽에 묻힌 뼈들을 옮겨야 했다. 바다가 더 들어오기 전에, 바로 지금. 하지만 어떻게? 아무도 없는데. 나한텐 삽도 없는데. 이 많은 무덤들을 다 어떻게. 어쩔 줄 모르는 채 검은 나무들 사이를, 어느새 무릎까지 차오른 물을 가르며 달렸다. (p. 9-10)

  경하가 그 꿈을 꾼 것은 2014년 여름, 어느 남쪽 도시의 학살에 대한 책(『소년이 온다』)을 출간한 지 두 달 가까운 어느 날이었다. 꿈의 내용 중, 밀물과 썰물이 들고 날 때마다 휩쓸려 간다는 지문 묘사는 현장 보존(기념 사업)의 시급성을 알리는 대목이 아닐 수 없다. '침목처럼 곧지 않고 조금씩 기울거나 휜 나무들' 역시 함축된 상징적인 묘사이다. 서두에 작품의 성격을 암시하는 '등신대'는 사람 크기의 목조건조물로서 제주 4·3의 상징물이기도 하다.

다음은 5·18 소설 『소년이 온다』의 집필 동기다.

> 2012년 겨울 그 책을 쓰기 위해 자료를 읽으면서부터 악몽을 꾸기 시작했다. 처음에는 직접적인 폭력이 담긴 꿈들이었다. 공수부대를 피해 달아나다 어깨에 곤봉을 맞아 쓰러졌고 착검한 총으로 가슴을 마구 찔렸을 때의 전율만 남아 있었다. (중략)
> 수면의 질이 나빠지고 호흡이 짧아졌다. 왜 숨을 그렇게 쉬는 거야, 라고 어린 딸이 묻기도 했다. 가족에게— 특히 딸에게 영향을 주고 싶지 않아 도보로 15분 거리에 작업실을 얻었다. (p.19)

> 그 폭염의, 아스팔트의 열풍을 맞으며 텅 빈 집으로 걸어 돌아와 찬물 샤워를 하는 내가 있다. (중략) 방금 끼얹은 냉수의 서늘함이 사라지기 전에 나는 책상 앞에 앉는다. 거기

에 올려놓은, 여전히 수신인이 정해지지 않은 유서를 봉투째 찢어 버린다. 처음부터 다시 써. (중략) 조금 전에 쓴 형편없는 것을 다시 찢어 버린다. 처음부터 다시 써. 진짜 작별 인사를, 제대로. (p. 25)

경하는 이 소설의 원고를 완성한 이듬해 1월에 출판사를 찾았다. 가능한 한 빨리 책을 내고 악몽을 떨쳐 버리려는 생각이었다. 어리석게도 책을 내고 나면 더 이상 악몽을 꾸지 않을 것으로 생각했던 것이다. 그러나 편집자는 5월 출간이 마케팅 타이밍이라며 출판을 미뤘다. 원고는 4월에 넘겼고 정확하게 5월에 책이 나왔다. 그러나 악몽은 계속되었다. (p. 22-23)

5·18 소재의 소설 『소년이 온다』는 2013년부터 집필에 들어가 2014년 5월에 출간되었다.

처음 그 꿈을 꾸었던 밤과 그 여름 사이의 4년 동안 나는 몇 개의 사적인 작별을 하여 실의에 빠져 있었다. (p. 12)
늦봄, 서울 근교의 이 복도식 아파트로 세를 얻어 들어온 거였다. 더 이상 돌볼 가족도, 일할 직장도 남아 있지 않다는 사실이 실감 나지 않았다. 오랜 시간 나는 일을 위해 생계를 꾸리는 동시에 가족을 돌봐 왔다. 그 두 가지 일이 우선이었으므로 글은 잠을 줄여 썼고, 언젠가 마음껏 글을 쓸 시간이 주어지기를 은밀히 바라 왔다. 하지만 그런 종류의 갈망은 이제 더 이상 남아 있지 않았다. (중략)

 이삿짐센터에서 대강 부려 놓은 대로 물건들을 놓아 두고, 7월이 올 때까지 대부분의 시간을 침대에서 누워 보냈지만 잠은 거의 자지 못했다. 음식은 만들지 않았다. 현관 밖으로 나가지도 않았다. 인터넷 택배로 배달받은 물과 약간의 밥과 백김치만 먹었으며 위경련을 동반한 편두통이 시작되면 먹은 것을 모두 변기에 토했다. 유서까지 어느 밤 써 두었다. (p. 13)

 인생과 화해하지 않았지만 다시 살아야 했다. 두 달 남짓의 은둔과 기아 상태로 근육 양이 소실되어 있는 것을 깨달았다. 편두통과 위경련, 카페인이 높은 진통제 복용의 악순환을 끊기 위해 규칙적으로 먹고 몸을 움직여야만 했다. 그러나 제대로 노력도 해 보기 전에 폭염이 시작되었다. (p. 15)

『소년이 온다』 출간 이후의 경하가 겪었던 굴곡진 개인적 가정사를 술회하고 있다.

아래 내용은 마음을 다잡고 『작별하지 않는다』를 쓰게 된 동기 설명이다.

> 그러나 여전히 잠들지 못한다.
> 여전히 제대로 먹지도 못한다.
> 여전히 숨을 짧게 쉰다.
> 나를 떠난 사람들이 못 견뎌했던 방식으로 살고 있다. 아직도.
> (중략) 긴소매 셔츠에 청바지를 꺼내 입고, 증기 같은 열풍이 더 이상 불어오지 않는 도로변을 걸어 나는 식당에 간다. 여전히 요리를 할 수 없다. (중략)
> 그러나 규칙들이 돌아온다. 여전히 사람을 만나지 않고 전화를 받지 않지만, 다시 정기적으로 이메일을 체크하고 문자메시지를 확인한다. 새벽마다 책상 앞에 앉아 쓴다. 매번 처음부터 다시, 모두에게 보내는 작별 편지를. (p. 29)

아래는 경하가 인선을 만나게 된 사연과 활동 상황이다. 건강 회복을 위해 산책 중 그간 소식 끊긴 인선의 연락을 받는다.

> 차츰 밤이 길어진다. 하루가 다르게 기온이 내려간다. 이사한 뒤 처음으로 아파트 뒤편 산책로에 들어선 11월 초순,

키 큰 단풍나무들이 타는 듯 붉게 물들어 햇빛에 빛나고 있다. (중략)

　인선에게서 문자를 받은 12월 하순의 아침 나는 그 산책로를 걸어 나오고 있었다. (중략)

　경하야.

　인선이 전송한 내 이름이 문자 창에 단출하게 떠 있었다. (중략)

　응. 무슨 일이야?

　털장갑을 벗고 답 문자를 보낸 뒤 잠시 기다렸다. 바로 답이 오지 않아 장갑을 다시 끼는데 문자가 왔다.

　지금 와 줄 수 있어?

　인선은 지금 서울에 살지 않는다. 형제자매 없이 마흔둥이로 태어나 자란 그녀는 어머니의 노환을 일찍 겪었다. 팔년 전 제주 중산간 마을로 돌아가 치매에 걸린 어머니를 돌보다 사 년 만에 여의었고, 그 후로도 그 집에서 혼자 머물렀다. 그전에 인선과 나는 아무 때고 서로의 집에서 만나 함께 음식도 해 먹고 이야기를 나누는 사이였지만, 사는 곳이 멀어지고 각자의 굴곡을 통과하는 동안 만남의 간격이 차츰 벌어졌다. 나중에는 얼굴을 보지 못한 채 한두 해가 훌쩍 지나가기도 했다. 그러다 마지막으로 내가 제주를 찾은 것은 지난해 가을이었다. (중략) 그녀는 이태 전 오일장에서 만나 기르기 시작했다는 조그맣고 하얀 앵무새 한 쌍을 나에게 소개해 주었고—그중 한 마리는 간단한 말도 할 줄 알았다—, 하루의 대부분을 보내는 마당 건너 목공방으로 나를 데려갔다. 자신도 이해할 수 없는 이유로 제법 팔려 생계에 도움을 준다는, 그루터기를 통째로 깎아 이음매 없이 만든 의자들을 보여 주었고—얼마나 편한지 앉아 봐야 해, 라고 그녀는 진지하게 권했다—, (중략) 내가 차를 마시는 동안 그녀는 청바지에 작업화 차림으로 머리칼을 질끈 묶고서, 다큐 프로그램에 나오는 목공 장인처럼 귀 위에 샤프펜슬을 끼우고는 삼각자로 널빤지를 재고 절단선을 그렸다.

지금 그 집으로 오라는 말은 아닐 것이다. 어디야? 라고 묻는 내 문자와 엇갈려 인선의 메시지가 들어왔다. 처음 듣는 병원의 이름이 적혀 있었다. 다음은 종전과 같은 질문이었다.

지금 와 줄 수 있어?

이어서 다시 문자가 왔다.

신분증을 가지고 와야 해. (p. 29–32)

대학을 졸업하던 해에 인선을 처음 만났다. 내가 입사한 잡지사에는 사진기자가 따로 없어 편집기자들이 대부분의 사진을 직접 찍었지만, 중요한 인터뷰나 여행 기사를 진행

할 때는 각자가 구한 프리랜서 사진작가와 짝을 이뤄 다녔다. 길게는 3박 4일을 함께 여행해야 하니 동성이 편할 거라는 선배들의 충고대로 사진 프로덕션들을 수소문해 동갑내기 인선을 소개받았다. 그 후 삼 년 동안 매달 함께 출장을 다녔고 퇴사한 뒤로도 이십 년을 친구로 지냈으니, 그녀의 습관들에 대해 알 만큼 안다. 이렇게 내 이름만 먼저 부르는 것은 안부 인사가 아니라 구체적이고 급한 용건이다. (p. 30)

집에 들러야 하나, 나는 잠시 생각했다. 내 몸보다 두 사이즈 큰 패딩을 입고 나오긴 했지만 깨끗한 옷이었다. 주머니 속 지갑에는 현금을 인출할 수도 있는 신용카드와 주민등록증이 들어 있었다. 택시 승강장이 있는 전철역 쪽으로 반 정거장쯤 걸었을 때 빈 택시가 달려와 나는 손을 흔들었다. (p. 32)

가장 먼저 내 눈에 들어온 것은 '국내 제일'이라고 적힌 먼지 낀 현수막의 검은 글씨였다. (중략) 마감재가 낡고 어둠침침한 로비에 들어서자, 손가락과 발가락이 한 개씩 잘려 나간 손과 발의 사진이 벽에 붙어 있는 게 보였다. (중략) 더듬더듬 그 사진의 오른편으로 눈을 돌리자, 같은 손과 발에 손가락과 발가락이 봉합된 사진이 나란히 붙어 있었다.

또렷한 수술 자국을 경계로 피부의 색깔과 질감이 달랐다.

　이 병원에 인선이 있다는 건, 인선의 목공방에서 저런 사고가 있었다는 거다. (p. 33)

　인선이 2년에 한 편꼴로 만든 단편영화들 중 처음 호평을 받은 것은 베트남 밀림 속 마을들을 헤매 다니며 한국군 성폭력 생존자들을 인터뷰한 기록이었다. 그 공로로 사립 문화재단으로부터 작품 지원금도 받았다. 비교적 넉넉한 지원금으로 만든 그 후속작은 1940년대 만주에서 독립군으로 활동했던 할머니의 치매에 걸린 일상을 다룬 것이었다. 인선은 위 두 작품과 1948년 제주의 사건을 제작하여 이를 합성, '삼면화'라고 명명한 장편영화를 만들 계획이었는데 어떤 이유에서인지 중도에서 접고 국비 지원이 되는 목수학교에 지원해 버렸다. 1년 과정의 목수학교를 채 마치기 전에 치매에 걸린 어머니를 돌보기 위해 제주로 내려갔다. 나는 그런 인선이 다시 서울로 올라와 영화 일을 할 거라고 생각했다. 그랬었는데 그게 아니었다.

　아래 역시 인선과의 약속을 지키지 못한 전말이다.

　깨어난 뒤에도 어디에선가 계속되고 있을 것 같은 꿈들이 가끔 있는데, 그 꿈이 그랬다. (중략) 한 번도 가 본 적 없는 그 벌판에 눈이 내린다. 우듬지가 잘린 검은 나무들 위로 눈부신 육각형의 결정들이 맺혔다 부스러진다. 발등까지 물에 잠긴 내가 놀라 뒤돌아본다. 바다가, 거기 바다가 밀려들어 온다.

계속해서 떠오르는 그 광경에 마음이 쓰여 그해 가을 생각했다. 적당한 장소를 찾아 통나무들을 심을 수 있지 않을까. 현실적으로 수천 그루가 어렵다면 아흔아홉 그루—무한으로 열리는 숫자—를 심고, 뜻이 맞는 사람들 여남은 명과 힘을 합해 그 나무들의 몸에 먹을 입힐 수 있지 않을까. 깊은 밤으로 지은 옷을 입히듯 정성스럽게, 영원히 잠이 부스러지지 않도록. 그 모든 일이 끝난 뒤, 바다 대신 흰 천 같은 눈이 하늘에서부터 밀려 내려와 그들을 덮어 주길 기다릴 수 있지 않을까.

그 과정을 짧은 기록영화로 만들자고, 한때 사진과 다큐멘터리 영화 작업을 했던 친구에게 나는 제안했다. 그녀는 흔쾌히 좋다고 했다. 함께 실현하기로 약속했지만, 두 사람은 일정이 꼭 맞는 때가 좀처럼 오지 않은 채 사 년이 흘러갔다. (p. 23-24)

4년 전 늦가을 인선의 어머니 장례에 경하는 조문을 갔다. 그 자리에서 인선에게, 함께 통나무를 심어 먹을 입히고, 눈이 내리길 기다려 그걸 영상으로 담아 보면 어떻겠느냐고 제안하자, 인선은 끝까지 그 말에 귀 기울인 뒤, "그럼, 가을이 가기 전에 시작해야겠네." 하고 대답했다. 검은 치마저고리 차림에 흰 고무 밴드로 단발머리를 질끈 묶은 얼굴이 진지하고 침착했다. 아흔아홉 그루의 통나무를 심으려면 땅이 얼기 전에 해야 한다고 그녀는 말했다. 늦어도 11월 중순에 사람들을 모아 함께 나무를 심자고, 아버지에게 물려받았지만 아무도 쓰지 않는 버려진 땅이 있으니 그곳을 쓰면 되겠다고도 말했다. 그렇게 당장 그해 겨울에 함께하려던 작업이 서울로 돌아오자마자 해결해야만 했던 나의 개인 문제로 미뤄졌다. 그렇게 끝없이 연기되었던 것이다. (p. 48)

(전략) 담담하게 서로의 안부를 주고받은 끝에 나는 말했다. 검은 나무들을 심는 프로젝트를 하지 않는 게 좋겠다고. 처음부터 내가 꿈의 의미를 잘못 이해했다고. 정말 미안하다고. 나중에 만나 자세히 이야기하자고.
……그렇구나.
내 말이 끝나자 인선은 대답했다.
그런데 어떡하지, 난 벌써 시작했는데. 지난번에 너 다녀가고 나서 바로. (중략) 겨울부터 나무를 모았어, 경하야.
마치 이 전화를 기다리고 있었던 것처럼, 그간의 일을 들려주기 위해 준비해 온 사람처럼 인선은 차근차근 말을 이었다.

 아흔아홉 그루보다 더 넉넉하게 모아서 봄부터 건조시켰어. 지금은 여름이라 습기를 먹었는데, 10월쯤 되면 다루기 꼭 좋게 말라 있을 거야. 11월까지 부지런히 작업해서 땅이 얼기 전에 심으면, 12월부터 3월까지 눈이 올 때마다 촬영할 수 있어.

 그렇게 준비하고 있을지도 모른다고 생각해 서둘러 전화한 거였지만 나는 놀랐다. 지나간 사 년 동안 그래 왔듯, 어떤 이유로든 정말 실현될 수는 없는 일일 거라고 은연중에 생각했던 것이다.

 그럼, 그 나무들로 다른 걸 만들 수 있지 않을까?

 인선이 웃었다.

 아니, 이걸로 다른 작업은 못 해. (중략)

 미안해, 인선아.

 다시 나는 사과했다. (중략)

 어쨌든 난 계속하고 있을 거야.

 그럴 일이 아니야 인선아, 라고 나는 만류했지만, 그녀는 마치 사과의 말에 너그럽게 답하는 사람처럼 괜찮아, 라고 말했다. 거꾸로 나를 달래는 듯 인내심이 배어 있는 목소리였다. 난 괜찮아, 경하야. 걱정할 것 없어. (p. 52-54)

병원에 도착한 나는 현금인출기 쪽으로 다가갔다. 시간을 다투느라 보호자 동의 없이 수술을 끝냈으므로 수술비와 입원비를 보증할 사람이 없을 것이다. 인선에게는 부모도 형제도 배우자도 없으니까.

인선아.
내가 불렀을 때 인선은 6인실 가장 안쪽 침대에 누워, 내가 방금 들어선 유리문 뒤편을 초조하게 응시하고 있었다. (중략) 문득, 정신이 든 듯 인선이 나를 알아보았다.
'왔구나. 입 모양으로 인선이 말했다.'
'어떻게 된 거야?'
'전기톱에 잘렸어. 두 손가락을.'
'언제?'
'그저께 아침에.'
인선이 천천히 내 쪽으로 손을 내밀며 말했다.
'볼래?' (p. 37)

전기톱 작업을 할 때 목장갑을 끼면 안 되는데 자신의 실수였다고 인선은 말했다. 잘린 손가락을 잘 보관하여 봉합 전문병원에 가면 재건 수술이 가능하다는데 제주에는 그런 전문병원이 없다는 것이었다. 내가 제안한 4·3 프로젝트를 혼자라도 완성시키기 위해 인선이 가을부터 그것들을 켜고 자르고 깎아, 등을 웅크린 기울고 휘어진 등신대의 형상을 만들다 그리되었을 거라 짐작되자, 미안한 생각이 들었다.

'우리 집에 가 줘.'

인선의 부탁이었다. 지금 당장 항공편으로 제주 자기 집으로 가 달라는 것이었다. 그래서 주민등록증을 가져오라고 했던가 보았다. 사흘 동안 아무것도 먹지 못한 앵무새를 보살펴 달라는 것이었다. 내일 일찍 가면 어떻겠냐는 나의 말에 인선은 단호하게 말했다.

'안 돼, 새가 죽어.'

나는 폭설이 퍼붓는 제주공항에 도착했다. 제주 일대는 악천후로 교통이 마비상태였다. 장비를 장착한 제주 해안을 일주하는 버스에 간신히 올랐다. 중산간 마을 세천리 가는 길목에서 하차했다. 길에서 인선의 집은 한참 멀었다. 눈보라 속에서 길을 잃고 헤매다가 건천에 추락하여 겨우 탈출하는 등 죽을 고생을 했다. 우연히 방문한 이웃에게 발견되어 경황 중에 후송되느라 미처 끄지 못한 듯, 빈집을 밝히고 있는 불빛을 보고 천신만고 끝에 찾아들었다. 그러나 앵무새는 이미 죽어 있었다. 삽으로 언 땅을 파헤쳐 마당가 나무 밑에 매장하고 나니 기진맥진 빈사 상태가 되었다. 덜 치유된 지병에 또 열병에 더하여 과로까지 겹쳤는지 두 눈에 헛것이 보였다.

　신을 벗기 위해 중문 턱에 걸터앉았다가 현기증이 일어 그대로 몸을 뒤로 눕힌다. (p.166)
　의식이 꺼지는 순간마다 예리한 꿈이 파고든다. (중략) 하나의 꿈이 사그라들기 무섭게 다른 꿈이 송곳처럼 찌르며 들어온다. (p. 170)

　앞으로 전개되는 내용은 경하가 꾼 꿈속의 이야기들이다. 이미 죽은 앵무새가 살아 움직이고, 서울 병원에 입원 중인 인선이 제주 산간 마을 경하의 곁에 와 있다. 회상을 통해 그동안 금기어였던 70년 전, 제주의 슬픈 역사가 한 꺼풀씩 베일을 벗는다. 인용된 제주 방언은 이해가 쉽지 않지만 대강의 뜻은 넘겨짚을 수 있다.

　동서로 긴 타원의 섬 지도가 화면에 떠올랐다. 1948년 미군 기록물이라는 자막 위로, 해안선에서부터 오 킬로미터를 표시하는 경계선이 두드러진 굵기로 그어져 있었다. 한라산을 포함하는 그 안쪽 지역을 소개疏開하며 해당지를 통행하는 자를 폭도로 간주해 이유 불문 사살한다는 내용의 포고문이 자막으로 이어졌다. (중략) 초가지붕들이 불탔다. 검은 연기가 불꽃과 함께 하늘로 치솟았다. 검이 장착된 장총을 멘 옅은 색 제복의 병사들이 현무암 밭담을 뛰어넘었다. (p. 161)

가호마다 주민 명부를 대조한 군인들이, 집에 없는 남자는 무장대에 들어간 걸로 간주하고 남은 가족을 대살代殺한 거야. (p. 218)

해거름에 트럭으로 두 대 가득 사름들이 실려 와서. 못해도 백 명은 되실 거라. 군인들이 저 모살왓에 총검으로 네모지게 금을 그어놔그네. 사름들신디 그 안에 다 서 이시랜 하데. 똑바로 서라, 앉지 마라, 줄 맞추라 허고 군인들이 소리를 울르는 거 같긴 헌디 바람이 바당 쪽으로 불어부난 잘 안 들려서. 호루라기 소리가 계속 들렴신디. (중략)
높은 사름 같은 군인이 무신 명령을 울르난, 금 안에 있던 사름들 열 명이 앞으로 나왕 반듯이 바당을 보고 서서. 무신 벌을 줄라는가 가만 보고 이시난, 군인들이 뒤에서 총을 쏴그네 몬딱 앞으로 넘어지는 거라. 다음 열 명을 또 나오렌. (p. 223)

나는 바닷고기를 안 먹어요. 그 시국 때는 흉년에다가 젖먹이까지 딸려 있으니까, 내가 안 먹어 젖이 안 나오면 새끼가 죽을 형편이니 할 수 없이 닥치는 대로 먹었지요. 하지만 살 만해진 다음부터는 이날까지 한 점도 안 먹었습니다. 그 사람들을 갯것들이 다 뜯어먹었을 거 아닙니까? (p. 225)

어둑어둑해지는데 총소리가 멈춰서 문구멍으로 내다봤더니, 피투성이로 모래밭에 엎어져 있는 사람들을 군인들이 바다에 던지고 있었습니다. 처음엔 옷가지들이 바다에 떠 있는 줄 알았는데 그게 다 죽은 사람들이었어요. 다음 날 새벽에 내가 우리 아기를 업고 아기 아빠 몰래 바닷가로 갔습니다. 떠밀려온 젖먹이가 꼭 있을 것 같아서 샅샅이 찾았는데 안 보였어요. (중략) 총살했던 자리는 밤사이 썰물에 쓸려가서 핏자국 하나 없이 깨끗했습니다. 이렇게 하려고 모래밭에서 죽였구나, 생각이 들었어요. (p. 226)

무장대 그 사람들이 한 거 무신거 있냐곡. 경찰 몇 명 죽이고 죄 어신 가족헌티 복수허고 산에 도망가불민 그 마을에서만 이백 명 삼백 명이 보복으로 떼죽음 당햄신디, 지상낙원 만든다 허명 그거 지옥이주게 어떵 낙원이냐곡. (p. 229)

이 집은 엄마의 외가였어. 외증조할머니가 큰아들 내외와 살았는데, 그분들은 소개령이 내리자마자 바닷가 당숙네로 내려가서 그 밤을 피했어. 신세 질 곳이 있었으니 운이 좋았지. 물론 이 집도 그때 불탔어. 돌벽만 남은 걸 다시 올린 거야. (p. 244)

한라산 금족령이 풀리자 긴 더부살이를 마치고 당숙네를 나온 외가 어른들이 다시 집을 올릴 때 엄마도 함께 돌을 쌓고 나무를 날랐대. 하지만 애써 지은 집에 그분들은 일 년도 채 살지 않았어. 휴전 후 섬으로 돌아오는 대신 서울에 자리를 잡고 미군 보급품을 떼어 팔던 친척이 외종조부에게 동업을 제안한 거야. 섬을 떠나고 싶어 하던 이모부도 이모와 함께 가기로 했고, 엄마는 이 집에 남아서 외증조할머니를 모시는 걸 택했어. (p. 269-270)

외삼촌이 대구형무소에 수감된 여름부터 (중략) 제주 사람 삼백 명이 새로 들어온 게 반가운 일이었다고 아버지는 말했대. 무엇보다 가족의 소식을 들을 기회였으니까. (p. 296)

두 자매가 함께 대구형무소를 찾아간 게 1954년 5월이야. (중략) 그곳에 외삼촌은 없었어. 사 년 전 7월 진주로 이송

됐다는 기록만 남아 있었어. (중략) 그곳에도 외삼촌은 없었어. 이감 기록도 존재하지 않았어. 진주에서 하룻밤을 더 묵은 뒤 두 사람은 여수항으로 갔대. 엄마를 배웅한 뒤 서울로 가겠다고 이모가 고집을 부려서. 제주 가는 배를 대합실에서 함께 기다리는 동안 이모가 엄마에게 말했대. 포기하자고. 오빠는 죽었다고. 진주로 이감됐다는 날짜를 기일로 하자고. (p. 270-271)

제주에 파견된 서북청년단의 만행을 발췌 인용한다.

서청―서북청년단― 사름들이 잔인해그네. 내내 같이 댕기던 민보단원들도 수틀리민 죽여분다는 소문이 이시난 나는 걱정되었주게. 파출소 마당에다 산사름 각시를 총검으로 찔렁 눕혀놔그네 민보단 사름들헌티도 다 한 번씩 죽창으로 찌르렌 했다는 이야기도 들어난. (p. 228)

 계급장 없는 군복을 입고 이북 말을 쓰던 남자가 아버지를 어떻게 다뤘는지. 옷을 벗기고 의자에 거꾸로 매달 때마다 무슨 말을 했는지.
 씨를 말릴 빨갱이 새끼들, 깨끗이 청소하갔어. 죽여서 박멸하갔어. 한 방울이라도 빨간 물 든 쥐새끼들은.

수건이 덮인 아버지 얼굴에 그 사람이 끝없이 물을 부었
다고 했어. 젖은 가슴을 야전 전화선으로 묶고 전기를 흘려
넣었다고 했어. 산사람과 내통한 친구들의 이름을 대라고
그 사람이 속삭일 때마다 아버지는 대답했다고 했어. 모르
쿠다. 죄 어수다. 나 죄 어수다. (p. 297)

1948년 11월 17일 제주 전역에 계엄령이 선포되고 무자비한 탄압이 자행되자 양민들도 한라산 중산간 마을로 피난했는데 그 숫자가 무려 2만여 명이었다 한다.

이 섬에 사는 삼십만 명을 다 죽여서라도 공산화를 막으라는 미군정의 명령이 있었고(p. 317), 섬사람 모두를 빨갱이 취급, 주동자는 제주 곳곳에서 참살하였고, 죄질이 가벼운 사람들은 육지의 목포, 여수, 진주, 마산, 부산의 감옥에, 그도 부족하여 대구와 경산의 탄광시설에 수용하였다는 것이다.

남은 제주 사람들이 초조하게 다음 차례를 기다리고 있을
때 갑자기 호출이 멈췄다고. 인천에 연합군이 상륙해 전세
가 역전되었다는 걸 나중에 알았다고. (p. 295)

— 죽은 자가 산자를 살리고 과거가 현재를 살린다.

이재명 대통령의 취임사에 인용된 한강의 어록 소개를 끝으로 필을 놓는다.

국내 문단의 반응

한강 작가의 노벨문학상 수상 소식을 접한 사람들 중 거의는 수상작을 『채식주의자』로 착각하고 오해된 견해(외설적이어서 어린이들에게 부적합 등)로 비판이 거셌는데, 이는 수상작 『작별하지 않는다』가 2021년에 출간되어 널리 알려지지 않은 데 비해, 이미 맨부커상을 수상한 『채식주의자』는 2007년에 발표되어 대중성을 선점한 때문이었던 것으로 보인다.

『작별하지 않는다』는, 역사적 비극을 바탕으로 기억과 애도의 과정을 탐구하는 걸작이며 사회적 치유와 화해의 메시지이다. 초반의 느린 전개는 몰입도를 저하시키는 약점이 있으나 감정의 축적과 복선을 곱씹게 하는 단면도 있으며 작가 특유의 섬세하고 시적인 문체는 새로운 시도로 봐야 한다는 평이 주류였다.

외국 평론가의 평

『채식주의자』『소년이 온다』『작별하지 않는다』 이 세 작품은 역사성이 다분히 내재된 한강 작가 일생일대 최대의 걸작인바, 몇 년 전 맨부커상을 수상한 『채식주의자』가 이 작품을 노벨문학상으로 견인하는 촉매제 역할을 충실하게 수행한 것으로 본다.

어느 애독자의 말

올해 노벨문학상을 수상한 한강 작가의 『작별하지 않는다』를 가지고 독서토론회를 열었는데, 참신한 스토리의 구성, 그리고 기발한 소재 등에서 이야깃거리가 많았지만, 너무 난해한 내용이라서 잘 훈련된 독해력을 가진 사람 외에는 범접하기 어려웠으므로 쉽게 토론할 수 없었다.

신동규 소설집

불나방

인쇄 2025년 10월 28일
발행 2025년 11월 3일

지은이 신동규
발행인 서정환
펴낸곳 신아출판사
주소 전북 전주시 완산구 공북1길 16(태평동)
전화 (063) 275-4000
팩스 (063) 274-3131
이메일 sina321@hanmail.net
출판등록 제465-1984-000004호
인쇄·제본 신아문예사

저작권자 ⓒ 2025, 신동규
이 책의 저작권은 저자에게 있습니다. 서면에 의한 저자의 허락없이 내용의 일부를
인용하거나 발췌하는 것을 금합니다.
COPYRIGHT ⓒ 2025, by Sin Donggyu
All right reserved including the rights of reproduction in whole or in part in any
form.
저자와 협의, 인지는 생략합니다.
잘못된 책은 바꿔 드립니다.

ISBN 979-11-24068-06-9 03810
값 16,000원

Printed in KOREA